孟繁华　主编

午百部
扁正典

烦恼人生 池莉
现实一种 余华
褐色鸟群 格非
伏羲伏羲 刘恒

北方联合出版传媒(集团)股份有限公司
春风文艺出版社
·沈阳·

图书在版编目（CIP）数据

烦恼人生 / 池莉著. 现实一种 / 余华著. 褐色鸟群 /
格非著. 一沈阳：春风文艺出版社，2018.7
（2022.1重印）
（百年百部中篇正典 / 孟繁华主编）
本书与"伏羲伏羲"合订
ISBN 978 - 7 - 5313 - 5491 - 8

Ⅰ. ①烦… ②现… ③褐… Ⅱ. ①池… ②余… ③格
… Ⅲ. ①中篇小说 — 中国 — 现代 ②中篇小说 — 小说集 — 中
国 — 当代 Ⅳ. ①I246.5

中国版本图书馆CIP数据核字（2018）第135530号

北方联合出版传媒（集团）股份有限公司
春风文艺出版社出版发行
http://www.chunfengwenyi.com
沈阳市和平区十一纬路25号　邮编：110003
北京一鑫印务有限责任公司印刷

选题策划：单瑛琪		责任编辑：姚宏越	
封面设计：琥珀视觉		责任校对：于文慧	
印制统筹：刘　成		幅面尺寸：145mm × 210mm	
字　数：181千字		印　张：7.5	
版　次：2018年7月第1版		印　次：2022年1月第4次	
书　号：ISBN 978-7-5313-5491-8			
定　价：35.00元			

百年中国文学的高端成就

——《百年百部中篇正典》序

孟繁华

从文体方面考察，百年来文学的高端成就是中篇小说。一方面这与百年文学传统有关。新文学的发轫，无论是1890年陈季同用法文创作的《黄衫客传奇》的发表，还是鲁迅1921年发表的《阿Q正传》，都是中篇小说，这是百年白话文学的一个传统。另一方面，进入新时期，在大型刊物推动下的中篇小说一直保持在一个相当高的水平上。因此，中篇小说是百年来中国文学最重要的文体。中篇小说创作积累了极为丰富的经验，它的容量和传达的社会与文学信息，使它具有极大的可读性；当社会转型、消费文化兴起之后，大型文学期刊顽强的文学坚持，使中篇小说生产与流播受到的冲击降低到最低限度。文体自身的优势和载体的相对稳定，以及作者、读者群体的相对稳定，都决定了中篇小说在消费主义时代能够获得绝处逢生的机缘。这也让中篇小说能够不追时尚、不赶风潮，以"守成"的文化姿态坚守最后的文学性成为可能。在这个意义上，中篇小说很像是一个当代文学的"活化石"。在这个前提下，中篇小说一直没有改变它文学性的基本性质。因此，百年来，中篇小说成为各种文学文体的中坚力量并塑造了自己纯粹的文学品质。中篇小说因此构成百年文学的奇特景观，使文学即便在惊慌失措的"文化乱世"中也取得了令人瞩目的艺术成就，这在百年中国的文化语境中不能不说是一个奇迹。作家在诚实地寻找文学性的同时，也没有影响他们对现实事务介入的诚恳和热情。无论如何，百年中篇小说代表了百年中国文学的高端水平，它所表达的不同阶段的理想、追求、焦虑、矛盾、彷徨和不确定性，都密切地联系着百年中国的社会生活和心理经验。于是，一个文体就这样和百年中国建立了如影随形的镜像关系。它的全部经验已经成为我们最重要的文学财富。

编选百年中篇小说选本，是我多年的一个愿望。我曾为此做了多年准备。这个选本2012年已经编好，其间辗转多家出版社，有的甚至申报了国家重点出版基金，但都未能实现。现在，春风文艺出版社接受并付诸出版，我的兴奋和感动可想而知。我要感谢单瑛琪社长和责任编辑姚宏越先生，与他们的合作是如此顺利和愉快。

入选的作品，在我看来无疑是百年中国最优秀的中篇小说。但"诗无达诂"，文学史家或选家一定有不同看法，这是非常正常的。感谢入选作家为中国文学付出的努力和带来的光荣。需要说明的是，由于版权和其他原因，部分重要或著名的中篇小说没有进入这个选本，这是非常遗憾的。可以弥补和自慰的是，这些作品在其他选本或该作家的文集中都可以读到。在做出说明的同时，我也理应向读者表达我的歉意。编选方面的各种问题和不足，也诚恳地希望听到批评指正。

是为序。

2017年10月20日于北京

目　录

烦恼人生

池　莉

早晨是从半夜开始的。

灰蒙蒙的半夜里"咕咚"一声惊天动地，紧接着是一声恐怖的号叫。印家厚一个惊悸，醒后全身绷得僵直，一时间竟以为是在噩梦里。待他反应过来，知道是儿子掉到了地上时，他老婆已经赤着脚下了床，颤颤地唤着儿子。母子俩在狭窄壅塞的空间撞翻了几件家什，跌跌撞撞抱成一团。

他应该做的第一件事是开灯，他知道，一个家庭里半夜发生意外，丈夫应该保持镇定。可是灯绳怎么也摸不着！印家厚呼呼喘着粗气，两只手在墙上大幅度摸来摸去。老婆恨恨地咬了一个字"灯"，便哭出声来。急火攻心，印家厚跳起身，踩在床头柜上，一把捉住灯绳的根部用劲一扯：灯亮了，灯绳却扯断了。印家厚将手中的断绳一把甩了出去，负疚地对着儿子叫道："雷雷!"

儿子打着嗝儿，小绿豆眼瞪得溜圆，十分陌生地望着他。他伸开臂膀，心虚地说："怎么啦? 雷雷，我是爸爸哟!"老婆挡开了他，说："呸！"

儿子忽然说："我出血了。"

儿子的左腿上有一处擦伤，血从伤口不断沁出。夫妻俩见了血，都发呆了。总算印家厚先摆脱了怔忡状态，从抽屉里找来了碘酒、棉签和消炎粉。老婆却还在发怔，眼里含了泪。印家厚利索地给儿子包扎伤口，在包扎伤口的过程中，印家厚完全清醒了，内疚感也渐渐消失了。是他给儿子止的血，不是别人。印家厚用脚把地上摔倒的家什归拢到一处，床前便开辟出了一小块空地，他把儿子放在空地上，摸了摸儿子的头，说："好了。快睡觉。"

"不行，雷雷得洗一洗。"老婆口气犟直。

"洗醒了还能睡吗？"印家厚软声地说。

"孩子早给摔醒了！"老婆终于能流畅地说话了，"请你走去访一访，看哪个工作了十七年还没有分到房子。这是人住的地方？猪狗窝！这猪狗窝还是我给你搞来的！是男子汉，要老婆儿子，就该有个地方养老婆儿子！窝囊吧唧的，八棍子打不出一个屁来，算什么男人！"

印家厚头一垂，怀着一腔辛酸，呆呆地坐在床沿上。

其实房子和儿子摔下床有什么联系呢？老婆不过是借机发泄罢了。谈恋爱时的印家厚就是厂里够资格分房的工人之一，当初他的确对老婆说过只要结了婚，就会分到房子的。他夸下的海口，现在只好让她任意鄙薄。其实当初是厂长答应了他，他才敢夸那海口的。如今她可以任意鄙薄他，他却不能同样去对付厂长。

印家厚等待着时机，要制止老婆的话匣子必须是儿子。趁老婆换气的当口，印家厚立即插了话："雷雷，乖儿子，告诉爸爸，你怎么摔下来了？"

儿子说："我要屙尿。"

老婆说："雷雷，说撒尿，不要说屙尿。你撒尿不是要叫我的吗？"

"今天我想自己起来……"

"看看！"老婆目光炯炯，说，"他才四岁！四岁！谁家四岁的孩子会这么灵敏！"

"就是！"印家厚抬起头来，掩饰着自己的高兴。并不是每个丈夫都会巧妙地在老婆发脾气时去平息风波的。他说："我家雷雷真是了不起！"

"嘿，我的儿子！"老婆说。

儿子得意地仰起红扑扑的小脸，说："爸爸，我今天轮到跟你跑月票了吧？"

"今天？"印家厚这才注意到已是凌晨四点缺十分了。"对。"他对儿子说，"还有一个多小时咱们就得起床。快睡个回笼觉吧。"

"什么是——回笼觉，爸爸？"

"就是醒了之后又睡它一觉。"

"早晨醒了中午又睡也是回笼觉吗？"

印家厚笑了。只有和儿子谈话他才不自觉地笑。儿子是他的避风港。他回答儿子说："大概也可以这么说。"

"那幼儿园阿姨说是午觉，她错了。"

"她也没错。雷雷，你看你洗了脸，清醒得过分了。"

老婆斩钉截铁地说："摔清醒的！"话里依然含着寻衅的

意味。

印家厚不想一大早就和她发生什么利害冲突。一天还长着呢，有求于她的事还多着呢。他妥协地说："好吧，摔的，不管这个了，都抓紧时间睡吧。"

老婆坐着半天不动，等印家厚刚躺下，她又突然委屈地叫道："睡！电灯亮堂堂的怎么睡？"

印家厚忍无可忍了，正要恶声恶气地回敬她一下，却想起灯绳让自己扯断了。他大大咽了一口唾沫，爬起来……

在电灯黑灭的一刹那，印家厚看见手中的起子寒光一闪，一个念头稍纵即逝。他再不敢去看老婆，他被自己的念头吓坏了。

当眼睛适应了黑夜之后，发现黑暗原来并不怎么黑。曙色已曚昽地透过窗帘；大街上已有呼隆隆开过的汽车。印家厚异常清楚地看到，所谓家，就是一架平衡木，他和老婆摇摇晃晃在平衡木上保持平衡。你首先下地抱住了儿子，可我为儿子包扎了伤口。我扯断了开关我修理，你借的房子你骄傲。印家厚异常酸楚，又壮起胆子去瞅起子。后来天大亮了，印家厚觉得自己做过一个关于家庭的梦，但内容却实在记不得了。

还是起得晚了一点儿。

八点上班，印家厚必须赶到六点五十分的那班轮渡才不会迟到。而坐轮渡之前还要乘四站公共汽车，上车之前下车之后还各有十分钟的路程。万一车不顺利呢？万一车顺利人却挤不上呢？不带儿子当然就不存在挤不上车的问题，可今天轮到他带儿子。印家厚打了一个短短的哈欠后，一边飞快地穿衣服一边用脚摇动儿子。"雷雷！雷雷！快起床!"

老婆将毛巾被扯过头顶，闷在里头说："小点儿声不行吗？"

"实在来不及了。"印家厚说，"雷雷叫不醒。"

印家厚见老婆没有丝毫动静，只得一把拎起儿子。"嘿，你醒醒！快！"

"爸爸，你别搡我。"

"雷雷，不能睡了。爸爸要迟到了，爸爸还要给你煮牛奶。"印家厚急了。

公共的卫生间有两个水池，十户人家共用。早晨是最紧张的时刻，大家排着队按顺序洗漱。印家厚一眼就量出自己前面有五六个人，估计去一趟厕所回来正好轮到。他对前面的妇女说："小金，我的脸盆在你后边，我去一下就来。"小金表情淡漠地点了点头，然后用脚钩住地上的脸盆，随时准备往前移。

厕所又是满员。四个蹲位蹲了四个退休的老头儿。他们都点着烟，合着眼皮悠着。印家厚鼻孔里呼出的气一声比一声粗。

一个老头儿呵呵笑了："小印，等不及了？"

印家厚勉强吭了一声，望着窗格子上的半面蛛网。老头儿又呵呵笑着："人老了什么都慢，但再慢也得蹲出来，要形成按时解大便的习惯。你也真老实到家了，有厂子的人怎么不留到厂里去解呀。"

屁！印家厚极想说这个字可他又不想得罪邻居，邻居是好得罪的吗？印家厚憋得慌，提着双拳正要出去，后边响起了揉搓草纸声，他的腿都软了。

返回卫生间，印家厚的脸盆刚好轮到，但后边一位已经跨过他的脸盆在刷牙了。印家厚不顾一切地挤到水池前洗漱起来。他没工夫讲谦让了。被挤在一边的妇女含着满口牙膏泡沫瞅了印家厚一眼，然后在他离开卫生间时扬声说："这种人，好没教养！"

印家厚听见了，可他希望他老婆没听见，他老婆听见了可不饶人，她准会认为这是一句恶毒的骂人话。

糟糕的是儿子又睡着了。

印家厚一迭声叫"雷雷"。一面点着煤油炉煮牛奶，一面抽空给了儿子的屁股一巴掌。

"爸爸，别打我，我只睡一会儿。"

"不能了。爸爸要迟到了。"

"迟到怕什么。爸爸，我求求你。我刚刚出了好多的血。"

"好吧，你睡，爸爸抱着你走。"印家厚的嗓子沙哑了。

老婆掀开毛巾被坐起来，眼睛红红的。"来，雷雷，妈妈给你穿新衣服。海军衫，背上冲锋枪，在船上和海军一模一样。"

儿子来兴趣了："大盖帽上有飘带才好。"

"那当然。"

印家厚向老婆投去感激的一瞥，老婆却没理会他。趁老婆哄儿子的机会，他将牛奶灌进了保温瓶，拿了月票、钱包、香烟、钥匙和梁羽生的武侠小说《风雷震九州》。

老婆拿过一筒柠檬夹心饼干塞进他的挎包里，嘱咐和往常同样的话："雷雷得先吃几块饼干再喝牛奶，空肚子喝牛奶不行。"说罢又扯住挎包塞进一个苹果，"午饭后吃。"接着又放进一条手帕。

印家厚生怕还有什么名堂，赶紧抱起儿子："当兵的，咱们快走吧，战舰要起航了。"

儿子说："妈妈再见。"

老婆说："雷雷再见！"

儿子挥动小手，老婆也扬起了手。印家厚头也不回，大步流星汇入了滚滚的人流之中。他背后不长眼睛，但却知道，那排破旧老朽的平房窗户前，有个烫了鸡窝般发式的女人，披了件衣服，没穿袜子，趿着鞋，憔悴的脸上雾一样灰暗。她在目送他们父子。这就是他的老婆。你遗憾老婆为什么不鲜亮一点儿呢？然而这世界上就只有她一个人在送你和等你回来。

机会还算不错，印家厚父子刚赶到车站，公共汽车就来了。

这辆车笨拙得像头老牛，老远就开始哼哼唧唧。车停了，但人多得开不了门，顿时车里车外一起发作，要下车的捶门，要上车的踢门。印家厚把挎包挂在胸前，连儿子带包一齐抱紧。他像擂台上的拳击手不停地跳跃挪动，观察着哪个门好上车，哪一堆人群是容易冲破的薄弱环节。

售票员将头伸出车窗说："车门坏了。坏了坏了。"

车启动，马路上的臭骂暴雨般打在售票员身上。骂声未绝，车在前面突然刹住了。"哗啦"一下车门全开，车上的人带着参加了某个密谋的诡笑冲下车来；等车的人们呐喊着愤怒地冲上前去。印家厚是跑月票老手了，他早看破了公共汽车的把戏，他一直跟着车子小跑。车上有张男人的胖脸在嘲弄印家厚。胖脸嘬起嘴，做着唤牲口的表情。印家厚牢牢地盯着这张脸，所有的气恼和委屈一起膨胀在他胸里头。他看准了胖脸要在中门下，他候在中门，好极了！胖脸怕挤，最后一个下车，慢吞吞好像是他自己的车。印家厚从侧面抓住车门把手，一步登上车，用厚重的背把那胖脸抵在车门上一挤然后又一揉，胖脸啊呀呀叫唤起来，上车的人不耐烦地将他扒开，扒得他在马路上团团转。印家厚缓缓地长长地舒了一口气。

车下的一切甩开了，抬头便要迎接车上的一切。印家厚抱着孩子，虽没有人让座但有人让出了站的位置，这就令人满意了。印家厚一手抓扶手，一手抱儿子，面对车窗，目光散淡。车窗外一刻比一刻灿烂，朝霞的颜色抹亮了一爿爿商店。朝朝夕夕，老是这些商店，印家厚说不上为什么，一种厌烦，一种焦灼却总是不近不远地伴随着他。此刻他只希望车别出毛病，快快到达江边。

儿子的愿望比父亲多得多。

"爸爸，让我下来。"

"下来闷人。"

"不闷。我拿着月票，等阿姨来查票，我就给她看。"

旁边有人称赞说这孩子好聪明，儿子更是得意非凡，印家厚只得放他下来。车拐弯时，几个姑娘一下子全倒过来。印家厚护着儿子，不得不弯腰拱肩，用力往后撑，一个姑娘尖叫起来："呀——流氓！"印家厚大惑不解，扭头问："我怎么你了？"不知哪里插话说："摸了。"

一车人都开了心。都笑。姑娘破口大骂，针对印家厚，唾沫喷到了他的后脖颈上。一看姑娘俏丽的粉脸，印家厚握紧的拳头又松开了。父亲想干没干的事，儿子倒干了。儿子从印家厚两腿之间伸过手去朝姑娘一阵拳击，嘴里还念念有词："你骂！你骂！"

"雷雷！"印家厚赶快抱起儿子，但儿子还是挨了一脚。这一脚正踢在儿子的伤口上。只听雷雷半哀半怒地叫了一声，头发竖起，耳朵一动一动，扑在印家厚的肩上，啪地给了那姑娘一记清脆的耳光。众目睽睽之下，姑娘怔了一会儿，突然嘤嘤地哭了。

父子俩获得全胜下车，儿子非常高兴，挺胸收腹，小屁股鼓鼓的，一蹦三跳。印家厚耷头耷脑，他不知为什么不能和儿子同样高兴。

上了轮渡就像进了自家的厂，全是厂里的同事。

"嘿，又轮到你带崽子了。"

"嗯。"

自然是有人让出了座位。儿子坐不住，四处都有人叫他逗他。厂里一个漂亮的女工，刚刚结婚，对孩子有着特别的兴趣，雷雷对她也特别有好感，见了她就偎过去了。女工说："印师傅，把印雷交给我，我来喂他喝牛奶。"

印家厚把挎包递过去，拍拍巴掌，做了几下扩胸运动，轻松了。整个早晨的第一次轻松。

有人说："你这崽子好眼力。"

"嗯。"印家厚说。

"来，凑一圈？"

"不来。我是看牌的。"印家厚说。

一支烟飞过来，印家厚伸手捞住，用唇一叼，点上了火。汽笛短促地"呜呜"两声，轮船离开趸船漾开去。

打牌的圈子很快便组合好了。大家各自拿出报纸杂志或者脱下一只鞋垫在屁股底下。甲板上顿时布满一个接一个的圈子。印家厚蹲在三个圈子交界处看三面的牌，半支烟的工夫，还没看出兴趣来，他走开了。有段时间印家厚对扑克瘾头十足，那是在二十五岁之前。他玩牌玩得可精，精到只赢不输，他自以为自己总也有一个方面战无不胜。不料，一天早晨，也就是在轮渡的甲板上，几个不起眼的人让他输了。他突然觉得扑克索然寡味。赢了怎样？从此便不再玩牌。偶尔看看，只看出当事者完全是迷糊的，费尽心机，还是不免被运气捉弄。看那些人被捉弄得鬼迷心窍，嚷得脸红脖子粗，印家厚不由得直发虚。他想他自己从前一定也是这么一副蠢相。世界上这事！——他暗暗叹息一阵。

雷雷的饼干牛奶顺利地进了肚子，乖乖地坐在一个巴掌大的小小折叠椅上听那位漂亮女工讲故事，看见他父亲走过来就跟没看见一样。印家厚冷冷地望了儿子好一会儿，莫名的感伤如同喷出的轻烟一样弥漫开去。

印家厚朝周围撒了一圈烟作为对自己刚上船就接到了烟的回报。只要他抽了人家的烟他就要往外撒烟，不然像欠了债一样，不然就不是男子汉的作为。撒烟的时候他知道自己神情满不在乎，动作大方潇洒，他心里一样受用——这常常只是在轮渡上的感受。下了船，在厂里，在家里，在公共汽车上，情况就比香烟的来往复杂得多，也古怪得多，他经常闹不清自己是否接受了或者是否付出了。这些时候，他就让自己干脆别想着什么接受付出，认为老那么想太小家子气，吞吐量太窄，是小肚鸡肠。

春季的长江依然是一江大水，江面宽阔，波涛澎湃。轮渡走的是下水，确实有乘风破浪的味道。太阳从前方冉冉升起，一群洁白的江鸥追逐着船尾犁出的浪花，姿态灵巧可人。这是多少人向往的长江之晨啊，船上的人们却熟视无睹。印家厚伏在船舷上吸烟，心中和江水一样苍苍茫茫。自从他决绝了扑克，自从他做了丈夫和父亲，他就爱伏在船舷上，朝长江抽烟；他就逐渐感到了心中的苍凉。

小白挤过来，向印家厚要了一支烟。小白是厂长办公室的秘书，是个愤世嫉俗的青年，面颊苍黄，有志于文学创作。

小白说："你裤子开了一条缝。这，好地方，大腿里，还偏要迎着太阳站。"

印家厚低头一看，果然里头的短裤都露出了白边。早晨穿的时候是没缝的，有缝他老婆不会放过。是上车时挤开的。

"挤的。没办法。"印家厚说，"不要紧，这地方男人看了无所谓，女人又不敢看。"

"过瘾。你这语言特生动。"小白说。

靠在一边看报的贾工程师颇有意味地笑了。他将报纸折得整整齐齐装进提包里，凑到这边来。

"小印，你的话有意思，含有一定的科学性。"

"贾工，抽一支。"

"我戒了。"

小白讥讽："又戒了？"

"这次真戒。"贾工掏出报纸，展得平平的，让大家看中缝的一则最新消息：香烟不仅含尼古丁、烟焦油等致癌物质，还含放射线。如果一个人一天吸一包烟，就相当于在一年之内接受二百五十次胸透。

贾工一边认真折叠报纸一边严峻地说："人要有一股劲，一种精神，你看人家女排，四连冠！"

印家厚突然生起一股说不清的自卑感，他猛吸一口烟，让脸笼罩在蓝雾里边。

小白说："四连冠算什么？体力活，出蛮劲就成。曹雪芹，住破草棚，稀饭就腌菜，十年写成《红楼梦》，流传百世。"

有人插进来说话了："去蛋！什么体力脑力，人哪，靠天生的聪明，玩都玩得出名堂来。柳大华，玩象棋，国际大师称号。有什么比国际大师更中听？"

争论范围迅速扩大。

"中听有屁用！人家周继红，小丫头片子，就凭一个筋斗往水里一栽，一块金牌，三室一厅房子，几千块钱奖金。"

印家厚吧嗒吧嗒吸烟，心中越发苍凉了。他愤愤不平的心里真像有一江波涛在里面鼓动。同样都是人。都是人！

小白不服气，面红耳赤地争辩道："铜臭！文学才过瘾呢。诗人。诗。物质享受哪能比得上精神享受。有些诗叫你想哭想笑，这才有意思。有个年轻诗人写了一首诗，只一个字，绝了！听着，题目是《生活》，诗是：网。绝不绝？你们谁不是在网中生活？"

顿时静了。大家互相淡淡地没有笑容地看了看。

印家厚手心一热，无故兴奋起来："我倒可以和一首。题目嘛自然是一样，内容也是一个字——"

大家全盯着他。他稳稳地说："——梦。"

好！好！大家都为印家厚的"梦"叫好。以小白为首的几个文学爱好者团团围住他，要求与他切磋切磋现代诗。

轮渡突然一声粗哑的"呜——"淹没了其他声音。船在江面上画出一优美的弧线向趸船靠拢。印家厚哈哈笑了，甩出一个脆极的响指。这世界上没有什么人比别人高一等，他印家厚也不比任何人低一级。谁能料知往后的日子有怎样的机遇呢？

儿子向他冲过来，端着冲锋枪，发出呼呼声，腿上缠着绷带，模样非常勇猛。谁又敢断言这小子将来不是个将军？

生活中原本充满了希望和信心。

一个多么晴朗的五月的早晨！

随着人潮涌上岸去。该是吃点儿东西的时候了。只要赶上了这班船就成，就可以停下来吃顿早饭。

餐馆方便极了，就是马路边搭的一个棚子。棚子两边立着两只半人高的油桶改装的炉子，蓝色的火苗蹿出老高。一口油锅里炸着油条，油条放木排一般滚滚而来，香烟弥漫着，油焦味直冲喉咙；另一口大锅里装了大半锅沸沸的黄水，水面浮动一层更黄的泡沫，一柄长把竹篾笊篱塞了一窝油面，伸进沸水里摆了摆，提起来稍稍沥了水，然后扣进一只碗里，淋上酱油、麻油、芝麻酱、味精、胡椒粉，撒一撮葱花——热干面。武汉特产：热干面。这是印家厚从小吃到大的早点。两角钱能吃饱。现在有哪个大城市花两角钱能吃饱早餐？他连想都没想过换个花样。

卖票的桌子设在棚子旁边的大柳树下，售票员是个淡淡化了妆但油迹斑斑的姑娘。树干上挂了一块小黑板，白粉笔浪漫地写着：哗！凉面上市！哗！

热干面省去伸进锅里烫烫那道程序就叫凉面。

印家厚买了凉面和油条。凉面比热干面吃起来快得多。

父子俩动作迅速而果断，显出训练有素的姿态。这里父亲挤进去买票，那里儿子便跑去排热干面的队了。雷雷见拿油条的人不少，就把冲锋枪放在自己站的位置上，转身去排油条队。

拿油条连半秒钟都没有等。印家厚嘉奖地摸了把儿子的头。儿子异常得意。可印家厚买了凉面而不是热干面，儿子立刻霜打了一般，他快快地过去拾起了自己的枪——取热干面的队伍根本没理会这支枪，早跨越它向前进了；他发现了这一点，横端起冲锋枪，对人群"嗒嗒嗒"就是一梭子。

"雷雷!"印家厚吃惊地喝住儿子。

不到三分钟，早点吃完了。人们都是在路边吃，吃完了就地放下碗筷。印家厚也一样，放下碗筷，拍了拍儿子，走路。儿子捏了根油条，边走边吃，香喷喷的。印家厚想：这小子好残酷，提枪就扫射，怎么得了! 像谁? 我可没这么狠的心，老婆似乎也只是嘴巴狠。怎么得了! 他提醒自己儿子要抓紧教育! 不能再马虎了! 立时他的背就弯了一些，仿佛肩上加压了。

上了厂里接船的公共汽车。印家厚试图和儿子聊聊。

"雷雷，晚上回家不要惹妈妈烦，不要说我们吃了凉面的。"

"不是'我们'，是你自己。"

"好。我自己。好孩子要学会对别人体贴。"

"爸，妈妈为什么烦?"

"因为妈妈不让我们用餐馆的碗筷，那上面有细菌。"

"吃了会肚子疼的细菌吗?"

"对。"

"那你为什么不听妈妈的话?"

他低估了四岁的孩子。哄孩子的说法的确过时了。

"喏，是这样。本来是不应该吃的。但是在家里吃早点，爸爸得天不亮就起床开炉子，为吃一碗面条弄得睡眠不足又浪费煤。到厂里去吃吧，等爸爸到厂里，食堂已经卖完了。带上碗筷吧，更不好挤车。没办法，就只能在餐馆吃了。好在爸爸从小就吃凉面，习惯了，对上面的细菌有抵抗力了。你年纪小抵抗力差就不适合吃餐馆了。"

"哦，知道了。"

儿子对他认真的回答十分满意。对，就这么循循善诱。印家厚刚想进一步涉及对人开枪的事，儿子又说话了："我今天晚上一回家就对妈妈说：爸爸今天没有吃凉面。对吧？"

印家厚啼笑皆非，摇摇头。也许他连自己都没教育好呢。如果告诉儿子凡事都不能撒谎，那么将来儿子怎么对付许许多多不该讲真话的事？

送儿子去了厂幼儿园得跑步到车间。

去幼儿园磨蹭的时间太多了。阿姨们对雷雷这种"临时户口"牢骚满腹。她们说今天的床铺、午餐、水果糕点、喝水用具、洗脸毛巾全都安排好了，又得重新分配，重新安排，可是食品已经买好了，就那么多，一下子又来了这些"临时户口"，僧多粥少，怎么弄？真烦人！

印家厚一个劲儿赔笑脸，做解释，生怕阿姨们怠慢了他的儿子。

上班铃声响起的时候，印家厚正好跨进车间大门。

记考勤的老头儿坐在车间门口，手指头按在花名册上印家厚的名字下，由远及近盯着印家厚，嘴里嘀咕着什么。

这老头儿因工伤失去了正常健全的思维能力，但比正常人更铁面无私，并且厂里认为他对时间的准确把握有特异功能。

印家厚与老头儿对视着。他皮笑肉不笑地对老头儿做了个讨好的表情。老头儿声色不动，印家厚只好匆匆过去。老头儿从印家厚背影上收回目光，低下头，精心标了一个1.5。车间太大了，印家厚从车间大门口走到班组的确需要一分半钟，因此他今天迟到了。

印家厚在卷曲车间当操作工。

他不是一般厂子的一般操作工，而是经过了一年理论学习又一年日本专家严格培训的现代化钢板厂的操作工。他操作的是日本进口的机械手。

一块盖楼房用的预制板大小的钢锭到他们厂来，十分钟便被轧成纸片薄的钢片，并且卷得紧紧的，拦腰捆好，摞成一码一码。印家厚就干卷钢片包括打捆这活儿。

他的操作台在玻璃房间里面，漆成奶黄色；斜面的工作台上，布满各式开关、指示灯和按钮，这些机关下面的注明文字是清一色的日文。一架彩色电视正向他反映着轧钢全过程中每道程序的工作状况。车间如大教堂一般高深幽远，一般洁净肃穆。整条轧制线上看不见一个忙碌的工人，钢板乃至钢片的质量由放射线监测并自动调节。全自动，不要你去流血流汗，这工作还有什么可挑剔的！

二十世纪七十年代建厂时它便具有七十年代世界先进水平，八十年代在中国，目前仍是绝无仅有的一家，参观的人从外宾到少数民族兄弟，从小学生到中央首长，潮水般一层层涌来。如果不是工作中掺杂了其他种种烦恼，印家厚对自己的工作会保持绝对的自豪感，热爱并十分满足。

印家厚有个中学同学，在离这儿不远的炼钢厂工作，他就从来不敢穿白衬衣；穿什么也逃不掉一天下来之后那领口袖口的黄红色污迹，并且用任何去污剂都洗不掉。这位老弟写了一份遗嘱，说：在我的葬礼上，请给我穿上雪白的衬衣。他把遗嘱寄给了冶金部部长。因此他受到行政处分。而印家厚所有的衬衣几乎都是白色的，配哪件外衣都帅。轮到情绪极度颓丧的时候，印家厚就强迫自己想想同学的事，忆苦思甜以解救自己。

眼下正是这样。

印家厚瞅着自己白衬衣的袖口，暗暗摆着自己这份工作的优越性，尽量对大家的发言充耳不闻。

本来工作得好好的。站立在操作台前，看着火龙般飞舞而来的钢片在自己这儿变成乖乖的布匹，一任卷曲……可是，厂长办公室决定各车间开会。开会评奖金。

四月份的奖金到五月底还没有评出来，厂领导认为严重影响了全厂职工的生产积极性。

车间主任一开始就表情不自然，讲话讲到离奖金十万八千里的计划生育上去了。

有人暗里捅捅前一个的腰，前面的人便噤声敛气注目车间主任。捅腰的暗号传递给了印家厚，印家厚立刻意识到气氛的异样。

会不会……出什么……意外？印家厚惴惴地想。

终于，车间主任一个回马枪，提起奖金问题，并亮出了实质性的内容：厂办明确规定，严禁在评奖中搞"轮流坐庄"，否则，除了扣奖之外还要处罚。这次绝不含糊！

印家厚在一瞬间有些茫然失措，心中哽了团酸溜溜的什么。可是很快便又恢复了常态。

"轮流坐庄"这词是很避讳的。平日车间班组从来没人提及。自从奖金的分发按规定打破平均主义以来，在几年时间里大家自然而然默契地采用"轮流坐庄"的办法。一、二、三等奖逐月轮流，循环往复。同事之间和谐相处，绝无红脸之事；车间领导睁只眼闭只眼，顺其自然。车间便又被评为精神文明模范单位。

好端端的今天突然怎么啦？

众人的眼光在印家厚身上游来游去，车间主任老注意印家厚。这个月该是印家厚轮到得一等奖了。

一等奖三十元。印家厚早就和老婆算计好这笔钱的用途：给儿子买一件电动玩具，剩下的去"邦可"吃一顿西餐。也挥霍一次享受一次吧，他对老婆说。老婆展开了笑颜：早就想尝尝西餐是什么滋味，每月总是没有结余，不敢想。

老婆前几天还在问："奖金发了吗？"

他答道："快了。"

"是一等奖？"

"那还用说！名正言顺的。"

印家厚不愿意想起老婆那难得和颜悦色的脸，她说得有道理，哪儿有让人舒心的事？他看了好一会儿洁白的袖口，又吧嗒吧嗒挨个活动指关节。

二班的班长挪到印家厚身边。他俩的处境一样。二班长说："喂喂，小印，人善被人欺，马善被人骑。"

"得了！"印家厚低低吼了一句。

二班长说："肯定有人给厂长写信反映情况。现在有许多婊子养的可喜欢写信了。咱俩是什么狗屁班长，干得再多也不中。太欺负人了！就是吃亏也得吃在明处。"

印家厚说："像个婆娘！"

二班长说："看他们评个什么结果，若是太过分，我他妈干脆给公司纪委寄份材料，把这一肚子烂渣全捅出去。"

印家厚干脆不吱声了。

如果说评奖结果未出来之前印家厚还存有一丝侥幸心理的话，有了结果之后他不得不彻底死心了。他总以为即便不按轮流坐庄，四月份的一等奖也应该评他。四月份大检修，他日夜在厂里，干得好苦！没有人比他干得更苦的了，这是大家有目共睹的。可是为了避嫌，来了个极端，把他推到了最低层：三等奖。五元钱。

居然还公布了考勤表。车间主任装成无可奈何的样子念迟到旷工病事假的符号，却一概省略了迟到的时间。有人指出这一点，车间主任手一摆，说："时间长短无关紧要。那个人不大正常嘛。"印家厚又吃了暗亏。如果念出某人迟到一分半钟，大家会哄堂一笑，一笑了之；可光念迟到，许多评他三等奖的人心里宽松了不少。

当车间主任指名道姓问印家厚要不要发表什么意见时，他张口结舌，拿不定该不该说点儿什么。

说点儿什么？

早晨在轮渡上，他冲口做出《生活》一字诗，思维敏捷，灵气逼人。他对小白一伙侃侃而谈，谈古代作家的质朴和浪漫，当代作家的做作和卖弄，谈得小白痛苦不堪可又无法反驳。现在仅仅只过去了四个钟头，印家厚的自信就完全被自卑代替了。

他站起来说了一句什么话，含混不清，他自己都没听清就又含糊着坐下了。

似乎有人在窃窃地笑。

印家厚的脖子根升起了红晕，猪血一般的颜色。其实他并不计较多少钱，但人们以为他——一个大男人被五块钱打垮了。五块钱。笑掉人的牙齿。印家厚让悲愤堵塞了胸口。他思谋着腾地站起来哈哈大笑或说出一句幽默的话，想是这么想，却怎么也做不出这个动作来，猪血的颜色迅速地上升。

他的徒弟解了他的围。

雅丽蓦地立起身，故意撞掉了桌子上的一只水杯，一字一板地说："讨厌！"

雅丽见同事们的目光都集中在她身上，她噗地吹了吹额前的头发，孩子气十足地说："几个钱的奖金有什么纠缠不清的，别说三十，三百块又怎么样？你们只要睁大眼睛看谁干得多，谁干得少，心里有个数就算是有良心的人了。"

车间主任说："雅丽！"

雅丽说："我说错了？别把人老浸在铜臭里。"

不知好笑在哪儿，大家哄然一笑。雅丽也稚气地笑了，说："主任大人，吃饭时间都过了。"

"散会吧。"车间主任也笑了笑。

雅丽和印家厚并肩走着，她伸手掸掉了他背上的脏东西。

印家厚说："吃饭了。"

雅丽说："咱们吃饭去。"

五月的蓝天里飘着许多白云。路边的夹竹桃开得娇艳。师徒俩一人拿了一个饭盒，迎着春风轻快地往前走。印家厚清晰地感觉到自己的侧面晃动着一张喷香而且年轻的脸，他不自觉地希望到食堂的这段路更远些更长些。

雅丽说："印师傅，有一次，我们班里——哦，那是在技校的时候。班里评三好生，我几乎是全票通过，可班委会研究时刷下了我。三好生每人奖一个铝饭锅，他们都用那锅吃饭，上食堂把锅敲得叮咚响，我气得不行，你猜我怎么啦？"

"哭了。"

"哭？哈，才不呢！我也买只一模一样的，比他们谁都敲得响。"

她试图宽慰他，印家厚咧嘴一笑。虽然这例子举得不着边际，于事无补，但毕竟有一个人在用心良苦地宽慰他。

"对，三好生算什么。你挺有志气的。"

雅丽咯咯地笑，笑得很美，脸蛋和太阳一样。她说："人生得一知己足矣。"

印家厚心里咯噔了一下，面上纹丝不动。雅丽小跑了两步，跳起来扯了一朵粉红的夹竹桃，对花吹了一口气，尽力往空中甩去。姑娘天真活泼犹如一只小鹿，可那扭动的臀部，高耸的胸脯却又流露出女人的无限风情。

"我不想出师，印师傅，我想永远跟随你。"

"哦，哪有徒弟不出师的道理。"

"有的。只要我愿意。"雅丽的声音忽然老了许多，脚步也沉重了。印家厚心里不再咯噔，一块石头踏踏实实地落下——他多日的预感、猜测，变成了现实。

雅丽用女人常用的痛苦而沙哑的声音低低地说："我没其他办法，我想好了，我什么也不要求，永远不，你愿意吗？"

印家厚说："不。雅丽，你这么年轻……"

"别说我！"

"你还不懂——"

"别说我！说你，说，你不喜欢我？"

"不，我，不是不喜欢你。"

"那为什么？"

"雅丽，我不懂吗？你去过我家的呀。"

"那有什么关系。我生活在另一个世界。我什么也不要求。你不能那样过日子，那太没意思太苦太埋没人了。"

印家厚的头嗡嗡直响，声音越变越大，平庸枯燥的家庭生活场面旋转着，把那平日忘却的烦恼琐事——飘浮在眼前。有个情妇不是挺好的——这是男人们私下的话。他定睛注视雅丽，雅丽迎上了清澈的眼光。印家厚突然意识到自己的浑浊和肮脏。他说："雅丽，你说了些什么哟，我怎么一句也没听清楚，我一心想着评奖的事。"

雅丽停住了，她仰起脑袋平视着印家厚，亮亮的泪水从深深的眼窝中奔流出来。

后面来人了。一群工人，敲着碗，大步流星。

印家厚说："快走。来人了。"

雅丽不动，泪水流个不止。

印家厚说："那我先走了。"

等人群过去，印家厚回头看时，雅丽仍然那么站着，远远地，一个人，在路边太阳下。印家厚知道自己若是返回她身边，这一缕情丝则必然又剪不断，理还乱；若独自走掉，雅丽的自尊心则会大大受伤害。他遥遥望着雅丽，进退不得。他承认自己的老婆不可与雅丽同日而语，雅丽是高出一个层次的女性；他也承认自己乐于在厂里加班加点与雅丽的存在不无关系。然而，他不能同意雅丽的说法。不能的理由太多太充足了。

印家厚转身跑向食堂。

他明明知道，事情并没有结束。

食堂有十个窗口。十个窗口全是同样长的队伍。印家厚随便站了一个队。

二班长买了饭，双手高举饭碗挤出人群，在印家厚面前停了停。印家厚以为他又要谈评奖的事。他也得了三等奖，不但没有吵闹争论，反而在车间主任的指名下发言说他是班长，应该多干，三等奖比起所干的活来说都是过奖的了。他若真是个乖巧人，就不该提评奖，印家厚已经准备了一句"屁里屁气"赠送给他。

"哦！行不得也哥哥。"二班长把雅丽的嗓音模仿得惟妙惟肖。

"屁里屁气！"印家厚说。对这件事这句话一样管用。

今天上午没一桩事幸运。榨菜瘦肉丝没有了，剩下的全是大肥肉烧什么、盖什么，一个菜六角钱，又贵又难吃，印家厚绝不会买这么贵的菜。他买了一份炒小白菜加辣萝卜条，一共一角五分钱。

食堂里人头攒动，热气腾腾，没买上可意菜的人边吃边骂骂咧咧，此外便是一片咀嚼声。印家厚蹲在地上，捧着饭盒，和人们一样狼吞虎咽。他不想让一个三等奖弄得饭都不香了。吃了一半，小白菜里出现了半条肥胖的、软而碧绿的青虫，他噎住了，看着青虫，恶心的清涎一阵阵往上涌。没有半桩好事——今天上午！他再也不能忍耐了。

印家厚把青虫摊在饭碗里，端着，一直寻到食堂里面的小餐室里。

食堂管理员正在小餐室里招待客人,一半中国人一半日本人。印家厚把管理员请了出来,让他尝尝他手下的厨师们炒的白菜。管理员不动声色地望望菜里的虫又不动声色地望了望印家厚,招呼过来一个炊事员,说:"给他换碗饭菜得了。"他那神态好像打发一个要饭花子,吩咐后便又一溜烟进了小餐室。年轻的炊事员根本没听懂管理员那句浙江方言是什么意思,朝印家厚翻了翻白眼,耸了耸肩,说:"哈啰?"

印家厚本来是看在有日本人在场的分儿上才客客气气"请出"管理员的。家丑不可外扬嘛。这下他要给他们个厉害瞧瞧了。印家厚重返小餐室,捏住管理员的胳膊,把他拽到墙角落,将饭菜底朝天扣进了他白围裙胸前的大口袋里。

雷雷被关"禁闭"了。

幼儿园大大小小的孩子都在床上睡午觉,雷雷一个人被锁在"空中飞车"玩具的铁笼里。他无济于事地摇撼着铁丝网,一看见印家厚,叫了声"爸!"就哭了。

一个姑娘闻声从里面房间奔了出来,奶声奶气地讥讽:"噢,原来你还会哭!"

印家厚说:"他当然会哭。"

姑娘这才发现印家厚,脸上一阵尴尬。这是个十分年轻的姑娘,穿着一件时髦的薄呢连衣裙。她的神态和秀丽的眉眼使印家厚暗暗大吃一惊。这姑娘酷像一个人。印家厚顷刻之间便发现或者认可了他多年来内心深藏的忧郁,那是一种类似遗憾的痛苦、不可言传的下意识的忧郁。正是这股潜在的忧郁使他变得沉默,变得一切都不在乎，包括对自己的老婆。

姑娘说："对不起。你的儿子不好好睡午觉，用冲锋枪在被子里扫射小朋友，我管不过来，所以……"

就连声音语气都像。印家厚只觉得心在喉咙口上往外跳，血液流得很快。他对姑娘异常温厚地笑笑，尽量不去看她，转过身面对儿子，决定恩威并举，做一次像电影银幕上的很出色漂亮的父亲。他阴沉沉地问："雷雷，你扫射小朋友了吗？"

"是……"

"你知道我要怎么教训你吗？"

儿子从未见过父亲这般的威严，怯怯地摇头。

"承认错误吗？"

"承认。"

"好。向阿姨承认错误，道歉。"

"阿姨，我扫射小朋友，错了，对不起。"

姑娘连忙说："行了行了，小孩子嘛。"她从笼子里抱出雷雷。

泪珠子停在儿子脸蛋中央，膝盖上的绷带拖在脚后跟上。印家厚换上充满父爱的表情，抚摸儿子的头发，给儿子擦泪。

"雷雷，跑月票很累人，对吗？"

"对。"

"爸爸还得带上你跑就更累了。"

"嗯。"

"你如果听阿姨的话，好好睡午觉，爸爸就可以休息一下。不然，爸爸就会累病的。"

"爸爸。"

"好了。乖乖去睡，自己脱衣服。"

"爸，早点儿来接我。"

"好的。"

雷雷径直走进里间，脱衣服，爬上床钻进了被窝。

姑娘说："你真是个好父亲！"

印家厚不禁产生几分惭愧，他其实是在表演，若是平时，一巴掌早烙在儿子屁股上了。他是在为她表演的吗？他不愿意承认这点。

玩具间里，印家厚和姑娘呆呆站着。他突然意识到自己没理由再站下去了，说："孩子调皮，添麻烦了。"

"哪里。这是我的工作。我——"

印家厚敏感地说："你什么？说吧。"

姑娘难为情地笑了一笑，说："算了算了。"

凭空产生的一道幻想，闪电般击中了印家厚，他按捺不住激动的心情。"你叫什么名字？"

"肖晓芬。"

印家厚一下子冷静了许多。这个名字和他刻骨铭心的那个名字完全不相干。但毕竟太相像了，他愿意与她多在一起待一会儿。"你刚才有什么话要说，就说吧。"

姑娘诧异地注视了他一刻，偏过头，伸出粉红的舌尖舔了舔嘴唇，说："我是待业青年，喜欢幼儿园的工作。我来这里才两个月，那些老阿姨们就开始在行政科说我的坏话，想要厂里解雇我。我想求你别把刚才的事说出去，她们正挑我的毛病呢。"

"我当然不会说。是我儿子太调皮了。"

"谢谢！"

姑娘低下头，使劲眨着眼皮，睫毛上挂满了细碎的泪珠。印家厚的心生生地疼，为什么每一个动作都像极了呢？

"晓芬，新上任的行政科长是我的老同学，我去对他说一声就行了。要解雇就解雇那些脏老婆子吧。"

姑娘一下子仰起头，惊喜万分，走近了一步，说："是吗？"

鲜润饱满的唇，花瓣一般开在印家厚的目光下，印家厚不由自主地靠近了一步，头脑里嗡嗡乱响，一种渴念，像气球一般吹得胀胀的。他似乎看见，那唇迎着他缓缓上举……突然他好像猛地被人拍了一下，清醒了。没等姑娘睁开眼睛，印家厚掉头出了幼儿园。

马路上空空荡荡，厂房里静静悄悄。印家厚一口气奔出了好远好远。在一个无人的破仓库里，他大口大口喘气，一连几声唤着一个名字。他渐渐安静下来，用指头抹去了眼角的泪，自嘲地舒出一口气，恢复了平常的状态。

现在他该去副食品商店办事了。

天下居然有这么巧的事，印家厚和他老婆同年同月同日出生，他们俩的父亲也是同年同月同日出生。

下个月十号是老头子们——他老婆这么称呼——的生日。五十九周岁，预做六十大寿。这按的是老规矩。

印家厚不记得有谁给自己做过生日，他自己也从没有为自己的生日举过杯。做生日是近些年才蔓延到寻常人家的。老头子们赶上了好年月。五年前他满二十九岁，该做三十岁的生日。老婆三天两头念叨："三十岁也是大寿哩，得做做的。"正儿八经到了生日那天，老婆把这事给忘了。她妹妹那天要相对象："人家一直以为是我，什么都冲着我来，可笑不？"他倒觉得这是件可喜的事，居然有人把他老婆误认为未嫁姑娘。关于生日，没必要责怪老婆，她连自己的也忘了。

老婆和他商量给老头子买什么生日礼物。轻了可不行，六十岁是大生日；重了又买不起。重礼不买，这就已经排除了穿的和玩的，那么买喝的吧，酒。

他们开始物色酒。真正的中国十大名酒市面上是极少见到的，他们托人找到了些门路也没结果，只好降格求其次了。光是价钱昂贵包装不中看的，老婆说不买，买了是吃哑巴亏的，老头子们会误以为是什么破烂酒呢；装潢华丽价钱一般的，他们也不愿意买，这又有点儿哄老头子们了，良心上过不去；价钱和装潢都还相当，但出产地是个未见经传的乡下酒厂，又怕是假酒。夫妻俩物色了半个多月，酒还没有买到手。

厂里这家副食商店曾一度名气不小。武汉三镇的人都跑到这里来买烟酒。因为当时是建厂时期，有大批的日本专家在这里干活，商店是为他们开设的，自然不缺好烟酒。日本专家回国后，这里也日趋冷清。虽是冷清了，但偶尔还可以从库里翻出些好东西来。

印家厚近来天天中午逛逛这个店子。

"嘿。"印家厚冲着他熟悉的售货员打了招呼。递烟。

"嘿。"

"有没有？"

"我把库里翻了个底朝天，没希望了。"

"能搞到黑市不？"

"你想要什么？"

"自然是好的。"

"'茅台'怎么样?"

"好哇!"

"要多少? 先交钱后给货,四块八角钱一两。"

印家厚不出声了,干瞅着售货员默默盘算:一斤就是四十八块钱。得买两斤。九十六块整。一个月的工资包括奖金全没有了。牛奶和水果又涨价了,儿子却是没有一日能缺这两样东西的;还有鸡蛋和瘦肉。万一又来了其他的应酬,比如朋友同事的婚丧嫁娶,那又是脸面上的事,赖不过去的。

印家厚把眼皮一眨说:"伙计,你这酒吓人。"

"吓谁啦? 一直这个价,还在看涨。这买卖是'周瑜打黄盖',两相情愿的事。你这儿子女婿,没孝心的。"

"孝心倒有,只是心有余力不足。"印家厚打了几个干哈哈退出了商店。

要是两位老人知道他这般盘算,保证喝了"茅台"也不香。印家厚想,将来自己做六十岁生日必定视儿子的经济水平让他意思意思就行了。

雅丽在斜穿公路的轨道上等着他。

印家厚装出突然想起了什么似的摸了摸上上下下的口袋,扭头往副食商店走。

雅丽说:"你的信。"

印家厚只好停止装模作样。平时他的信很少,只有发生了什么事,亲戚们才会写信来。

信是本市火车站寄来的,印家厚想不起有哪位亲戚在火车站工作。他拆开信，落款是：你的知青伙伴江南下。印家厚松了一口气。

"没事吧？"雅丽说。

"没。"印家厚想起了肖晓芬。想起了那份心底的忧伤。他明白了自己的心是永远属于那失去了的姑娘的，只有她才能真正激动他。除她之外，所有女人他都能镇静地理智对待。他说："雅丽，我说了我的真实想法后你会理解的。你聪明，有教养，年轻活泼又漂亮，我是十分愿意和你一道工作的。甚至加班——"

"我不要你告诉我这些！"雅丽打断了他，倔强地说，"这是你的想法，也许是。可不是我的！"

雅丽走了。昂着头，神情悲凉。

印家厚不敢紧随其后进车间，他怕遭人猜测。

江南下，这是一个矮小的，目光闪闪的腼腆寡言的男孩儿。他被招工到哪儿了？不记得了。江南下的信写道：

……我路过武汉，逗留了一天，偶尔听人说起你，很激动。想去看看，又来不及了。

家厚，你还记得那块土地吗？我们第一夜睡在禾场上的队屋里，屋里堆满了地里摘回的棉花，花上爬着许多肉乎乎的粉红的棉铃虫。贫下中农给我们一只夜壶，要我们夜里用这个，千万别往棉花上尿。我们都争着试用，你说夜壶口割破了你的皮，大家都发疯地笑，吵着闹着摔破了那玩意儿。

你还记得下雨天吗？那个狂风暴雨的中午，我们在屋里吹拉弹唱。六队的女知青来了，我们把菜全拿出来款待她们，结果后来许多天我们没菜吃，吃盐水泡饭。

聂玲多漂亮，那眉眼美绝了，你和她好，我们都气得要命。可后来你们为什么分手了？这事我至今也不明白。

那只小黄猫总跟着我们在自留地里，每天收工时就在巷子口接我们，它怀了孕，我们想看它生小猫，它就跑了。唉，真是！

我老婆没当过知青，她说她运气好，可我认为她运气不好。女知青有种特别的味儿，那味儿可以使一个女人更美好一些。你老婆是知青吗？我想我们都会喜欢那味儿，那是我们时代的秘密。

家厚，我们都三十好几的人了。我已经开始谢顶，有一个七岁的女孩儿，经济条件还可以。但是，生活中烦恼重重，老婆也就那么回事，我觉得我给毁了。

现在我已是正科级干部，入了党，有了大学文凭，按说我该知足，该高兴，可我怎么也不能像在农村时那样开怀地笑。我老婆挑出了我几百个毛病，正在和我办离婚。

你一切都好吧？你当年英俊年少，能歌善舞，性情宽厚，你一定比我过得好。

另外，去年我在北京遇上聂玲了。她仍然不肯说出你们分手的原因。她的孩子也有几岁了，却还显得十分年轻……

印家厚把信读了两遍，一遍匆匆浏览，一遍仔细阅读，读后将信纸捏入了掌心。他靠着一棵树坐下，面朝太阳，合上眼睛；透过眼皮，他看见了五彩斑斓的光和树叶。后面是庞然大物的灰色厂房，前面是柏油马路，远处是田野，这里是一片树林，印家厚歪在草丛中，让万千思绪飘来飘去。聂玲聂玲，这个他从不敢随便提及的名字，江南下毫不在乎地叫来叫去。于是一切都从最底层浮了起来……五月的风里饱含着酸甜苦辣，从印家厚耳边呼呼吹过，他脸上肌肉细微地抽动，有时像哭有时像笑。

空中一絮白云停住了，日影正好投在印家厚额前。他感觉了阴暗，又以为是人站在了面前，便忙睁开眼睛。在明丽的蓝天白云绿叶之间，他把他最深的遗憾和痛苦又埋入了心底。接着，记忆就变得明朗有节奏起来。

他进了钢铁公司，去北京学习，和日本人一块儿干活，为了不被筛选掉拼命啃日语。找对象，谈恋爱，结婚。父母生病住院，天天去医院护理。兄妹吵架扯皮，开家庭会议搞平衡。物价上涨，工资调级，黑白电视换彩色的，洗衣机淘汰单缸时兴双缸——所有这一切，他一一碰上了，他必须去解决。解决了，也没有什么乐趣；没解决就更烦人。例如至今他没法解决电视更新换代问题，儿子就有些瞧不起他了，一开口就说谁谁的爸爸给谁谁谁买了一台彩电，带电脑的。为了让儿子第一个想到自己的爸爸，印家厚正在加紧筹款。

少年的梦总是有着浓厚的理想色彩，一进入成年便无形中被瓦解了。印家厚随着整个社会流动，追求，关心。关心中国足球队是否能进军墨西哥；关心中越边境战况；关心生物导弹治疗癌症的效果；关心火柴几分钱一盒了。他几乎从来没有想是否该为少年的梦感叹。他只是十分明智地知道自己是个普通的男人，靠劳动拿工资而生活。哪有工夫去想入非非呢？日子总是那么快，一星期一星期地闪过去。老婆怀孕后，他连尿布都没有准备充分，婴儿就出世了。

老婆就是老婆。人不可能十全十美。记忆归记忆。痛苦该咬着牙吞下去。印家厚真想回一封信，谈谈自己的观点，宽宽那个正遭受着离婚危机的知青伙伴的心，可他不知道写了信该往哪儿寄？

江南下，向你致敬！冲着你不忘故人；冲着你把朋友从三等奖的恶劣情绪中解脱出来。

印家厚一弹腿跳了起来，做了个深呼吸动作，朝车间走去。

相比之下，他感到自己生活正常，家庭稳定，精力充沛，情绪良好，能够面对现实。他的自信心又陡然增强了好多倍。

下午不错。主要是下午的开端不错。来了一拨参观的人。谁也不知道这些人是哪个地方哪个部门来的，谁也不想知道，谁都若无其事地干活。这些见得太多了。

倒是参观的人不时用冷眼瞟操作的工人们，恐怕是纳闷这些人怎么不好奇。

车间主任骑一辆锃蓝的轻便小跑车从车间深处溜过来，默默扫视了一圈，将本来就撂在踏板上的脚用力一踩掉头去了。他事先通知印家厚要亲自操作，让雅丽给参观团当讲解员。印家厚正是这么做的。车间主任准认为三等奖委屈了印家厚，否则他不会来检查。以为印家厚会因为五元钱赌气不上操作台，错了！

印家厚的目光抓住了车间主任的目光，无声却又明确地告诉他：你错了。

有一个人明白了他的心，尤其是车间里关键人物，印家厚就满足了。受了委屈不要紧，要紧的是在于有没有人知道你受了委屈。

参观团转悠了一个多小时，印家厚硬是直着腿挺挺地站了过来。一个多小时没有打扰他，挺美的。班组的同事今天全都欠他的情，全都看他的眼色行事以期补偿。

雅丽上来接替印家厚。两人都没说话，配合得非常默契。只有印家厚识别得出雅丽心上的黯淡，但他决定不闻不问。

"好！堵住你了，小印。"工会组长哈大妈往门口一靠，封死了整扇门。她手里挥动着几张揉皱的材料纸，说："臭小子，就缺你一个人了。来，出一份钱：两块。签个名。"

印家厚交了两块钱，在材料纸上划拉上自己的名字。

哈大妈急火火地走了。转身的工夫，又急火火回来了。依旧靠在门框上。"人老了。"她说，"可不是该改革了。小印，忘了告诉你这钱的用途，我们车间的老大难苏新结婚了！大伙向他表示一份心意。"

"知道了。"印家厚说。其实他根本没听过这个名字。他问旁人："苏新是谁?"

"听说刚刚调来。"

"刚来就老大难?"

"哈哈……"旁人干笑。

哈大妈的大嗓门又来了。"小印，好像我还有事要告诉你。"

"您说吧。"印家厚渴得要命同时又要上厕所了。

"我忘记了。"哈大妈迷迷怔怔地望着印家厚。

"那就算了。"

"不行，好像还是件挺重要的事。"哈大妈用劲绞了半天手指，泄了气，摊开两手说："想不起来了。这怪不得我，人老了。臭小子们，这就怪不得我了，到时候大伙给我做个证。"

哈大妈带着一丝狡黠的微笑走了。接着二班长进门拉住了印家厚。二班长告诉印家厚他们报考电视大学的事是厂里作梗。公司根本没下文件不准他们报考，完完全全是厂里不愿意让他们这批人（日本专家培训出的人）流走。

"我们去找找厂里吧，你和小白好，先问问他。"二班长使劲怂恿印家厚。

印家厚说："我不去。"

"那我们给公司纪委写信告厂里一状。"

"我不会写。"

"我写，你签名。"

"不签。"

"难道你想当一辈子工人？"

"对！"

现在有许多婊子养的太爱写信了——这是二班长上午说的，应不应该提醒他一句？算了。

二班长极不甘心地离开了。印家厚的脚还没迈出门槛，电话铃响了。有人说："等等，你的电话。"

印家厚抓起话筒就说："喂，快讲！"他实在该上厕所了。

是厂长。从厂办公室打来的。印家厚倒抽一口凉气，刚才也太不恭敬了。这是改革声中新上任的知识分子厂长，知识分子是特别敏感的，应该给他一个好印象。

印家厚立即借了一辆自行车。朝办公室飞驰而去。

印家厚在进厂长办公室时，正碰上小白从里面出来，小白神色严峻，给他一句耳语："坚强些！"

他被这地下工作式的神秘弄得晕乎乎的，心里七上八下。

厂长要印家厚谈谈对日本人的看法。

对……日本人……看法？他一时间脑子里一片空白。日本专家撤回去七年了，七年里他的脑袋里没留下日本人的印象。"坚强些！"又是指什么？他竭力搜索七年前对小一郎的看法。小一郎是他的师傅。

"日本人……有苦干精神，能吃苦耐劳……一不怕苦，二不怕——"他差点儿失口说出毛主席语录。他小心谨慎，字斟句酌，"他们能严格按科学规律工作，干活一丝不苟，有不到黄河不死心的——"他意识到日本与黄河没关系，但他还是坚持说完了自己的话，"……的钻研精神。"

厂长说："这么说你对日本人印象不错？"

"不是全体日本人，也不是全面……是干活方面。"

"日本侵华战争该知道吧？"

"当然。日本鬼子——"印家厚打住了。厂长到底要干什么？即便是厂长，他也不愿意被他耍弄。他干吗要急匆匆离开车间跑到这儿踩薄冰？七年前厂里有个工人对日本专家搞恐怖活动受到了制裁；前些时候某个部级干部去了日本靖国神社给撤了职，这是国际问题，民族问题，他岂能涉嫌！

他一把推开椅子，说："厂长，有事就请开门见山，没事我得回去干活了。"

厂长说："小印，别着急嘛。事情十分明确。你认为现在我们引进日本先进设备，和他们友好交往是接受第二次侵略吗？"

"当然不是。"

"既然不是，那为什么迟迟不组织参加联欢的人员？下星期三日本青年友好访华团准时到我们厂。接待任务由工会布置下去已经两周了，你不仅不动，反而还在年轻人中说什么'不做联欢模特儿''进行第二次抗日战争''旗袍比西服美一千倍'，这是为什么？"

印家厚终于从鼓里钻出来了。有人栽了他的赃，栽得这么成功，竟使精明的厂长深信不疑。

"胡扯！一派谎言！"他今天的忍让到此为止！顾不上留什么好印象了，他要他的清白和正直。这些狗娘养的！——他骂开了。他根本就没得到工会的任何通知。两周前他姥姥去世了，他去办了两天丧事。回厂没上几天班，他妈因伤心过度，高血压犯了，他又用了两个休息日送她老人家去住院。看小白那鬼鬼祟祟的模样，说不定就是他捣的鬼，他和几所大学的学生勾勾搭搭，早就在宣扬"抵制日货"的观点。要么是哈大妈，对了！她方才还假装忘了什么事是因为她老了。她丈夫是在抗日战争中牺牲的，她对日本人从来都是横眉冷对的。要么他们串通一气坑了他。但他并不是一味敌视日本人，他至今还和小一郎通信来往，逢年过节寄张明信片什么的。

厂长倒笑了。他相信了印家厚并宽宏大量地向他道了歉。

"既然是这么回事那就赶快动手把工作抓起来！"厂长不容印家厚分辩，当即叫来了厂工会主席，面对面把印家厚交给了工会。

"不要搞什么各车间分头行动了。让小印暂调到厂工会来，全面下手抓。到时候出了差错就找你们俩。"

工会主席是转业军人，领命之后把印家厚拽到工会办公室，如此如此、这般这般布置开了。印家厚连连咕噜了几声："不行不行。"工会主席绝不理睬，布置中还夹叙了一通意义深远之类的话，大有军令如山的气势。

这就是说，印家厚从今天起，在一个星期内要组织起一个四十位男女青年的联欢团体，男青年身高要一米七十至一米八十厘米；女青年身高要一米六十五厘米左右；一律不胖不瘦，五官端正，漂亮一点儿的更好；要为他们每人定做一套毛料西装；教会他们日常应用的日语，能问候和简单对话；还要让他们熟悉一般的日本礼节；跳舞则必须人人都会。

印家厚头皮都麻了，说："主席，你听清楚——我干不了!"

"干得了。你是日本专家。"工会主席三把两下给他腾出了一张办公桌，将一沓贴有相片的职工表格放在他面前，说："小印，要理解组织的信任。现在，我们只有背水一战了。对任何人一律用行政命令。来，我们开始吧!"

下班时印家厚遇上了小白。小白说："我听说了，真替你抱屈。好像考驻日本的外交官。奴颜婢膝。"

印家厚狠狠白了他一眼，嘿嘿一个冷笑。小白马上跳起来："老兄，你怎么以为是我……我! 观点不同是另一回事。我若是那种背后插刀的小人，还搞他妈什么文学创作!"

这是真委屈。到目前为止，在小白的认识上，作品和人品是完全一致的。印家厚虽不搞创作，却已超越了这种认识上的局限。他谅解地给了小白一巴掌，说："对不起了!"

几个身材苗条挺拔的姑娘挎着各式背包走过来，朝小白亲切地招呼，可是对印家厚却脸一变冲着他叫道："汉奸!"

"我们绝不做联欢模特儿!"

"我们要抗日!"

印家厚绷紧脸,一声不哼。姑娘们过去之后,印家厚回头数了数,十五六个,几乎全是合乎标准的。他这才真正意识到这事太难了。

这一下午真累。在岗位上站了一个多小时;和厂长动了肝火;让工会拉了差。召集各车间工会组长紧急会议;找集训办公室;去商店选购衣料;和服装厂联系;向财务要活动资金;楼上楼下找厂长——当你需要他签字的时候,他不知上哪儿去了。

报考电大的要求根本没机会提出来,忍气吞声领了三等奖的五元钱。

刚调来的老大难结婚"表示"了两块钱;拯救非洲饥民捐款一元;"救救熊猫"募捐小组募到他的面前,他略一思忖,便往贴着熊猫流泪图案的小纸箱里塞了两元。募捐的共青团员们欢呼雀跃,赞扬印家厚是全厂第一!第一心疼国宝!就是厂长也只捐了五毛钱。

五块钱像一股回旋的流水,经过印家厚的手又流走了。全派了大用场,抵消了三等奖的耻辱。雅丽的确知他的心,说:"印师傅,你做得真俏皮!"印家厚不能不遗憾地想,如此理解他的人如果是他老婆就好了。不能否认,哪怕是最细微的一点儿相通也是有意义的。然而,他不敢想象他老婆的看法,他不由朝雅丽看了一眼,然后随即便又后悔了,因为雅丽读懂了他的眼神。

印家厚接儿子的时候,生怕儿子怪他来晚了,生怕又单独碰上肖晓芬。结果，儿子没有质问，肖晓芬也正混在一群阿姨里。什么事也没有。他为自己中午在肖晓芬面前的失态深感不安，便低着眼睛带走了儿子。

马路上车如流水，人如潮，雷雷蹿上去猛跑。印家厚在后边厉声叫着，提心吊胆，笨拙地追上儿子。他的儿子，和他长得如同一个模子里铸出来的，这就是他生命的延续。他不能让他乱跑，小心撞上车了；他又不能让他走太久的路，可别把小腿累坏了。印家厚丝毫没有下了班的感觉，他依然紧张着，只不过是换了专业罢了。

父子俩又汇入了下班的人流中。父亲背着包，儿子挎着冲锋枪。早晨满满一包出征，晚归时一副空囊。父亲灰尘满面，胡楂儿又深了许多。儿子的海军衫上滴了醒目的菜汁，绷带丝丝缕缕披挂，从头到脚肮脏至极。

公共汽车永远是拥挤的。当印家厚抱着儿子挤上车之后，肚子里一通咕咕乱叫，他感到非常饿。

车上有个小女孩和她妈妈坐着，她把雷雷指给她妈妈看："妈，他是我们班新来的小朋友，叫印雷。"小女孩可着嗓子喊，"印雷！印雷！"

雷雷喜出望外，骄傲地对父亲说："那是欣欣！"

两个孩子在挤满大人们的公共汽车里相遇，分外高兴，呱呱地叫唤着，充分表达他们的喜悦。印家厚和小女孩的妈妈点了点头，笑了。

小女孩的妈站了起来，让雷雷和自己的女儿坐在一个座位上，自己挤在印家厚旁边。

"我们欣欣可顽皮，简直和男孩子一样！"

"我儿子更不得了。"

"养个孩子可真不容易啊!"

"就是。太难了!"

有了孩子这个话题,大人们一见如故地攀谈起来了,可在前一刻他们还素不相识呢。谈孩子的可爱和为孩子的操劳,叹世世代代如流水;谈幼儿园的不健全,跑月票的辛酸苦辣,气时时事事都艰难。当小女孩的妈听印家厚说他家住在汉口,还必须过江,过了江还得坐车时,她吸了一口气,说:"简直是到另一个国家去了,可怕!"

印家厚说:"好在跑习惯了。"

"我家就在这趟车的终点站旁边。往后有什么不方便的时候,就把印雷接到我家吧。"

"那太谢谢了!"

"千万别客气!只要不让孩子受罪就行。"

"好的。"

印家厚发现自己变得婆婆妈妈了,变得容易感恩戴德,变得喜欢别人的同情了。本来是又累又饿,被挤得满腹牢骚的,有人一同情,聊一聊,心里就熨帖多了,不知不觉就到了终点。从前的他哪是这个样子?从前的他是个从里到外,血气方刚,衣着整齐,自我感觉良好的小伙子。从不轻易与女人搭话,不轻易同情别人或接受别人同情。印家厚清清楚楚地看出了自己的变化,他却弄不清这变化好还是不好。

在爬江堤时,他望见紫褐色的暮云仿佛就压在头顶上,心里闷闷的,不由得长长叹了一口气。

轮渡逆水而上。

逆水比顺水慢一倍多，这是漫长而难熬的时间。

夕阳西下，光线一分钟比一分钟暗淡。长江的风一阵比一阵凉。不知是什么缘故，上班时熟识的人不约而同在一条船上相遇，下班的船上却绝大多数是陌生面孔，而且面容都是怏怏的，呆呆的，疲惫不堪的。上船照例也抢，椅子上闪电般地坐满了人，然后甲板上也成片成片地坐上了人。

印家厚照例不抢船，因为船比车更可怕，那铁栅栏门"哗啦"一开，人们排山倒海压上船来，万一有人被裹挟在里面摔倒了，那他就再也不可能站起来。

印家厚和儿子坐在船头一侧的甲板上，还不错，是避风的一侧。印家厚屁股底下垫着挎包。儿子坐在他叉开的两腿之间，小屁股下垫了牛皮纸、手绢和帆布工作服，垫得厚厚的。冲锋枪挂在头顶上方的一个小铁钩上，随着轮船的震动有节奏地晃荡。印家厚摸出了梁羽生的《风雷震九州》，他想总该可以看看书了。他刚翻开书，儿子说："爸，我呢？"

他给儿子一本《狐狸的故事》，说："自己看，这本书都给你讲过几百遍了。"

他看了不到一页，儿子忽然跟着船上叫卖的姑娘叫起来："瓜子——瓜子，五香瓜子——"声音响亮引起周围打瞌睡人的不满。

"你干什么呢？"

儿子说："我口渴。"

"口渴到家再说。"

"吃冰激凌也可以的。"

印家厚明白了，给儿子买了支巧克力三色冰激凌，然后又低头看书。结果儿子只吃了奶油的一截，巧克力的那截被他抠下来涂在了一个小男孩儿的鼻子上，这小男孩儿正站在他跟前出神地盯着冰激凌。于是小男孩儿哭着找妈妈去了。唉，孩子好烦人，一刻也不让他安宁。孩子并不总是可爱，并不啊！印家厚愣愣地瞅着儿子。

　　一个嗓门粗哑的妇女扯着小男孩儿从人堆里挤过去，劈头冲印家厚吼道："小孩儿撒野，他老子不管，他老子死了！

　　印家厚本来是要道歉的，顿时歉意全消。他一把搂过儿子，闭上眼睛前后摇晃。

　　"呸！坏子货！"

　　静了一刻，妇女又说："坏子货！"又静了一刻，妇女骂骂咧咧走了。雷雷从父亲怀里伸出头来，问："坏子货是骂人话吗？爸。"

　　"是的。往后不许对人说这种话。"

　　"坏子货是什么意思？"

　　"骂人的意思。"

　　"骂人的什么？"

　　这是个爱探本求源的孩子，应该尽量满足他。可印家厚想来想去都觉得这个词不好解释。他说："等你长大就懂了。"

　　"我长大了你讲给我听吗？"

　　"不，你自然就懂了。"他想，孩子，你将面对生活中的一切，包括丑恶。

　　"哦——"

　　儿子这声长长的哦令人感动，印家厚心里油然生起了数不清的温柔。

儿子老成而礼貌地对挡在他前面的人说："叔叔，请让一让。"

印家厚说："雷雷，你干什么去？"

"我撒尿。"儿子吩咐他，"你好好坐着，别跟着过来。"

儿子站在船舷边往长江里撒尿。撒完尿，整好裤子才转身，颇有风度地回到父亲身边。他的儿子是多么富有教养！他母亲说他四岁的时候还是个小脏猴，一天到晚在巷子口的垃圾堆里打滚，整日一丝不挂。儿子这一辈远远胜过了父亲那一辈，长江总是后浪推前浪，前景是一片诱人的色彩。

他收起了小说。累些，再累些吧。为了孩子。

天色愈益暗淡了。船上的叫卖声也低了，底舱的轰隆声显得格外强烈。儿子伏在他腿上睡着了。他四处找不着为儿子遮盖的东西，只好用两扇巴掌捂住儿子的肚皮。

长江上，一艘幽暗的轮船载满了昏昏欲睡的乘客，慢慢悠悠逆水而行。看不完那黑乎乎连绵的岸上，看不完一张张疲倦的脸。印家厚竭力撑着眼皮，竭力撑着，眼睛里头渐渐红了。他开始挣扎，连连打哈欠，挤泪水；死鱼般瞪起眼珠。他想白天的事，想雅丽，想肖晓芬，想江南下的信，用各种方法来和睡意斗争。最后不知怎么一来，头一奇拉，双手落了下来，鼾声随即响了。父子俩一轻一重，此起彼伏地打着呼噜。

彩灯在远处凌空勾勒出长江大桥的雄姿，上半部是半截黑影，下半部才有稀疏的灯光。船上早睡的人们此刻醒了，伸了伸懒腰，说："晴川饭店的利用率太低了！"

船面上一片密集的人头中间突然冒出了一个乱蓬蓬的大脑

袋,这是一个披头散发的女疯子,她每天在这个时候便出现在轮渡上。女疯子大喝一声,说:"都醒了,都醒了!世界末日就要到来了!"

印家厚醒了,他赶快用手护住儿子的肚皮,恼恨地想:怎么搞的,一个短短的觉他居然做了许多梦,可一醒来那些具体情节却全飞了,只剩下满口的苦涩味。在猛醒的一瞬间,他好不辛酸。好在他很快就完全清醒了,他听见女疯子在嚷嚷,便知道船该靠码头了。

"雷雷,到了。嘿,到了。"

"爸爸。"

"嘿,到了!"

"疯子在唱歌。"

"来,站起来,背上枪。"

"疯子坐船买票吗?"

"醒醒吧,还迷糊什么!"

汽笛突然响了,父子俩都哆嗦了一下,接着都笑起来,天天坐船的人倒让船给吓了一跳。

人们纷纷起立,哦啊啊打哈欠,骂街骂娘。有人在背后扯了扯印家厚,他回头一看,是讨钱的老头儿。老头儿扑通一下跪在他们父子跟前,不停地作揖。印家厚迟疑了一下,掏出一枚硬币给儿子。雷雷惊喜而又自豪地把硬币扔进了老头儿的破碗,他大概觉得把钱给人家比玩游戏有趣得多。

印家厚却不知该对老头儿持什么样的看法才对。昨天的晚报上还登了一则新闻,说北方某地,一个年轻姑娘靠行乞成了万元户。他一直担心有朝一日儿子问他这个问题。

"爸，这个爷爷找别人要钱对吗？"

问题已经来了。说对吧，孩子会效法的；不对吧，爸爸你为什么把钱给他？就连四岁的孩子他都无法应付，几乎没有一刻他不在为难之中。他思索了一会儿，一本正经地告诉儿子："这是个复杂的社会问题，你太小怎么理解得了呢？"

幸好儿子没追问下去，却说："爸，我饿极了！"

浮桥又加长了，乘客差不多是从江心一直步行到岸上。傍晚下班的人真怕踏这浮桥，一步一拖，摇摇晃晃，总像走不到尽头，况且江上的风在春天也是冷的。

为什么不把码头疏浚一下？为什么不想办法让轮渡快一些？为什么江这边的人非得赶到江那边去上班？为什么没有一个全托幼儿园？为什么厂里的麻烦事都摊到了他的头上？为什么他不能果断处理好与雅丽的关系？为什么婚姻和爱情是两码事？印家厚真希望自己也是一个孩子，能有一个负责的父亲回答他的所有问题。

到家了！

炉火正红，油在锅里刺啦啦响，乱七八糟的小房间里葱香肉香扑面，暖暖的蒸汽从高压锅中悦耳地喷出。妈妈！儿子高喊一声，扑进母亲怀里。印家厚甩掉挎包，踢掉鞋子，倒在床上。老婆递过一杯温开水，往他脸上扔了一条湿毛巾。他深深吸吮着毛巾上太阳的气息和香皂的气息，久久不动。这难道不是最幸福的时刻？他的家！他的老婆！尽管是憔悴、爱和他扯黄皮的老婆。此刻，花前月下的爱情，精神上微妙的沟通等远远离开了这个饥饿困顿的人。

儿子在老婆手里打了个转，换上了一身红底白条运动衫，伤口重新扎了绷带，又恢复成一个明眸皓齿、双颊喷红的小男孩。印家厚感到家里的空气都是甜的。

饭桌上是红烧豆腐和氽元汤；还有一盘绿油油的白菜和一碟橙红透明的五香萝卜条。儿子单独吃一碗鸡蛋蒸瘦肉。这一切就足够足够了啊！

老婆说："吃啊，吃菜啊！"

她在婚后一直这么说，印家厚则百听不厌。这句贤惠的话补偿了其他方面的许多不足。

她说："菜真贵，白菜三角一斤。"

"三角？"他应道。

"全精肉两块八哩，不兴还价的，为了雷雷，我咬牙买了半斤。"

"好家伙！"

"我们这一顿除去煤和作料钱，净花三块三角多。"

"真不便宜。"

"喝人的血汗呢！"

"就是。"

议论菜市价格是每天晚饭时候的一个必然内容，也是他们夫妻一天不见之后交流的开端。

看印家厚和儿子吃得差不多了，老婆就将剩汤剩菜扣进了自己的碗里，移开凳子，拿过一本封面花哨的妇女杂志，摊在膝盖上边吃边看。

美好的时光已经过去，轮到印家厚收拾锅碗了。起先他认为吃饭看书是一个恶习，对一个为妻为母的人尤其不合适。老婆抗争说："我做姑娘时就养成了这习惯，请你不要剥夺我这一点点可怜的嗜好!"这样印家厚不得不承担起洗碗的义务。好在公共卫生间洗碗的全是男的,他也就顺应自然了。

男人们利用洗碗这短暂的时间交流体育动向,时事新闻,种种重要消息,这几分钟成了这排房子的男人们的友谊桥梁。今天印家厚在洗碗时听的消息太不幸了。一个男人说:伙计们,这房要拆了。另有人立刻问:我们住哪儿?答:管你住哪儿!是这个单位的安排,不是的一律滚蛋。问:真的吗?答:我们单位职工大会宣布的,马上就来人通知。好几个人说:这太不公平了!说这话的都是借房子住的人。印家厚也不由自主说了句:"不公平得很。"

印家厚顿时沉重起来,脸上没有了笑意,心里像吊着一块石头惴惴地发慌。他想,这如何是好呢?

他洗碗回来又抄起了拖把,准备拖地再洗儿子换下的衣服。他不停地干活,进进出出,以免和老婆说话泄露了拆房的秘密,她半夜还要去上夜班,得早点儿睡它一觉。暂且让自己独自难受吧。

"喂,你该睡觉了。"

"嗯。"

老婆还埋头于膝上的杂志。儿子自己打开了电视,入迷地看《花仙子》。

"喂喂,你该睡觉了。"

老婆徐徐站起。"好,看完了。有篇文章讲夫妻之间的感情的事,你也看看吧。"

"好。你睡吧。"

老婆过去亲了儿子一下,说:"主要是说夫妻间要以诚相见，不要互相隐瞒，哪怕一点儿小事。一件小事常常会造成大的裂痕。"

"对。"印家厚说。

老婆总算准备上床睡觉了，她脱去外衣，又亲了亲儿子，说："雷雷，今天就没有什么新鲜事告诉妈妈吗？"

印家厚立刻意识到应该冲掉这母子间的危险谈话，但他迟了。

儿子说："噢，妈妈，爸爸今天没在餐馆吃凉面。"

老婆马上怒形于色。"你这人怎么回事！告诉你现在乙肝多得不得了，不能用外边的碗筷！"

"好好，以后注意吧。"

"别糊弄人！别以后、以后的……我问你：你今天找了人没有？"

印家厚蒙了："找……谁？"

"瞧！找谁——？"老婆气急败坏，一屁股蹾在床沿上，跷起腿，道，"你们厂分房小组组长啊！我好不容易打听到了这人的一些嗜好，不是说了花钱送点儿什么的吗？不是让你先去和他联络感情的吗？"

真的，这件事是家中的头等大事。只要有可能分到房子，彩电宁可不买。他怎么把这事忘得一干二净了呢？

"我明天一定去！"他愧疚地捶了捶脑袋。尤其从今天起，房子的事是燃眉之急的了，再不愿干的事也得干。

印家厚的态度这么好，老婆也就说不出话来了，坐在那儿干瞪着丈夫。

"酒呢？"

"黑市茅台四块八一两。"

"那算了，我再托托人去。奖金还没发?"

"没有。"他撒了谎。如果夫妻间果然是任何问题都以诚相见，那么裂痕会更迅速地扩大。他说:"看动静厂里对轮流坐庄要变，可能要抓一抓的。"先铺垫一笔，让打击来得缓和些。西餐是肯定吃不成的了，老婆，你有所准备吧，不要对你的同事们炫耀，说你丈夫要带你和儿子去吃西餐。

老婆抹下眼皮，说:"唉，倒霉事一来就是一串。有件事本来我打算明天告诉你，今天让你睡个安稳觉的。可是……唉，姑妈给我来了长途电话。"

"河北的?"

"说她老三要来武汉玩玩，已经动身了，明天下午到。"

"是腿上长了瘤的那个?"

"大概是那瘤不太好吧。姑妈总尽量满足他……"

"住我们家?"

"当然。我们在闹市区。交通也方便。"

印家厚觉得无言以对。难怪他一进门就感到房间里有些异样，他还没来得及仔细辨别呢。现在他明白了:床头的墙壁上垂挂着长长的玻璃纱花布，明天晚上它将如帷幕一般徐徐展开，挡在双人床与折叠床之间:折叠床上将睡一个二十岁的小伙子。印家厚讪讪地说:"好哇。"他弹了弹花布，想笑一笑冲淡一下沉闷的空气，结果鼻子发痒，打了个喷嚏。老婆一抬腿上了床，他扭小了电视的音量，去卫生间洗衣服。

洗衣服。晾衣服。关掉电视。把在椅子上睡着了的儿子弄到折叠床上，替他脱衣服而又不把他搬醒，鉴于今天凌晨的教训，给折叠床边靠上一排椅子。轻轻地，悄悄地，慢慢地，不要惊醒了老婆。憋得他吭哧吭哧，一头细汗。

印家厚上床时，时针指向十一点三十六分。

他往床架上一靠，深吸了一口香烟，全身的筋骨都咯吧咯吧松开了。一股说不出的麻麻的滋味从骨头缝里弥漫出来，他坠入了昏昏沉沉的空冥之中。

只亮着一盏朦胧的台灯。

他在灯晕里吐着烟，杂乱地回想着所有难办的事，想得坐卧不宁，头昏眼花，而他的躯体又这么沉，他拖不动它，翻不动它，他的骨架累散了。真苦，他开始怜悯自己。真苦！

老婆摊平身子，发出细碎的鼾声。印家厚拿眼睛斜瞟着老婆的脸。这脸竟然有了变化，变得洁白，光滑，娇美，变成了雅丽的，又变成了晓芬的。他的胸腔呼地一热，他想，一个男人就不能有点儿野心吗？这么一点破，心中顿时涌出一团邪火，血液像野马一样奔腾起来。他暗暗想着雅丽和晓芬，粗鲁地拍了拍老婆的脸。老婆勉强睁开眼皮觑了他一下，讷讷地说："困死了。"

他火气旺盛地低声吼道："明天你表弟就睡在这房里了！"他"嚓"地又点了一支烟，把火柴盒啪地扔到地上。

老婆拿走了他唇上的香烟，异常顺从地说："好吧，我不睡了，反正也睡不了多久了。"她连连打哈欠，扭动四肢，神情漠然地去解衣扣。

印家厚突然按住了老婆的手，凝视着她皮肤粗糙的脸说："算了。睡吧。"

"不，只有半小时，我怕睡过头。"

"不要紧，到时候我叫醒你。"

"家厚！家厚，你真好……"

他含讥带讽地笑了笑。平静得像退了潮的沙滩。

老婆忽然眼睛湿润，接着抽泣起来，说："我实在不忍心告诉你，这房子马上就要拆了……通知书已经送来了……"

"哦。我也早知道了。"他说，"明天我拼命也得想办法！"

"你也别太着急，退路也不是完全没有。我打听了，有私房出租，十五平方米每月五十块钱，水电费另加……西餐是吃不成的了。可笑的是……我们还像小孩子一样，嘴馋……"

印家厚关了台灯，趁黑暗的瞬间抹去了涌出的泪水。他捏了捏老婆的手，说："睡吧。车到山前必有路，船到桥头自会直。"

老婆，我一定要让你吃一次西餐，就在这个星期天，无论如何！——他没有把这话说出口，他还是怕万一做不到，他不可能主宰生活中的一切。但他将竭尽全力去做！

雅丽怎么能够懂得他和老婆是分不开的呢？普通人的老婆就得粗粗糙糙，泼泼辣辣，没有半点儿身份架子，尽管做丈夫的不无遗憾，可那又怎么样呢？

印家厚熄灭了烟头，溜进被子里。在睡着的前一刻他脑子里闪出早晨在渡船上说出的一个字"梦"，接着他看见自己在空中对躺着的自己说："你现在所经历的这一切都是梦，你在做一个很长的梦，醒来之后其实一切都不是这样的。"他非常相信自己的话，于是就安心入睡了。

现实一种

余　华

一

那天早晨和别的早晨没有两样，那天早晨正下着小雨。因为这雨断断续续下了一个多星期，所以在山岗和山峰兄弟俩的印象中，晴天十分遥远，仿佛远在他们的童年里。

天刚亮的时候，他们就听到母亲在抱怨什么骨头发霉了。母亲的抱怨声就像那雨一样滴滴答答。那时候他们还躺在床上，他们听着母亲向厨房走去的脚步声。

她折断了几根筷子，对两个儿媳妇说："我夜里常常听到身体里有这种筷子被折断的声音。"两个媳妇没有回答，她们正在做早饭。她继续说："我知道那是骨头正在一根一根断了。"

兄弟俩是这时候起床的，他们从各自的卧室里走出来，都在嘴里嘟哝了一句："讨厌。"像是在讨厌不停的雨，同时又是母亲雨一样的抱怨。

现在他们像往常一样围坐在一起吃早饭了，早饭由米粥和油条组成。

老太太常年吃素，所以在桌旁放着一小碟咸菜，咸菜是她自己腌制的。她现在不再抱怨骨头发霉，她开始说："我胃里好像在长出青苔来。"

于是兄弟俩便想起蚯蚓爬过的那种青苔，生长在井沿和破旧的墙角，那种有些发光的绿色。他们的妻子似乎没有听到母亲的话，因为她们脸上的神色像泥土一样。

山岗四岁的儿子皮皮没和大人同桌，他坐在一只塑料小凳上，他在那里吃早饭，他没吃油条，母亲在他的米粥里放了白糖。

刚才他爬到祖母身旁，偷吃一点儿咸菜。因此祖母此刻还在眼泪汪汪，她喋喋不休地说着："你今后吃的东西多着呢，我已经没有多少日子可以吃了。"因此他被父亲一把拖回到塑料小凳子上。所以他此刻心里十分不满，他用匙子敲打着碗边，嘴里叫着："太少了，吃不够。"

他反复叫着，声音越来越响亮，可大人们没有理睬他，于是他就决定哭一下。而这时候他的堂弟嘹亮地哭了起来，堂弟正被婶婶抱在怀中。他看到婶婶把堂弟抱到一边去换尿布了。于是他就走去站在旁边。堂弟哭得很激动，随着身体的扭动，那叫小便的玩意儿一颤一颤的。他很得意地对婶婶说："他是男的。"但是婶婶没有理睬他，换毕尿布后她又坐到刚才的位置上去了。他站在原处没动。这时候堂弟不再哭了，堂弟正用两个玻璃球一样的眼睛看着他。他有点儿沮丧地走开了。他没有回到塑料小凳上，而是走到窗前。他太矮，于是就仰起头来看着窗玻璃，屋外的雨水打在玻璃上，像蚯蚓一样扭动着滑了下来。

这时早饭已经结束。山岗看着妻子用抹布擦着桌子。山峰则看着妻子抱着孩子走进了卧室，门没有关上，不一会儿妻子又走了出来，妻子走出来以后走进了厨房。山峰便转回头来，看着嫂嫂擦着桌子的手，那手背上有几条静脉时隐时现。山峰看了一会儿才抬起头来，他望着窗玻璃上纵横交叉的水珠对山岗说："这雨好像下了一百年了。"

山岗说："好像是有这么久了。"

他们的母亲又在喋喋不休了。她正坐在自己房中，所以她的声音很轻微。母亲开始咳嗽了，她咳嗽的声音很夸张。接着是吐痰的声音。那声音很有弹性。他们知道她是将痰吐在手心里，她现在开始观察痰里是否有血迹了。他们可以想象这时的情景。

不久以后他们的妻子从各自的卧室走了出来，手里都拿着两把雨伞，到了去上班的时候了。兄弟俩这时才站起来，接过雨伞后四个人一起走了出去，他们将一起走出那条胡同。然后兄弟俩往西走，他们的妻子则往东走去。兄弟俩走在一起，像是互不相识一样。他们默默无语一直走到那所中学的门口，然后山峰拐弯走上了桥，而山岗继续往前走。他们的妻子走在一起的时间十分短，她们总是一走出胡同就会碰到各自的同事，于是便各自迎上去说几句话后和同事一起走了。

他们走后不久，皮皮依然站在原处，他在听着雨声，现在他已经听出了四种雨滴声，雨滴在屋顶上的声音让他感到是父亲用食指在敲打他的脑袋；而滴在树叶上时仿佛跳跃了几下。另两种声音来自屋前水泥地和屋后的池塘，和滴进池塘时清脆的声响相比，来自水泥地的声音显然沉闷了。

于是孩子蹲了下去，他从桌子底下钻过去，然后一步一步走到祖母的卧室门口，门半掩着，祖母如死去一般坐在床沿上，孩子说："现在正下着四场雨。"祖母听后打了一个响亮的嗝。孩子便嗅到一股臭味，近来祖母打出来的嗝越来越臭了。所以他立刻离开，他开始走向堂弟。

堂弟躺在摇篮里，眼睛望着天花板，眼睛笑眯眯的。孩子就对堂弟说："现在正下着四场雨。"

堂弟显然听到了声音，两条小腿便活跃起来，眼睛也开始东张西望。可是没有找到他。他就用手去摸摸堂弟的脸，那脸像棉花一样松软。他禁不住使劲拧了一下，于是堂弟"哇"的一声灿烂地哭了起来。

这哭声使他感到莫名的喜悦，他朝堂弟惊喜地看了一会儿，随后对准堂弟的脸打去一个耳光。他看到父亲经常这样揍母亲。挨了一记耳光后堂弟突然窒息了起来，嘴巴无声地张了好一会儿，接着一种像是暴风将玻璃窗打开似的声音冲击而出。这声音嘹亮悦耳，使孩子异常激动。然而不久之后这哭声便跌落下去，因此他又给了他一个耳光。堂弟为了自卫而乱抓的手在他手背上留下了两道血痕，他一点儿也没觉察。他只是感到这一次耳光下去那哭声并没窒息，不过是响亮一点儿的继续，远没有刚才那么动人。所以他使足劲又打去一个，可是情况依然如此，那哭声无非是拖得长一点儿而已。于是他就放弃了这种办法，他伸手去卡堂弟的喉管，堂弟的双手便在他手背上乱抓起来。当他松开时，那如愿以偿的哭声又响了起来。他就这样不断去卡堂弟的喉管又不断松开，他一次次地享受着那爆破似的哭声。后来当他再松开手时，堂弟已经没有那种充满激情的哭声了，只不过是张着嘴一颤一颤地吐气，于是他开始感到索然无味，便走开了。

他重新站在窗下，这时窗玻璃上已经没有水珠在流动，只有杂乱交错的水迹，像是一条条路。孩子开始想象汽车在上面奔驰和相撞的情景。随后他发现有几片树叶在玻璃上摇晃，接着又看到有无数金色的小光亮在玻璃上闪烁，这使他惊讶无比。于是他立刻推开窗户，他想让那几片树叶到里面来摇晃，让那些小光亮跳跃起来，围住他翩翩起舞。那光亮果然一拥而进，但不是雨点那样一滴一滴，而是一片，他发现天晴了，阳光此刻贴在他身上。刚才那几片树叶现在清晰可见，屋外的榆树正在伸过来，树叶绿得晶亮，正慢慢地往下滴着水珠，每滴一颗树叶都要轻微地颤抖一下，这优美的颤抖使孩子笑了起来。

然后孩子又出现在堂弟的摇篮旁，他告诉他："太阳出来了。"堂弟此刻已经忘了刚才的一切，笑眯眯地看着他。他说："你想去看太阳吗？"堂弟这时蹬起了两条腿，嘴里"哎哎"地叫了起来。他又说："可是你会走路吗？"堂弟这时停止了喊叫，开始用两只玻璃球一样的眼睛看着他，同时两只胳膊伸出来像是要他抱。"我知道了，你是要我抱你。"他说着用力将他从摇篮里抱了出来，像抱那只塑料小凳一样抱着他。他感到自己是抱着一大块肉。堂弟这时又"哎哎"地叫起来。"你很高兴，对吗？"他说。随后他有点儿费力地走到了屋外。

那时候远处一户人家正响着鞭炮声，而隔壁院子里正在生煤球炉子，一股浓烟越过围墙滚滚而来。堂弟一看到浓烟高兴地哇哇大叫，他对太阳不感兴趣。他也没对太阳感兴趣，因为此刻有几只麻雀从屋顶上斜飞下来，逗留在树枝上，那几根树枝随着它们喳喳的叫声而上下起伏。

然而孩子感到越来越沉重了，他感到这沉重来自手中抱着的东西，所以他就松开了手。他听到那东西掉下去时同时发出两种声音，一种沉闷一种清脆，随后什么声音也没有了。现在他感到轻松自在，他看到几只麻雀在树枝间跳来跳去，因为树枝的抖动，那些树叶像扇子似的一扇一扇。他那么站了一会儿后感到口渴，所以他就转身往屋里走去。

　　他没有一下子就找到水，在卧室桌上有一只玻璃杯放着，可是里面没有水。于是他又走进了厨房，厨房的桌上放着两只搪瓷杯子，盖着盖。他没法知道里面是否有水，因为他够不着，所以他重新走出去，将塑料小凳搬进来。在抱起塑料小凳时他蓦然想起他的堂弟，他记得自己刚才抱着他走到屋外，现在却只有他一人了。他觉得奇怪，但他没往下细想。他爬到小凳上去，将两只杯子拖过来时感到它们都有些沉，两只杯子都有水，因此他都喝了几口。随后他又惦记起刚才那几只麻雀，便走了出去。而屋外榆树上已经没有鸟在跳跃，鸟已经飞走了。他看到水泥地开始泛出了白色，随即看到了堂弟，他的堂弟正舒展四肢仰躺在地上。他走到近旁蹲下去推推他，堂弟没有动，接着他看到堂弟头部的水泥地上有一小摊血。他俯下身去查看，发现血是从脑袋里流出来的，流在地上像一朵花似的在慢吞吞开放着。而后他看到有几只蚂蚁从四周快速爬了过来，爬到血上就不再动弹。只有一只蚂蚁绕过血而爬到了他的头发上。沿着几根被血凝固的头发一直爬进了堂弟的脑袋，从那往外流血的地方爬了进去。他这时才站起来，茫然地朝四周望望，然后走回屋中。

　　他看到祖母的门依旧半掩着，就走过去，祖母还是坐在床上。他就告诉她："弟弟睡着了。"祖母转过头来看了看他，他发现她正眼泪汪汪。他感到没意思，就走到厨房里，在那把小凳上坐了下来。他这时才感到右手有些疼痛，右手被抓破了。他想了很久才回忆起是在摇篮旁被堂弟抓破的，接着又回忆起自己怎样抱着堂弟走到屋外，后来他怎样松手。因为回忆太累，所以他就不再往下想。他把头往墙上一靠，马上就睡着了。

很久以后，她才站起来，于是她又听到体内有筷子被折断一样的声音。声音从她松弛的皮肤里冲出来后变得异常轻微，尽管她有些耳聋，可还是清晰地听到了。因此这时她又眼泪汪汪起来，她觉得自己活不久了，因为每天都有骨头在折断。她觉得自己不久以后不仅没法站和没法坐，就是躺着也不行了。那时候她体内已经没有完整的骨骼，却是一堆长短形状粗细都不一样的碎骨头不负责任地挤在一起。那时候她脚上的骨头也许会从腹部顶出来，而手臂上的骨头可能会插进长满青苔的胃。

她走出了卧室，此后她没再听到那种响声，可她依旧忧心忡忡。此刻从那敞开的门窗涌进来的阳光使她两眼昏花，她看到的是一片闪烁的东西，她不知道那是什么，便走到了门口。阳光照在她身上，使她看到双手黄得可怕。接着她看到一团黄黄的东西躺在前面。她仍然不知道那是什么。于是她就跨出门，慢吞吞地走到近旁，她还没认出这一团东西就是她孙儿时，她已经看到了那一摊血，她吓了一跳，赶紧走回自己的卧室。

二

孩子的母亲是提前下班回家的。她在一家童车厂当会计。在快要下班的前一刻，她无端地担心起孩子会出事。因此她坐不住了，她向同事说一声要回去看儿子。这种担心在路上越发强烈。

当她打开院子的门时，这种担心得到了证实。

她看到儿子躺在阳光下，和他的影子躺在一起。一旦担心成为现实，她便恍惚起来。她在门口站了一会儿，她似乎看到儿子头部的地上有一摊血迹。血迹在阳光下显得不太真实，于是那躺着的儿子也仿佛是假的。随后她才走了过去，走到近旁她试探性地叫了几声儿子的名字，儿子没有反应。这时她似乎略有些放心，仿佛躺着的并不是她的儿子。她挺起身子，抬头看了看天空，她感到天空太灿烂，使她头晕目眩。然后她很费力地朝屋中走去，走入屋中她觉得阴沉觉得有些冷。卧室的门敞开着，她走进去。她在柜前站住，拉开抽屉往里面寻找什么，抽屉里堆满羊毛衫。她在里面翻了一阵，没有她要找的东西，她又拉开柜门，里面挂着她和丈夫山峰的大衣，也没有她要找的东西。她又去拉开写字台的全部抽屉，但她只是看一眼就走开了。她在一把椅子上坐了下来，眼睛开始在屋内搜查起来。她的目光从刚才的柜子上晃过，又从圆桌的玻璃上滑下，斜到那只三人沙发里；接着目光又从沙发里跳出来到了房上。然后她才看到摇篮。这时她猛然一惊，立刻跳起来。摇篮里空空荡荡，没有她的儿子。于是她蓦然想起躺在屋外的孩子，她疯一般地冲到屋外，可是来到儿子身旁她又不知所措了。但是她想起了山峰，便转身走出去。

她在胡同里拼命地走着，她似乎感到有人从对面走来向她打招呼。但她没有搭理，她横冲直撞地往胡同口走去。可走到胡同口她又站住。一条大街横在眼前，她不知该朝哪个方向走，她急得直喘气。

山峰这时候出现了，山峰正和一个什么人说着话朝她走来。于是她才知道该往那个方向去。当她断定山峰已经看到她时，她终于响亮地哭了起来。不一会儿她感到山峰抓住了她的手臂，她听到丈夫问："出了什么事？"她张了张嘴却没有声音。她听到丈夫又问："到底出了什么事？"可她依旧张着嘴说不出话来。"是不是孩子出事了？"丈夫此刻开始咆哮了。这时她才费力地点了点头。山峰便扔开她往家里跑去。她也转身往回走，她感到四周有很多人，还有很多声音。她走得很慢，不一会儿她看到丈夫抱着儿子跑了过来，从她身边一擦而过。于是重新转回身去。她想走得快一点儿好赶上丈夫，她知道丈夫一定是去医院了。可她怎么也走不快。现在她不再哭了。她走到胡同口时又不知该往何处去，就问一个走来的人，那人用手向西一指，她才想起医院在什么地方。她在人行道上慢吞吞地往西走，她感到自己的身体像一片树叶一样被风吹得摇摇晃晃。她一直走到那家百货商店时，才恢复了一些感觉。她知道医院已经不远了。而这时她却看到丈夫抱着儿子走来了。山峰脸上僵硬的神色使她明白了一切，所以她又号啕大哭了。山峰走到她跟前，咬牙切齿地说："回家去哭。"她不敢再哭，她抓住山峰的衣服，跟着他往回走去。

山岗回家的时候，他的妻子已在厨房里了。他走进自己的卧室，在沙发里坐了下来。他感到无所事事，他在等着吃午饭。皮皮是在这时出现在他眼前的。皮皮因为母亲走进厨房而醒了，醒来以后他感到全身发冷，他便对母亲说了。正在忙午饭的母亲就打发他去穿衣服。于是他就哆哆嗦嗦地出现在父亲的跟前。他的模样使山岗有些不耐烦。

山岗问："你这是干什么？"

"我冷。"皮皮回答。

山岗不再搭理，他将目光从儿子身上移开，望着窗玻璃。他发现窗户没有打开，就走过去打开了窗户。

"我冷。"皮皮又说。

山岗没有去理睬儿子，他站在窗口，阳光晒在他身上使他感到很舒服。

这时山峰抱着孩子走了进来，他妻子跟在后面，他们的神色使山岗感到出了什么事。兄弟俩看了一眼，谁也没有说话。山岗听着他们迟缓的脚步跨入屋中，然后一声响亮的关门。这一声使山岗坚定了刚才的想法。

皮皮此刻又说了："我冷。"

山岗走出了卧室，他在餐桌旁坐了下来，这时妻子正从厨房里将饭菜端了出来，皮皮已经坐在了那只塑料小凳上。他听到山峰在自己房间里吼叫的声音。他和妻子互相望了一眼，妻子也坐了下来。她问山岗："要不要去叫他们一声？"

山岗回答："不用。"

老太太这时走了出来，手里拿着一碟咸菜。她从来不用他们叫，总会准时地出现在餐桌旁。

山峰屋中除了吼叫的声音外，增加了另外一种声音。山岗知道那是什么声音。他嘴里咀嚼着，眼睛却通过敞开的门窗望到外面去了。不一会儿他听到母亲在一旁抱怨，他便转过脸来，看到母亲正愁眉苦脸望着那一碗米饭，他听到她在说："我看到血了。"他重新将头转过去，继续看着屋外的阳光。

山峰抱着孩子走入自己的房门，把孩子放入摇篮以后，用脚狠命一蹬关上了卧室的门。然后看着已经坐在床沿上的妻子说："你现在可以哭了。"

他妻子却神情恍惚地望着他，仿佛没有听到他的话，那双睁着的眼睛似乎已经死去，但她的坐姿很挺拔。

山峰又说："你可以哭了。"

可她只是将眼睛移动了一下。

山峰往前走了一步，问："你为什么不哭？"

她这时才动弹了一下，抬起头疲倦地望着山峰的头发。

山峰继续说："哭吧，我现在想听你哭。"

两颗眼泪于是从她那空洞的眼睛里滴了出来，迟缓而下。

"很好。"山峰说，"最好再来点儿声音。"

但她只是无声地流泪。

这时山峰终于爆发了，他一把揪住妻子的头发吼道："为什么不哭得响亮一点儿。"

她的眼泪骤然而止，她害怕地望着丈夫。

"告诉我，是谁把他抱出去的？"山峰再一次吼叫起来。

她茫然地摇摇头。

"难道是孩子自己走出去的？"

她这次没有摇头，但也没点头。

"你什么都不知道，是吗？"山峰不再吼叫，而是咬牙切齿地问。

她想了很久才点点头。

"这么说你回家时孩子已经躺在那里了？"

她又点点头。

"所以你就跑出来找我？"

她的眼泪这时又淌了下来。

山峰咆哮了："你当时为什么不把他抱到医院去，你是成心让他死去。"

她慌乱地摇起了头，她看着丈夫的拳头挥了起来，瞬间之后脸上挨了重重一拳。她倒在了床上。

山峰俯身抓住她的头发把她提起来，接着又往她脸上揍去一拳。这一拳将她打在地上，但她仍然无声无息。

山峰把她再拉起来，她被拉起来后双手护住了脸。可山峰却是对准她的乳房揍去，这一拳使她感到天昏地暗，她窒息般地呜咽了一声后倒了下去。

当山峰再去拉起她的时候感到特别沉重，她的身体就像掉入水中一样直往下沉。于是山峰就屈起膝盖顶住她的腹部，让她贴在墙上，然后抓住她的头发狠命地往墙上撞了三下。山峰吼道："为什么死的不是你。"吼毕才松开手，她的身体便贴着墙壁滑了下去。

随后山峰打开房门走到了外间。那时候山岗已经吃完了午饭，但他仍坐在那里。他的妻子正将碗筷收去，留下的两双是给山峰他们的。山岗看到山峰杀气腾腾地走了出来，走到母亲身旁。

此刻母亲仍端坐在那里喋喋不休地抱怨着她看到血了。那一碗米饭纹丝未动。

山峰问母亲："是谁把我儿子抱出去的？"

母亲抬起头来看看儿子，愁眉苦脸地说："我看到血了。"

"我问你。"山峰叫道，"是谁把我儿子抱出去的？"

母亲仍然没对儿子的问话感兴趣，但她希望儿子对她看到血感兴趣，她希望儿子来关心一下她的胃口。所以她再次说："我看到血了。"

然而山峰却抓住了母亲的肩膀摇了起来："是谁？"

坐在一旁的山岗这时开口了，他平静地说："别这样。"

山峰放开了母亲的肩膀，他转身朝山岗吼道："我儿子死啦！"

山岗听后心里一怔，于是他就不再说什么。

山峰重新转回身去问母亲："是谁?"

这时母亲眼泪汪汪地啷哝起来："你把我的骨头都摇断了。"她对山岗说，"你来听听，我身体里全是骨头断的声音。"

山岗点点头，说："我听到了。"但他坐着没动。

山峰几乎是最后一次吼叫了："是谁把我儿子抱出去的?"

此时坐在塑料小凳上的皮皮用比山峰还要响亮的声音回答："我抱的。"当山峰第一次这样问母亲时，皮皮没去关心。后来山峰的神态吸引了他，他有些费力地听着山峰的吼叫，刚一听懂他就迫不及待地叫了起来，然后他非常得意地望望父亲。

于是山峰立刻放开母亲，他朝皮皮走去。他凶猛的模样使山岗站了起来。

皮皮依旧坐在小凳上，他感到山峰那双血红的眼睛很有趣。

山峰在山岗面前站住，他叫道："你让开。"

山岗十分平静地说："他还是孩子。"

"我不管。"

"但是我要管。"山岗回答，声音仍然很平静。

于是山峰对准山岗的脸狠击一拳，山岗只是歪了一下头却没有倒下。

"别这样。"山岗说。

"你让开。"山峰再次吼道。

"他还是孩子。"山岗又说。

"我不管，我要他偿命。"山峰说完又朝山岗打去一拳，山岗仍是歪一下头。

这情景使老太太惊愕不已，她连声叫着："吓死我了。"然而却坐着未动，因为山峰的拳头离她还有距离。此时山岗的妻子从厨房里跑了出来，她朝山岗叫道："这是怎么了?"

山岗对她说："把孩子带走。"

可是皮皮却不愿离开，他正兴致勃勃地欣赏着山峰的拳头。父亲没有倒下使他兴高采烈。因此当母亲将他一把拖起来时，他不禁愤怒地大哭了。

这时山峰转身去打皮皮，山岗伸手挡住了他的拳头，随即又抓住山峰的胳膊，不让他挨近皮皮。

山峰就提起膝盖朝山岗腹部顶去，这一下使山岗疼弯了腰，他不由呻吟了几下。但他仍抓住山峰的胳膊，直到看着妻子把孩子带入卧室关上门后，才松开手，然后挪几步坐在了凳子上。

山峰朝那扇门狠命地踢了起来，同时吼着："把他交出来。"

山岗看着山峰疯狂地踢门，同时听着妻子在里面叫他的名字，还有孩子的哭声。他坐着没有动。他感到身旁的母亲正站起来离开，母亲嘟嘟囔囔像是嘴里塞着棉花。

山峰狠命地踢了一阵后才收住脚，接着他又朝门看了很久，然后才转过身来，他朝山岗看了一眼，走过去也在凳子上坐下，他的眼睛继续望着那扇门，目光像是钉在那上面，山岗坐在那里一直看着他。

后来，山岗感到山峰的呼吸声平静下来了，于是他站起身，朝卧室的门走去。他感到山峰的目光将自己的身体穿透了。他在门上敲了几下，说："是我，开门吧。"同时听着山峰是否站了起来，山峰坐在那里没有声息。他放心了，继续敲门。

门战战兢兢地打开了，他看到妻子不安的脸。他对她轻轻说："没事了。"但她还是迅速地将门关上。

她仰起头看着他，说："他把你打成这样。"

山岗轻轻一笑，他说："过几天就没事了。"

说着山岗走到泪汪汪的儿子身旁，用手摸他的脑袋，对他说："别哭。"接着他走到衣柜的镜子旁，他看到一个脸部肿胀的陌生人。他回头问妻子："这人是我吗?"

妻子没有回答，妻子正怔怔地望着他。

他对她说："把所有的存折都拿出来。"

她迟疑了一下后就照他的话去办了。

他继续逗留在镜子旁。他发现额头完整无损，下巴也是原来的，而其余的都已经背叛他了。

这时妻子将存折递了过去，他接过来后问："多少钱?"

"三千元。"她回答。

"就这么多?"他怀疑地问。

"可我们总该留一点儿。"她申辩道。

"全部拿出来。"他坚定地说。

她只得将另外两千元递过去，山岗拿着存折走到了外间。

此刻山峰仍然坐在原处，山岗打开门走出来时，山峰的目光便离开了门而钉在山岗的腹部，现在山岗向他走来，目光就开始缩短。山岗在他面前站住，目光就上升到了山岗的胸膛。他看到山岗的手正在伸过来，手中捏着十多张存折。

"这里是五千元。"山岗说，"这事就这样结束吧。"

"不行。"山峰斩钉截铁地回答，他的嗓音沙哑了。

"我所有的钱都在这里了。"山岗又说。

"你滚开。"山峰说。因为山岗的胸膛挡住了他的视线，他没法看到那扇门。

山岗在他身旁默默地站了很久，他一直看着山峰的脸，他看到那脸上有一种傻乎乎的神色。然后他才转过身，重新走回卧室。他把存折放在妻子手中。

"他不要？"她惊讶地问。

他没有回答，而是走到儿子身旁，用手拍拍他的脑袋说："跟我来。"

孩子看了看母亲后就站了起来，他问父亲："到哪里去？"

这时她明白了，她挡住山岗，她说："不能这样，他会打死他的。"

山岗用手推开她，另一只手拉着儿子往外走去，他听到她在后面说："我求你了。"

山岗走到了山峰面前，他把儿子推上去说："把他交给你吧。"

山峰抬起头来看了一下皮皮和山岗，他似乎想站起来，可身体只是动了一下。然后他的目光转了个弯，看到屋外院子里去了。于是他看到了那一摊血。血在阳光下显得有些耀眼。他发现那一摊血在发出光亮，像阳光一样的光亮。

皮皮站在那里显然是兴味索然，他仰起头来看看父亲，父亲脸上没有表情，和山峰一样。于是他就东张西望，他看到母亲不知什么时候起也站在他身后了。

山峰这时候站了起来，他对山岗说："我要他把那摊血舔干净。"

"以后呢?"山岗问。

山峰犹豫了一下才说:"以后就算了。"

"好吧。"山岗点点头。

这时孩子的母亲对山峰说:"让我舔吧,他还不懂事。"

山峰没有搭理,他拉着孩子往外走。于是她也跟了出去。山岗迟疑了一下后走回了卧室,但他只走到卧室的窗前。

山岗看到妻子一走近那摊血迹就俯下身去舔了,妻子的模样十分贪婪。山岗看到山峰朝妻子的臀部蹬去一脚,妻子摔向一旁然后跪起来拼命地呕吐了,她喉咙里发出了那种令人毛骨悚然的声音。接着他看到山峰把皮皮的头按了下去,皮皮便趴在了地上。他听到山峰用一种近似妻子呕吐的声音说:"舔。"

皮皮趴在那里,望着这摊在阳光下亮晶晶的血,使他想起某一种鲜艳的果浆。他伸出舌头试探地舔了一下,于是一种崭新的滋味油然而生。接下去他就放心去舔了,他感到水泥上的血很粗糙,不一会儿舌头发麻了,随后舌尖上出现了几丝流动的血,这血使他觉得更可口,但他不知道那是自己的血。

山岗这时看到弟媳伤痕累累地出现了,她嘴里叫着"咬死你"扑向了皮皮。与此同时山峰飞起一脚踢进了皮皮的胯里。皮皮的身体腾空而起,随即脑袋朝下撞在了水泥地上,发出一声沉重的声响。他看到儿子挣扎了几下后就舒展四肢瘫痪似的不再动了。

三

那时候老太太听到"咕咚"一声,这声音使她大吃一惊。声音是从腹部钻出来的。仿佛已经憋了很久总算散发出来,声音里充满了怨气。他马上断定那是肠子在腐烂，而且这种腐烂似乎已经由来已久。紧接着她接连听到了两声"咕咚"，这次她听得更为清楚，她觉得这是冒出气泡来的声音。由此看来，肠子已经彻底腐烂了。她想象不出腐烂以后的颜色，但她却能揣摩出它们的形态。是很稠的液体在里面蠕动时冒出的气泡。接下去她甚至嗅到了腐烂的那种气息，这种气息正是从她口中溢出。不久之后她感到整个房间已经充满了这种腐烂气息，仿佛连房屋也在腐烂了。所以她才知道为什么不想吃东西。

她试着站起来，于是马上感到腹内的腐烂物往下沉去，她感到往大腿里沉了。她觉得吃东西实在是一桩危险的事情，因为她的腹腔不是一个无底洞。有朝一日将身体里全部的空隙填满以后，那么她的身体就会胀破。那时候她会像一颗炸弹似的爆炸了。她的皮肉被炸到墙壁上以后就像标语一样贴在上面，而她的已经断得差不多了的骨头则像一堆乱柴堆在地上。

她的脑袋可以想象如皮球一样在地上滚了起来，滚到墙角后就搁在那里不再动了。

所以她又眼泪汪汪了，她感到眼泪里也在散发着腐烂气息，而眼泪从脸颊上滚下去时，也比往常重得多。她朝门口走去时感到身体重得像沙袋。这时她看到山岗抱着皮皮走进来，山岗抱着皮皮就像抱着玩具，山岗没有走到她面前，他转弯进了自己的卧室。在山岗转弯的一瞬间，她看到了皮皮脑袋上的血迹，这是她这一天里第二次看到血迹，这次血迹没有上次那么明亮，这次血迹很阴沉。她现在感到自己要呕吐了。

山岗看着儿子像一块布一样飞起来，然后迅速地摔在了地上。接下去他什么也看不到了，他只觉得眼前杂草丛生，除此以外还有一口绿得发亮的井。

　　那时候山岗的妻子已经抬起头来了。她没看到儿子被山峰一脚踢起的情景，但是那一刻里她那痉挛的胃一下子舒展了。而她抬起头来所看到的，正是儿子挣扎后四肢舒展开来，像她的胃一样，这情景使她迷惑不解，她望着儿子发呆。儿子头部的血这时候慢慢流出来了，那血看去像红墨水。

　　然后她失声大叫一声："山岗。"同时转回身去，对着站在窗前的丈夫又叫了一声。可山岗一动不动，他眯着眼睛仿佛已经睡去。于是她重新转回身，对站在那里也一动不动的山峰说："我丈夫吓傻了。"然后她又对儿子说，"你父亲吓傻了。"接着她自言自语："我该怎么办呢？"

　　杂草和井是在这时消失的，刚才的情景复又出现，山岗再一次看到儿子如一块布飘起来和掉下去。然后他看到妻子正站在那里望着自己，他心想："干吗这样望着我。"他看到山峰在东张西望，看到他后就若无其事地走来了，他那伤痕累累的妻子跟在后面，儿子没有爬起来，还躺在地上。他觉得应该去看一下儿子，于是他就走了出去。

　　山峰往屋中走去时，感到妻子跟在后面的脚步声让他心烦意乱，所以他就回头对她说："别跟着我。"然后他在门口和山岗相遇，他看到山岗向他微笑了一下，山岗的微笑捉摸不透。山岗从他身旁擦过，像是一股风闪过。他发现妻子还在身后，于是他就吼叫起来："别跟着我。"

　　山岗一直走到妻子面前，妻子怔怔地对他说："你吓傻了。"

　　他摇摇头说："没有。"然后他走到儿子身旁，他俯下身去，发现儿子的头部正在流血，他就用手指按住伤口，可是血依旧在流，从他手指上淌过，他摇摇头，心想没办法了。接着他伸开手掌挨近儿子的嘴，感觉到一点儿微微的气息，但是这气息正在减弱下去。不久之后就没了。他就移开手去找儿子的脉搏，没有找到。这时他看到有几只蚂蚁正朝这里爬来，他对蚂蚁不感兴趣。所以他站起，对妻子说："已经死了。"

妻子听后点点头，她说："我知道了。"随后她问，"怎么办呢？"

"把他葬了吧。"山岗说。

妻子望望还站在屋门口的山峰，对山岗说："就这样？"

"还有什么？"山岗问。他感到山峰正望着自己，便朝山峰望去，但这时山峰已经转身走进去了。于是山岗像是想起来什么似的反身走到儿子身旁，把儿子抱了起来，他感到儿子很沉。然后他朝屋内走去。

他走进门后看到母亲从卧室走出来，他听到母亲说了一句什么话，但这时他已走入自己的卧室。他把儿子放在床上，又拉过来一条毯子盖上去。然后他转身对走进来的妻子说："你看，他睡着了。"

妻子这时又问："就这样算了？"

他莫名其妙地望着她，仿佛没明白妻子的话。

"你被吓傻了。"妻子说。

"没有。"他说。

"你是胆小鬼。"妻子又说。

"不是。"他继续争辩。

"那么你就出去。"

"上哪去？"

"去找山峰算账。"妻子咬牙切齿地说。

他微微笑了起来，走到妻子身旁，拍拍她的肩膀说："你别生气。"

妻子则是冷冷一笑，她说："我没生气，我只是要你去找他。"

这时山峰出现在门口，山峰说："不用找了。"他手里拿着两把菜刀。他对山岗说："现在轮到我们了。"说着将一把菜刀递了过去。

山岗没去接，他只是望着山峰的脸，他感到山峰的脸色异常苍白。他就说："你脸色太差了。"

"别说废话。"山峰说。

山岗看到妻子走上去接过了菜刀，然后又看到妻子把菜刀递过来。他就将双手插入裤袋，他说："我不需要。"

"你是胆小鬼。"妻子说。

"我不是。"

"那你就拿住菜刀。"

"我不需要。"

妻子朝他的脸看了很久，接着点点头表示知道了。她将菜刀送回山峰手中。"你听着。"她对他说，"我宁愿你死去，也不愿看你这样活着。"

他摇摇头，表示无可奈何。他又对山峰说："你的脸色太差了。"

山峰不再站下去，而是转身走进了厨房。从厨房里出来时他手里已没有菜刀。他朝站在墙角惊恐万分的妻子说："我们吃饭吧。"然后走到桌旁坐了下来。他妻子也走了过去。

山峰坐下来后没有立刻吃饭，他的眼睛仍然看着山岗。他看到山岗右手伸进口袋里摸着什么，那模样像是在找钥匙。然后山岗转身朝外面走去了。于是他开始吃饭。他将饭菜送入嘴中咀嚼时感到如同咀嚼泥土，而坐在身旁的妻子还在微微颤抖。所以他非常恼火，他说："抖什么？"说毕将那口饭咽了下去。然后他扭头对纹丝不动的妻子说："干吗不吃？"

　　"我不想吃。"妻子回答。

　　"不吃你就走开。"他越发恼火了。同时他又往嘴中送了一口饭。他听到妻子站起来走进了卧室，然后在一把椅子上坐了下来，是靠近墙角的一把椅子。于是他又咀嚼起来，这次使他感到恶心。但他还是将这口饭咽了下去。

　　他不再吃了，他已经吃得气喘吁吁了，额头的汗水也往下淌。他用手擦去汗珠，感到汗珠像冰粒。这时他看到山岗的妻子从卧室里走了出来。她在门口阴森森地站了一会儿后，朝他走来了。她走来时的模样使他感到像是飘出来的。她一直飘到他对面，然后又飘下去坐在了凳子上。接着用一种像身体一样飘动的目光看着他。这目光使他感到不堪忍受，于是他就对她说："你滚开。"

　　她将胳膊肘搁在桌上，双手托住下巴仔细地将他观瞧。

　　"你给我滚开！"他吼了起来。

　　可是她却似凝固了一般没有动。

　　于是他便将桌上所有的碗都摔在了地上，然后又站起来抓住凳子往地上狠狠摔去。

　　待这一阵杂响过去后，她轻轻说："你为何不一脚踢死我。"

　　这使他暴跳如雷了。他走到她跟前，举起拳头对她叫道：

"你想找死!"

山岗这时候回来了。他带了一大包东西回来,后面还跟着一条黄色的小狗。

看到山岗走了进来,山峰便收回拳头,他对山岗说:"你让她滚开。"

山岗将东西放在了桌上,然后走到妻子身旁对她说:"你回卧室去吧。"

她抬起头来,很奇怪地问:"你为什么不揍他一拳?"

山岗将她扶起来,说:"你应该去休息了。"

她开始朝卧室走去,走到门口她又站住了脚,回头对山岗说:"你起码也得揍他一拳。"

山岗没有说话,他将桌上的东西打了开来,是一包肉骨头。这时他又听到妻子在说:"你应该揍他一拳。"随后,他感到妻子已经进屋去了。

此刻山峰在另一只凳子上坐了下来,他往地上指了指,对山岗说:"你收拾一下。"

山岗点点头,说:"等一下吧。"

"我要你马上就收拾。"山峰怒气冲冲地说。

于是山岗就走进厨房,拿出簸箕和扫帚将地上的碎碗片收拾干净,又将散架了的凳子也从地上捡起。一起拿到院子里。当他走进来时,山峰指着那条此刻正在屋中转悠的狗问山岗:"哪来的?"

"在街上碰上的。它一直跟着我,就跟到这里来了。"山岗回答。

"把它赶出去。"山峰说。

"好吧。"山岗说着走到那条小狗近旁，俯下身把小狗招呼过来，一把抱起它后山岗就走入了卧室。他出来时随手将门关紧。然后问山峰："还有什么事吗？"

山峰没理睬他，也不再坐在那里，他站起来走入了自己的卧室。

那时妻子仍然坐在墙角，她的目光在摇篮里。她儿子仰躺在里面，无声无息像是睡去了一样。她的眼睛看着儿子的腹部，她感到儿子的腹部正在一起一伏，所以她觉得儿子正在呼吸。这时她听到了丈夫的脚步声。于是她就抬起了头。不知为何她的身体也站了起来。

"你站起来干什么？"山峰说着也往摇篮里看了一眼，儿子舒展四肢的形象让他感到有些张牙舞爪。因此他有些恶心，便往床上躺了下去。

这时他妻子又坐了下去。山峰感到很疲倦，他躺在床上将目光投到窗外。他觉得窗外的景色乱七八糟，同时又什么都没有。所以他就将目光收回，在屋内瞟来瞟去。于是他发现妻子还坐在墙角，仿佛已经坐了多年。这使他感到厌烦，他便坐起来说："你干吗总坐在那里？"

她吃惊地望着他，似乎不知道他刚才在说些什么。

他又说："你别坐在那里。"

她立刻站了起来，而站起来以后该怎么办，她却没法知道。

于是他恼火了，他朝她吼道："你别坐在那里。"

她马上离开墙角，走到另一端的衣架旁。那里也有一把椅子，但她不敢坐下去。她小心翼翼地看着丈夫，丈夫没朝她看。这时山峰已经躺下了，而且似乎还闭上了眼睛。她犹豫了一下，才十分谨慎地坐了下去。可这时山峰又开口了，山峰说："你别看着我。"

她立刻将目光移开，她的目光在屋内颤抖不已，因为她担心稍不留心目光就会滑到床上去。后来她将目光固定在大衣柜的镜子上。因为角度关系，那镜子此刻看去像一条亮闪闪的光芒。她不敢去看摇篮，她怕目光会跳跃一下进入床里。可是随即她又听到了那个怒气冲冲的声音："别看着我。"

她霍地站起，这次她不再迟疑或者犹豫。因为她看到了那扇门，于是她就从那里走了出去。她来到外间时，看到山岗走进他们卧室的背影。那背影很结实，可只在门口一闪就消失了。她四下望了望，然后朝院子里走去。院子里的阳光使她头晕目眩。她觉得自己快站不住了，便在门前的台阶上坐下去。然后看起了那两摊血迹。她发现血迹在阳光下显得特别鲜艳，而且仿佛还在流动。

山岗没有洗那些肉骨头，他将它们放入了锅子以后，也不放作料就拿进厨房，往里面加了一点儿水后便放在煤气灶上烧起来。随后他从厨房走出来，走进了自己的卧室。

妻子正坐在床沿，坐在他儿子身旁，但她没看着儿子。她的目光和山峰刚才一样也在窗外。窗外有树叶，她的目光在某一片树叶上。

他走到床前，儿子的头朝右侧去，创口隐约可见。儿子已经不流血了，枕巾上只有一小摊血迹，那血迹像是印在上面的某种图案。他那么看了一会儿后，走过去把儿子的头摇向左侧，这样创口便隐蔽起来，那图案也隐蔽了起来，图案使他感到有些可惜。

那条小狗从床底下钻出来，跑到他脚上，玩弄起了他的裤管。他这时眼睛也看到窗外去，看着一片树叶，但不是妻子望着的那片树叶。"你为什么不揍他一拳。"他听到妻子这样说。妻子的声音像树叶一样在他近旁摇晃。

"我只要你揍他一拳。"她又说。

四

老太太将门锁上以后，就小心翼翼地重新爬到床上去。她将棉被压在枕头下面，这样她躺下去时上身就抬了起来。她这样做是为了提防腹内腐烂的肠子侵犯到胸口。她决定不再吃东西了，因为这样做实在太危险。她很明白自己体内已经没有多少空隙了。为了不使那腐烂的肠子像水一样在她体内涌来涌去，她躺下以后就不再动弹。现在她感到一点儿声音都没有，她对此很满意。她不再忧心忡忡，相反她因为自己的高明而很得意。她一直看着屋顶上的光线，从上午到傍晚，她看着光线如何扩张和如何收缩。现在对她来说只有光线还活着，别的全都死了。

翌日清晨，山峰从睡梦中醒来时感到头疼难忍，这疼痛使他觉得脑袋都要裂开了。所以他就坐起来，坐起来后疼痛似乎减轻了一些，但脑袋仍处在胀裂的危险中，他没法大意。于是他就下了床，走到五斗柜旁，从最上面的抽屉里找出一条白色的布条，然后绑在了脑袋上，他觉得安全多了。因此他就开始穿衣服。

穿衣服的时候，他看到了袖管上的黑纱，他便想起昨天下午山岗拿着黑纱走进门来。那时他还躺在床上。尽管头疼难忍，但他还是记得山岗很亲切地替他戴上了黑纱。他还记得自己当时怒气冲冲地向山岗吼叫，至于吼叫的内容他此刻已经忘了。再后来，山岗出去借了一辆劳动车，劳动车就停在院门外面。山岗抱着皮皮走出去他没看到，他只看到山岗走进来将他儿子从摇篮里抱了出去。他是在那个时候跟着出去的。然后他就跟着劳动车走了，他记得嫂嫂和妻子也跟着劳动车走了。那时候他刚刚感到头疼。他记得自己一路骂骂咧咧，但骂的都是阳光，那阳光都快使他站不住了。他在那条路上走了过去，又走了回来。路上似乎碰到很多熟人，但他一个都没有认真认出来。他们奇怪地围了上来，他们的说话声让他感到是一群麻雀在喳喳叫唤。他看到山岗在回答他们的问话。山岗那时候好像若无其事，但山岗那时候又很严肃。他们回来时已是傍晚了。那时候那两个孩子已经放进两只骨灰盒里了。他记得他很远就看到那个高耸入云的烟囱。然后走了很久，走过了一座桥，又走入了一个很大的院子，院子里满是青松翠柏。那时候刚好有一大群人哭哭啼啼走出来，他们哭哭啼啼走出来使他感到恶心。然后他站在一个大厅里了，大厅里只有他们四个人。因为只有四个人，那厅所以特别大，大得有点儿像广场。他在那里站了很久后，才听到一种非常熟悉的音乐，这音乐使他非常想睡觉。音乐过去之后他又不想睡了，这时山岗转过身来脸对着他，山岗说了几句话，他听懂了山岗的话，山岗是在说那两个孩子的事，他听到山岗在说："由于两桩不幸的事故。"他心里觉得很滑稽。很久以后，那时候天色已经黑下来了，他才回到现在的位置上。他在床上躺了下来，闭上眼睛以后觉得有很多蜜蜂飞到脑袋里来嗡嗡乱叫，而且整整叫了一个晚上。直到刚才醒来时才算消失，可他感到头痛难忍了。

现在他已经穿好了衣服，他正站到地上去时，看到山岗走了进来，于是他就重新坐在床上。他看到山岗亲切地朝自己微笑，山岗拖过来一把椅子也坐下，山岗和他挨得很近。

山岗起床以后先是走到厨房里。那时候两个女人已在里面忙早饭了。她们像往常一样默不作声，仿佛什么也没发生，或者说发生的一切已经十分遥远，远得已经走出了她们的记忆。山岗走进厨房是要揭开那锅盖，揭开以后他看到昨天的肉骨头已经烧熠了，一股香味洋溢而出。然后山岗满意地走出了厨房，那条小狗一直跟着他。昨天锅子里挣扎出来的香味使它叫个不停，它的叫声使山岗心里很踏实。现在它紧随在山岗后面，这又使山岗很放心。

　　山岗从厨房里出来以后就在餐桌旁坐了下来，他把狗放在膝盖上，对它说："待会儿就得请你帮忙了。"然后他眯起眼睛看着窗外，他在想是不是先让山峰吃了早饭。那条小狗在山岗腿上很安静。他那么想了一阵以后决定不让山峰吃早饭了。"早饭有什么意思。"他在心里对自己说。于是他就站起来，把狗放在地上，朝山峰的卧室走去，那条狗又跟在了后面。

　　山峰卧室的门虚掩着，山岗就推门而入，狗也跟了进去。他看到山峰神色疲倦地站在床前，头上绑着一条白布条。山峰看到他进来后就一屁股坐在了床上，那身体像是掉下去似的。山岗就拉过去一把椅子也坐下。在刚才推门而入的一瞬间，山岗就预感到接下去所有的一切都会非常顺利。那时他心里这样想："山峰完全垮了。"

　　他对山峰说："我把儿子交给你了，现在你拿谁来还？"

　　山峰怔怔地望了他很久，然后皱起眉头问："你的意思是？"

　　"很简单。"山岗说："把你妻子交给我。"

　　山峰这时想到自己儿子已死了，又想到皮皮也死了。他感到这两次死中间有某种东西。这种东西是什么他实在难以弄清，他实在太疲倦了。但是他知道这种东西联系着两个孩子的死去。

所以山峰说:"可是我的儿子也死了。"

"那是另一桩事。"山岗果断地说。

山峰糊涂了。他觉得儿子的死似乎是属于另一桩事,似乎是与皮皮的死无关。而皮皮,他想起来了,是他一脚踢死的。可他为何要这样做?这又使他一时无法弄清。他不愿再这样想下去,这样想下去只会使他更加头晕目眩。他觉得山岗刚才说过一句什么话,他便问:"你刚才说什么?"

"把你妻子交给我。"山岗回答。

山峰疲倦地将头靠在床栏上,他问:"你怎样处置她?"

"我想把她绑在那棵树下。"山岗用手指了指窗外那棵树,"就绑一小时。"

山峰扭回头去看了一下,他感到树叶在阳光里闪闪发亮,使他受不了。他立刻扭回头来,又问山岗:"以后呢?"

"没有以后了。"山岗说。

山峰说:"好吧。"他想点点头,可没力气。接着他又补充道:"还是绑我吧。"

山岗轻轻一笑,他知道结果会是这样,他问山峰:"是不是先吃了早饭?"

"不想吃。"山峰说。

"那么就抓紧时间。"山岗说着站了起来。山峰也跟着站起来,他站起来时感到身体沉重得像是里面灌满了泥沙。他对山岗说:"我觉得自己快要死了。"山岗回过头来说:"你说得很有道理。"

两人走出房间后,山岗就走进了自己的卧室,他出来时手里拿着两根麻绳，他递给山峰，同时问："你觉得合适吗?"

山峰接过来后觉得麻绳很重，他就说："好像太重了。"

"绑在你身上就不会重了。"山岗说。

"也许是吧。"现在山峰能够点点头了。

然后两人走到了院子里，院子里的阳光太灿烂，山峰觉得天旋地转。他对山岗说："我站不住了。"

山岗朝前面那棵树一指说："你就坐到树荫下面去。"

"可是我觉得太远。"山峰说。

"很近。才两三米远。"山岗说着扶住山峰，将他扶到树荫下。然后将山峰的身体往下一压，山峰便倒了下去。山峰倒下去后身体刚好靠在树干上。

"现在舒服多了。"他说。

"等一下你会更舒服。"

"是吗?"山峰吃力地仰起脑袋看着山岗。

"等一下你会哈哈乱笑。"山岗说。

山峰疲倦地笑了笑，他说："就让我坐着吧。"

"当然可以。"山岗回答。

接着山峰感到一根麻绳从他胸口绕了过去，然后是紧紧地将他贴在树上，他觉得呼吸都困难起来，他说："太紧了。"

"你马上就会习惯的。"山岗说着将他上身捆绑完毕。

山峰觉得自己被什么包了起来。他对山岗说："我好像穿了很多衣服。"

这时山岗已经进屋了。不一会儿他拿着一块木板和那只锅子出来，又来到了山峰身旁。那条小狗也跟了出来，在山峰身旁绕来绕去。

山峰对他说："你摸摸我的额头。"

山岗便伸手摸了一下。

"很烫吧。"山峰问。

"是的。"山岗回答，"有四十摄氏度。"

"肯定有。"山峰吃力地表示同意。

这时山岗蹲下身去，将木块垫在山峰双腿下面，然后用另一根麻绳将木板和山峰的腿一起绑了起来。

"你在干什么？"山峰问。

"给你按摩。"山岗回答。

山峰就说："你应该在太阳穴上按摩。"

"可以。"此刻山岗已将他的双腿捆结实了，便站起来用两个拇指在山峰太阳穴上按摩了几下，他问："怎么样？"

"舒服多了，再来几下吧。"

山岗就往前站了站，接下去他开始认认真真替山峰按摩了。

山峰感到山岗的拇指在他太阳穴上有趣地扭动着，他觉得很愉快，这时他看到前面水泥地上有两摊红红的什么东西。他问山岗："那是什么？"

山岗回答："是皮皮的血迹。"

"那另一摊呢？"他似乎想起来其中一摊血迹不是皮皮的。

"也是皮皮的。"山岗说。

他觉得自己也许弄错了，所以他不再说话。过了一会儿他又说："山岗，你知道吗？"

"知道什么？"

"其实昨天我很害怕，踢死皮皮以后我就很害怕了。"

"你不会害怕的。"山岗说。

"不。"山峰摇摇头，"我很害怕，最害怕的时候是递给你菜刀。"

山岗停止了按摩，用手亲切地拍拍他的脸说："你不会害怕的。"

山峰听后微微笑了起来，他说："你不肯相信我。"

这时山岗已经蹲下身去脱山峰的袜子。

"你在干什么?"山峰问他。

"替你脱袜子。"山岗回答。

"干吗要脱袜子?"

这次山岗没有回答。他将山峰的袜子脱掉后，就揭开锅盖，往山峰脚底心上涂烧烂了的肉骨头了。那条小狗此刻闻到香味马上跑了过来。

"你在涂些什么?"山峰又问。

"清凉油。"山岗说。

"又错了。"山峰笑笑说，"你应该涂在太阳穴上。"

"好吧。"山岗用手将小狗推开，然后伸进锅子里抓了两把，像扔烂泥似的扔到山峰两侧的太阳穴上。接着又盖上了锅盖，山峰的脸便花里胡哨了。

"你现在像个花花公子。"山岗说。

山峰感到什么东西正缓慢地在脸上流淌。"好像不是清凉油。"他说，接着他伸伸腿，可是和木板绑在一起的腿没法弯曲。他就说："我实在太累了。"

"你睡一下吧。"山岗说，"现在是七点半，到八点半我就放开你。"

这时候那两个女人几乎同时出现在门口。山岗看到她们怔怔地站着。接着他听到一声令人毛骨悚然的嗷叫，他看到弟媳扑了上来，他的衣服被扯住了。他听到她在喊叫："你要干什么?"于是他说："与你无关。"

她愣了一下，接着又叫道："你放开他。"

山岗轻轻一笑，他说："那你得先放开我。"当她松开手以后，他就用力一推，将她推到一旁摔倒在地。然后山岗朝妻子看去，妻子仍然站在那里，他就朝她笑了笑，于是他看到妻子也朝自己笑了笑。当他扭回头来时，那条小狗已向山峰的脚走去了。

山峰看到妻子从屋内扑了出来，他看到她身上像是装满电灯似的闪闪发亮，同时又像一条船似的摇摇晃晃。他似乎听到她在喊叫些什么，然后又看到山岗用手将她推倒在地。妻子摔倒时的模样很滑稽。接着他觉得脖子有些酸就微微扭回头来，于是他又看到刚才见过的那两摊血了。他看到两摊血相隔不远，都在阳光下闪闪烁烁，他们中间几滴血从各自的地方跑了出来，跑到一起了。这时候想起来了，他想起来另一摊血不是皮皮的，是他儿子的。他还想起来是皮皮将他儿子摔死的。于是他为何踢死皮皮的答案也找到了。他发现山岗是在欺骗他，所以他就对山岗叫了起来："你放开我!"可是山岗没有声音，他就再叫，"你放开我。"

然而这时一股奇异的感觉从脚底慢慢升起，又往上面爬了过来，越爬越快，不一会儿就爬到胸口了。他第三次喊叫还没出来，他就由不得自己将脑袋一缩，然后拼命地笑了起来。他要缩回腿，可腿没法弯曲，于是他只得将双腿上下摆动。身体尽管乱扭起来可一点儿也没有动。他的脑袋此刻摇得令人眼花缭乱。山峰的笑声像是两张铝片刮出来一样。

山岗这时的神色令人愉快，他对山峰说："你可真高兴啊。"随后他回头对妻子说，"高兴得都有点儿让我妒忌了。"妻子没有望着他，她的眼睛正望着那条狗，小狗贪婪地用舌头舔着山峰赤裸的脚底。他发现妻子的神色和狗一样贪婪。接着他又去看看弟媳，弟媳还坐在地上，她已经被山峰古怪的笑声弄糊涂了。她呆呆地望着狂笑的山峰，她因为莫名其妙都有点儿神志不清了。

现在山峰已经没有力气摆动双腿和摇晃脑袋了，他所有的力气都用在了脖子上，他脖子拉直了哈哈乱笑。狗舔脚底的奇痒使他笑得连呼吸的空隙都快没有了。

山岗一直亲切地看着他，现在山岗这样问他："什么事这么高兴？"

山峰回答他的是笑声，现在山峰的笑声里出现了打嗝。所以那笑声像一口一口从嘴中抖出来似的，每抖一口他都微微吸进一点儿氧气。那打嗝的声音有点儿像在操场里发生的哨子声，节奏鲜明嘹亮。

山岗于是又对站在门口的妻子说："这么高兴的人我从来没有见过。"而他妻子依然贪婪地看着小狗。他继续说："你高兴得连呼吸都不需要了。"然后他俯下身去问山峰，"什么事这么高兴。"此刻的笑声不再节奏鲜明，开始杂乱无章了。他就挺起身对弟媳说："他不肯告诉我。"山峰的妻子仍坐在地上，她脸上的神色让人感到她在远处。

这时候那条小狗缩回了舌头，它弓起身体抖了几下。然后似乎是心安理得地坐了下来。它的眼睛一会儿望望那双脚，一会儿望望山岗。

山岗看到山峰的脑袋耷拉了下去，但山峰仍在呼吸。山岗便说："现在可以告诉我了，什么事这么高兴。"可是山峰没有反应，他在挣扎着呼吸，他似乎奄奄一息了。于是山岗又走到那只锅子旁，揭开盖子往里抓了一把，又涂在了山峰的脚底。那条狗立刻扑了上去继续舔了。

山峰这次不再哈哈大笑，他耷拉着脑袋"呜呜"地笑着，那声音像是深更半夜刮进胡同里来的风声。声音越拉越长，都快没有间隙了。然而不久之后山峰的脑袋突然昂起，那笑声像是爆炸似的疯狂地响了起来。这笑声持续了近一分钟，随后戛然而止。山峰的脑袋猛然摔了下去，摔在胸前像是挂在了那里。而那条狗则依然满足地舔着他的脚底。

山岗走上前，伸手托住山峰的下巴，他感到山峰的脑袋特别沉重。他将那脑袋托起来，看到了一张扭曲的脸。他那么看了一会儿才松开手，于是山峰的脑袋跌落下去，又挂在了胸前。山岗看了看表，才过去四十分钟。于是他转过身，朝屋内走去。他在屋门口站住了脚，他听到妻子这样问他："死了吗？"

"死了。"他答。

进屋后他在餐桌旁坐了下来。早餐像仪仗队似的在桌上迎候他，依旧由米粥和油条组成。这时妻子也走了进来。妻子一直看着他，但妻子没在他旁边坐下，也没说什么。她脸上的神色让人觉得什么都没有发生。她走进了卧室。

山岗通过敞开的门，望着坐在地上死去的山峰。山峰的模样像是在打瞌睡。此刻有一条黑黑的影子向山峰爬去，不一会儿弟媳出现在了他的视线中。他看到她在山峰旁边站了很久，然后才俯下身去。他想她是在和山峰说话。过了一会儿他看到她直起身体，随后像不知所措似的东张西望。后来她的目光从门口进来了，一直来到他脸上。她那么看了一会儿后朝他走来。她一直走到他身旁，她皱着眉头看着他，似乎是在看着一件叫她烦恼的事。而后她才说："你把我丈夫杀了。"

山岗感到她的声音和山峰的笑声一样刺耳，他没有回答。

"你把我丈夫杀害了。"她又说。

"没有。"山岗这次回答了。

"你杀害了我的丈夫。"她咬牙切齿地说道。

"没有。"山岗说，"我只是把他绑上，并没有杀他。"

"是你！"她突然神经质地大叫一声。

山岗继续说："不是我，是那条狗。"

"我要去告你。"她开始流泪了。

"你那是诬告。"山岗说，"而且诬告有罪。"说完他轻轻一笑。

她似乎有些不知所措，她迷惑地望着山岗，很久后她才轻轻说："我要去告你。"然后她转身朝门外走去。

山岗看着她一步一步出去。她在山峰旁边站了一会儿，然后她抬起手去擦眼睛。山岗心想："她现在哭得像样一点儿了。"接着她就走出了院门。

山岗的妻子这时从卧室走了出来。她手里提着一个塞得鼓鼓的黑包。她将黑包放在桌上，对山岗说："你的换洗衣服和所有的现钱都放在里面了。"

山岗似乎不明白她的意思，他望着她有些发呆。

因此她又说："你该逃走了。"

山岗这才点点头。接着他又看了看手表，八点半还差一分钟。于是他就说："再坐一分钟吧。"说完他继续望着坐在树下的山峰，山峰的模样仍然像是在打瞌睡。同时他感到妻子在他对面坐了下来。

他站起来时没有看表，他只是觉得差不多过去了一分钟。他走到了院子里。那时候那条小狗已将山峰的脚底舔干净了，它正在舔着山峰的太阳穴。山岗走到近旁用脚轻轻踢开小狗，随后蹲下去解开绑在山峰腿上的绳子，接着又解开了绑在他身上的绳子。此后他站起来往外走去。没走几步他听到身后有一声沉重的声响，他回头看到山峰的身体已经倒在了地上。于是他就走回去将山峰扶起来，仍然把他靠在树上。然后他才走出院门。

他走在那条胡同里。胡同里十分阴沉，像是要下雨了。可他抬起头来看到了灿烂的阳光。他觉得很奇怪。他一直往前走，他感到身旁有人在走来走去，那些人像是转得很慢的电扇叶子一样，在他身旁一闪一闪。

在走到那家渔行时，他站住了脚。里面有几个人在抽烟聊天。他对他们说："这腥味真受不了。"可是他们谁也没有理睬他，所以他又说了一遍。这次里面有人开口了，那人说："那你还站着干什么。"他听后依旧站着不走开。于是他们都笑了起来。他皱皱眉，又说："这腥味真受不了。"说完还是站了一会儿。然后他感到有些无聊，便继续往前走了。

来到胡同口他开始犹豫不决，他没法决定往哪个方向走。那条大街就躺在眼前，街上乱七八糟。他看到人和自行车以及汽车手扶拖拉机还有手推车挤在一起像是买电影票一样乱哄哄。后来他看到一个鞋匠坐在一根电线杆下面在修鞋，于是他就走了过去。他默默地看了一阵后，就抬起自己脚上的皮鞋问鞋匠那皮质如何。鞋匠只是瞟了一眼就回答："一般。"这个回答显然没使他满意，所以他就告诉鞋匠那可是牛皮，可是鞋匠却告诉他那不是牛皮，不过是打光了的猪皮。这话使他大失所望，因此他便走开了。

他现在正往西走去。他走在人行道上，他对街上的自行车汽车什么的感到害怕。就是走在人行道上他也是小心翼翼，免得被人撞倒在地，像山峰一样再也爬不起来。走了没多久，他走到了一所厕所旁，这时候他想小便了，便走了过去。里面有几个人站在小便池旁正痛痛快快地撒尿，他也挤了过去。将那玩意儿揪出来对准小便池。他那么站了很久，可他听到的都是别人小便的声音，他不知为何居然尿不出来。他两旁的人在不停地更换着，可他还那么站着。随后他才发现了什么，他对自己说："原来我不是来撒尿的。"然后他就走了出去，依然走在人行道上。但他忘了将那玩意儿放进去，所以那玩意儿露在外面，随着他走路的节奏正一颤一颤，十分得意。他一直那么走着。起先居然没人发现。后来他走到影剧院旁时，才被几个迎面走来的年轻人看到了。他看到前面走来的几个年轻人突然像虾一样弯下了腰，接着又像山峰一样哈哈乱笑起来。他从他们中间走过去后，听到他们用一种断断续续又十分滑稽的声音在喊："快来看。"但他没在意，他继续往前走。然而他随即发现所有的人都在顷刻之间变了模样，都前仰后合或者东倒西歪了。一些女人像是遇上强盗一样避得远远的。他心里觉得很滑稽，于是就笑了起来。

他一直那么走着，后来他在一幢尚未竣工的建筑物前站住了脚，他朝这幢建筑物打量了好一阵，接着就走了进去。他感到里面很潮湿，但他很满意这个地方。里面有很多房间，都还没有装门。他挨个将这些房间审视一遍，随后决定走入其中一间。那是比较阴暗的一间。他走进去后就找了个角落坐了下来。他将身体靠在墙上，此刻他觉得可以心安理得地休息一下，因为他实在太疲倦。所以他闭上眼睛后马上就睡着了。

三小时以后他被人推醒，他看到几个武警站在他面前，其中一个人对他说："请你把那东西放进去。"

五

一个月以后，山岗被押上了一辆卡车，一伙荷枪的武警像是保护似的站在他周围。他看到四周的人像麻雀一样汇集过来，他们仰起脑袋看着他。而他则低下头去看他们，他感到他们的脸是画出来似的。这时前面那辆警车发出了西北风一样的呼叫后往前开了，可卡车只是放屁似的响了几声竟然不动了。那时候山岗心里已经明白。自从他在那幢建筑里被人叫醒后，他就在等着这一刻来到。现在终于来了。于是他就转过脸去对一个武警说："班长，请手脚干净点儿。"

那武警的眼睛看着前方，没去搭理山岗。因此山岗将脸转向另一边，对另一个武警说："班长，求你一枪结束我吧。"这个武警也一样无动于衷。

山岗看到很多自行车像水一样往前面流去了。这时候卡车抖动了几下，然后他感到风呼呼地刮在他的两只耳朵上，而前面密集的自行车井然有序地闪向两旁。路旁伸出来的树叶有几次像巴掌一样打在他脸上。不久之后那一块杂草丛生的绿地出现在了他的视线中，他知道自己马上就要站在这块绿地的中央。和绿地同时出现的是那杂草丛生一般的人群。他还看到一辆救护车，救护车停在绿地附近。公路两旁已经挤满自行车了，自行车在那里东倒西歪。他感到救护车为他而来。他觉得他们也许要一枪把他打个半死之后，再用救护车送他去医院救活他。这样想着的时候，卡车又抖动了一下，他的胸肋狠狠地撞在车栏上，但他居然不疼。随后他感到有人把他拉了过去，于是他就转过身来。他看到几个武警跳下了卡车，他也被推着跳了下去。他跳下去跪在了地上，随后又被拖起。他感到自己被簇拥着朝前走去，他觉得自己被五花大绑的上身正在失去知觉。而他的双腿却莫名其妙地在摆动。他似乎看到很多东西，又似乎眼前什么也没有。在他朝前走去时，他开始神情恍惚起来。不一会儿他被几只手抓住，他没法往前再走，于是他就站在那里。

他站在那里似乎有些莫名其妙。脚下长长的杂草伸进了他的裤管，于是他有了痒的感觉。他便低下头去看了看，可是他什么都没有看到。他只得把头重新抬起来，脸上出现了滑稽的笑容。慢慢地他开始听到嘈杂的人声，这声音使他发现四周像茅草一样遍地的人群。于是他如梦初醒般重又知道了自己的处境。他知道不一会儿就要脑袋开花了。

现在他想起来了，想起先前他常来这里。几乎每一次枪毙犯人他都挤在前排观瞧。可是站在这个位置上倒是第一次，所以现在的处境使他感到十分新奇。他用眼睛寻找他以前常站的位置，但是他竟然找不到了。而这时候他又突然想小便，他就对身旁的武警说："班长，我要尿尿了。"

"可以。"武警回答。

"请你替我把那东西拿出来。"他又说。

"就尿在裤子里吧。"武警说。

他感到四周的人在嬉皮笑脸，他不知道他们为何高兴成这样。他微微劈开双腿，开始愁眉苦脸起来。

过了一会儿武警问："好了没有？"

"尿不出来。"他痛苦地说。

"那就算了。"武警说。

他点点头表示同意。接着他开始朝远处眺望。他的目光从矮个的头发上飘了过去，又从高个的耳沿上滑过，然后他看到了那条像静脉一样的柏油公路。这时他感到腿弯里被人蹬了一脚，他双腿一软跪在了地上。他没法看到那条静脉颜色的公路了。

一个武警在他身后举起了自动步枪，举起以后开始瞄准。接着"砰"地响了一声。

山岗的身体随着这一枪竟然翻了个筋斗，然后他惊恐万分地站起来，他朝四周的人问："我死了没有？"

没有人回答他，所有的人都在哈哈大笑，那笑声像雷阵雨一样向他倾泻而来。于是他就惊慌失措哇哇大哭起来，因为他不知道自己是死是活。他的耳朵被打掉了，血正畅流而出。他又问："我死了没有？"

这次有人回答他了，说："你还没死。"

山岗又惊又喜，他拼命地叫道："快送我去医院。"随后他感到腿弯里又挨了一脚，他又跪在了地上。他还没明白过来，第二枪又出现了。

第二枪打进了山岗的后脑勺，这次山岗没翻筋斗，而是脑袋沉重地撞在了地上，脑袋将他的屁股高高支起。他仍然没有死，他的屁股像是受寒似的抖个不停。

那武警上前走了一步，将枪口贴在山岗的脑袋上，打出了第三枪，像是有人往山岗腹部踢了一脚，山岗一翻身仰躺在地了。

他被绑着的双手压在下面，他的双腿则弯曲了起来，随后一松也躺在了地上。

六

这天早晨山岗的妻子看到一个人走了进来，这人只有半个脑袋。那时刚刚进入黎明。她记得自己将门锁得很好，可他进来时却让她感到门是敞开的。尽管他只有半个脑袋，但她还是一眼认出他就是山岗。

"我被释放了。"山岗说。

他的声音嗡嗡的，于是她就问："你感冒了？"

"也许是吧。"他回答。

她想起抽屉里有速效感冒胶囊，她就问他是否需要。

他摇摇头，说他没有感冒，他身体很好，只是半个脑袋不知去向。

她问他那半个脑袋是不是让一颗子弹打掉的。

他回答说记不起来了。然后他就在一把椅子里坐了下来。坐下后他说饿了。要她给一点儿零钱买早点吃。她就拿了半斤粮票和一元钱给他。他接过钱以后便站起来走了。他走出去时没有随手关门，于是她就去关门，可发现门关得很严实。她并没有感到惊奇，她脱掉衣服上床去睡觉了。

那个时候胡同里响起了单纯的脚步声，是一个人在往胡同口走去。她是在这个时候醒过来的，这时候黎明刚刚来临，她看到房间里正在明亮起来。四周很静，因此她清楚地听着那声似乎是从她梦里走出去的脚步声。她觉得这脚步声似乎是从她梦里走出去的，然后又走出了这所房子，现在快要走出胡同了。

她开始穿衣服，脚步声是她穿好衣服时消失的。于是她走到窗前，拉开窗帘后阳光便涌了进来，阳光这时候还是鲜红的。不久以后就会变成肝炎那种黄色。她叠好被子后就坐在梳妆台前，她看看镜中自己的脸，她感到索然无味。因此她站起身走出了卧室。在外间她看到山峰的妻子已在那里吃早饭了。于是她就走进厨房准备自己的早饭。她点燃煤气灶后，就站在一旁刷牙洗脸。

　　五分钟以后，她端着自己的早饭走了出来，在弟媳对面坐下，然后默不作声地吃了起来。那时候弟媳却站起身走入厨房，她吃完了。她听到弟媳在厨房里洗碗时发出很响的声音。不一会儿弟媳就走出来了，走进了卧室。然后又从卧室里走出，锁上门以后她就往外走了。

　　她继续吃着早饭，吃得很艰难，她一点儿胃口也没有。她眼睛便望着窗外那棵树上，那棵树此刻看去像是塑料制成的。她一直看着。后来她想起了什么，她将目光收回来在屋内打量起来。她想起已有很多日子没有见到婆婆了。她的目光停留在婆婆卧室的门上。但是不久之后她就将目光移开，继续又看门外那棵树。

　　在山峰死去的第六天早晨，老太太也溘然长逝。那天早晨她醒来时感到一种异样的兴奋。她甚至能够感到那种兴奋如何在她体内流动。而同时她又感到自己的身体正在局部地死去。她明显地觉得脚指头是最先死去的，然后是整双脚，接着又伸延到腿上。她感到脚的死去像冰雪一样无声无息。死亡在她腹部逗留了片刻，以后就像潮水一样涌过了腰际，涌过腰际后死亡就肆无忌惮地蔓延开来。这时她感到双手离她远去了，脑袋仿佛正被一条小狗一口一口咬去。最后只剩下心脏了，可死亡已经包围了心脏，像是无数蚂蚁似的从四周爬向心脏。她觉得心脏有些痒滋滋的。这时她睁开的眼睛看到有无数光芒透过窗帘向她奔涌过来，她不禁微微一笑，于是这笑容像是相片一样固定了下来。

山峰的妻子显然知道这天早晨发生了一些什么，所以她很早就起床了。现在她已经走出了胡同，她走在大街上。这时候阳光开始黄起来了。她很明白自己该去什么地方。她朝天宁寺走去，因为在天宁寺的旁边就是拘留所。这天早晨山岗将被人从里面押出来。

她在街上走着的时候，就听到有人在议论山岗。而且很多人显然和她一样往那里走去。这镇上已有一年多时间没枪毙人了，今天这日子便显得与众不同。

一个月以来，她常去法院询问山岗的案子，她自称是山岗的妻子（尽管一个月前她作为原告的身份是山峰的妻子，但是谁也没有注意到这一点）。直到前天他们才告诉她今天这种结果。她很满意，她告诉他们，她愿将山岗的尸体献给国家。法院的人听了这话并不兴高采烈，但他们表示接受。她知道医生们会兴高采烈的。她在街上走着的时候，脑子里已经开始想象着医生们如何瓜分山岗，因此她的嘴角始终挂着微笑。

七

在这间即将拆除的房屋中央，一只一千瓦的电灯悬挂着。此刻灯亮着，光芒四射。电灯下面是两张乒乓球桌，已经破旧。乒乓球桌下面是泥地。几个来自上海和杭州的医生此时站在门口聊天，他们在等着那辆救护车来到。那时候他们就有事可干了。

现在他们显得悠闲自在。在不远处有一口池塘，池塘水面上漂着水草，而池塘四周则杨柳环绕。池塘旁边是一片金黄灿烂的菜花地。在这种地方聊天自然悠闲自在。

　　救护车此刻在那条泥路上驰来了，车子后面扬起了如帐篷一般的灰尘。救护车一直驰到医生们身旁才停住。于是医生们就转过脸去看了看。车后门打开后，一个人跳了下来，那人跳下来后立刻转身从车内拖出了两条腿，接着身体也出现了。另一个人抓住山岗的两只胳膊也跳下了车。这两人像是提着麻袋一样提着山岗进屋了。

　　医生们则继续站在门口聊天，他们仿佛对山岗不感兴趣，他们感兴趣的是刚才的话题，刚才的话题是有关物价。进去的两个人这时走了出来。这两人常去镇上医院卖血。现在他们还不能走，他们还有事要干，待会儿他们还要挖个坑把山岗扔进去埋掉。那时的山岗由一些脂肪和肌肉以及头发牙齿这一类医生不要的东西组成。所以他们走到池塘旁坐了下来。他们对今天的差使很满意，因为不久之后他们就会从某一个人手中接过钱来，然后放入自己的口袋。

　　医生们又在门口站了一会儿，然后才一个一个走了进去，走到各自带来的大包旁。他们开始换衣服了，换上手术服，戴上手术帽和口罩，最后戴上了手术手套。接着开始整理各自的手术器械。

　　山岗此刻仰躺在乒乓球桌上，他的衣服已被刚才那两个人剥去。他赤裸裸的身体在一千瓦的灯光下像是涂上了油彩，闪闪烁烁。

　　首先准备完毕的一个男医生走了过去，他没带手术器械，他是来取山岗的骨骼的，他要等别人将山岗的皮剥去，将山岗的身体掏空后，才上去取骨骼。所以他走过去时显得漫不经心。他打量了一下山岗，然后伸手去捏捏山岗的胳膊和小腿，接着转回身对同行们说："他很结实。"

来自上海的那个三十来岁的女医生穿着高跟鞋第二个朝山岗走去。因为下面的泥地凹凸不平，她走过去时臀部扭得有些夸张。她走到山岗的右侧。她没有捏他的胳膊，而是用手摸了摸山岗胸膛的皮肤，她转过头对那男医生说："不错。"

然后她拿起解剖刀，从山岗颈下的胸骨上凹一刀切进去，然后往下切一直切到腹下。这一刀切得笔直，使得站在一旁的男医生赞叹不已。于是她就说："我在中学学几何时从不用尺画线。"那长长的切口像是瓜一样裂了开来，里面的脂肪便炫耀出了金黄的色彩，脂肪里均匀地分布着小红点。接着她拿起像宝剑一样的尸体解剖刀从切口插入皮下，用力地上下游离起来。不一会儿山岗胸腹的皮肤已经脱离了身体像是一块布一样盖在上面。她又拿起解剖刀去取山岗两只胳膊的皮了。她从肩峰下刀一直切到手背。随后去切腿，从腹下髂前上棘向下切到脚背。切完后再用尸体解剖刀插入切口上下游离。游离完毕她休息了片刻。然后对身旁的男医生说："请把他翻过来。"那男医生便将山岗翻了个身。于是她又在山岗的背上划了一条直线，再用尸体解剖刀游离。此刻山岗的形象好似从头到脚披着几块布条一样。她放下尸体解剖刀，拿起解剖刀切断皮肤的联结，于是山岗的皮肤被她像捡破烂似的一块一块捡了起来。背面的皮肤取下后，又将山岗重新翻过来，不一会儿山岗正面的皮肤也荡然无存。

失去了皮肤的包围，那些金黄的脂肪便松散开来。首先是像棉花一样微微鼓起，接着开始流动了，像是泥浆一样四散开去。于是医生们仿佛看到了刚才在门口所见的阳光下的菜花地。

女医生抱着山岗的皮肤走到乒乓球桌的一角，将皮一张一张摊开刮了起来，她用尸体解剖刀像是刷衣服似的刮着皮肤上的脂肪组织。发出声音如同车轮陷在沙子里无可奈何的叫唤。

　　几天以后山岗的皮肤便覆盖在一个大面积烧伤的患者身上，可是才过三天就液化坏死，于是山岗的皮肤就被扔进了污物桶，后又被倒入那家医院的厕所。

　　这时站在一旁的几个医生全上去了。没在右边挤上位置的两个人走到了左侧，可在左侧够不到，于是这两人就爬到乒乓球桌上去，蹲在桌上瓜分山岗，那个胸外科医生在山岗胸筋交间处两边切断软骨，将左右胸腔打开，于是肺便暴露出来，而在腹部的医生只是刮除了脂肪组织和切除肌肉后，他们需要的胃、肝、肾脏便历历在目了。眼科医生此刻已经取出了山岗一只眼球。口腔科医生用手术剪刀将山岗的脸和嘴剪得稀烂后，上额骨和下额骨全部出现。但是他发现上额骨被一颗子弹打坏了。这使他沮丧不已，他便嘟囔了一句："为什么不把眼睛打坏。"子弹只要稍稍偏上，上额骨就会安然无恙，但是眼睛要倒霉了。正在取山岗第二只眼球的医生听了这话不禁微微一笑，他告诉口腔科医生那执刑的武警也许是某一个眼科医生的儿子。他此刻显得非常得意。当他取出第二只眼球离开时，看到口腔科医生正用手术锯子卖力地锯着下颌骨，于是他就对他说："木匠，再见了。"眼科医生第一个离开，他要在当天下午赶回杭州，并在当天晚上给一个患者进行角膜移植。这时那女医生也将皮肤刮净了。她把皮肤像衣服一样叠起来后，也离开了。

　　胸外科医生已将肺取出来了，接下去他非常舒畅地切断了山岗的肺动脉和肺静脉，又切断了心脏主动脉，以及所有从心脏里出来的血管和神经。他切着的时候感到十分痛快。因为给活人动手术时他得小心翼翼避开它们，给活人动手术他感到压抑。现在他大手大脚地干，干得兴高采烈。他对身旁的医生说："我觉得自己是在挥霍。"这话使旁边的医生感到妙不可言。

那个泌尿科医生因为没挤上位置所以在旁边转悠，他的口罩有个"尿"字。尿医生看着他们在乒乓球桌上穷折腾，不禁忧心忡忡起来，他一遍一遍地告诫在山岗腹部折腾的医生，他说："你们可别把我的睾丸搞坏了。"

山岗的胸膛首先被掏空了，接着腹腔也被掏空了。一年之后在某地某一个人体知识展览上，山岗的胃和肝以及肺分别浸在福尔马林中供人观赏。他的心脏和肾脏都被做了移植。心脏移植没有成功，那患者死在手术台上。肾脏移植却极为成功，患者已经活了一年多了，看样子还能再凑合着活下去。但是患者却牢骚满腹，他抱怨移植肾脏太贵，因为他已经花了三万元钱了。

现在屋子里只剩下三个医生了。尿医生发现他的睾丸完好无损后，就心安理得地将睾丸切除下来。口腔医生还在锯下颌骨，但他也已经胜利在望。那个取骨骼的医生则仍在一旁转悠，于是尿医生就提醒他："你可以开始了。"但他却说："不急。"

口腔科医生和泌尿科医生是同时出去的，他们手里各自拿着下颌骨和睾丸。他们接下去要干的也一样都是移植。口腔科医生将把一个活人的下颌骨锯下来，再把山岗的下颌骨装进去。对这种移植他具有绝对的信心。山岗身上最得意的应该是睾丸了。尿医生将他的睾丸移植在一个因车祸而睾丸被碾碎的年轻人身上。不久之后年轻人居然结婚了，而且他妻子立刻就怀孕，十个月后生下一个十分壮实的儿子。这一点山峰的妻子万万没有想到，因为是她成全了山岗，山岗后继有人了。

　　他等到他们拿着下颌骨和睾丸出去后，他才开始动手。他先从山岗的脚下手，从那里开始一点一点切除在骨骼上的肌肉与筋膜组织。他将切除物整齐地堆在一旁。他的工作是缓慢的，但他有足够的耐心去对付。当他的工作发展到大腿时，他捏捏山岗腿上粗鲁的肌肉对山岗说："尽管你很结实，但我把你的骨骼放在我们教研室时，你就会显得弱不禁风。"

《北京文学》1988年第1期

褐色鸟群

格　非

　　眼下，季节这条大船似乎已经搁浅了。黎明和日暮仍像祖父的步履一样更替。我蛰居在一个被人称作"水边"的地域，写一部类似"圣约翰预言"的书。我想把它献给我从前的恋人。她在三十岁生日的烛光晚会上过于激动，患脑血栓，不幸逝世。

　　"水边"这一带，正像我在那本书里记述的一样，天天晴空万里，光线的能见度很好。我坐在寓所的窗口，能够清晰地看见远处水底各种颜色的鹅卵石，以及白如积雪的茅穗上甲壳状或蛾状微生物爬行的姿势，但是我无法分辨季节的变化。我每天都能从寓所屋顶的黑瓦上发现一层白霜。这些霜在中午温暖的太阳光渐渐增强了它的热度时，才化成水从屋檐滴落。这个地带从未下过一场雨。另外，在漆黑如鸦的深夜我还能观察到一些奇异的天象，诸如流星做匀速圆周运动，月亮成为不规则的樱桃形，等等。我想如果不是我的记忆出现了梗阻，那一定是时间出了毛病。幸好，每天都有一些褐色的候鸟从水边的上空飞过，我能够根据这些褐色的鸟飞动的方向（往南或往北），隐约猜测时序的嬗递。就像我记忆中某个医生曾声称"血是受伤的符号"一样，我以为，候鸟则是季节的符号。

我的书写得很慢。因为我总担心那些褐色的鸟群有一天会不再出现，我想，这些鸟群的消失会把时间一同带走。我的忧虑和潜心谛听常常使我写作分心，甚至剥夺了我在静心写作时所能得到的快乐。后来，我怀疑自己是否出现了幻觉，我耳畔常常回荡着一种空旷而模糊的声响，我想它不会是候鸟渐近时悠长的哨子般的翅膀拍击空气的声音，它像是来自一个拥挤的车站，或者一座肃穆的墓地。这声音听上去像是落雪，又像是落沙。

有一天，一个穿橙红（或者棕红色）衣服的女人到我"水边"的寓所里来，她沿着"水边"低浅的石子滩走得很快。我起先把她当作一个过路的人，当她在我寓所前踅身朝我走来时，我终于在正午的阳光下看清了她的清澈的脸。我想，来者或许是一位姑娘呢。她怀里抱着一个大夹子，很像是一个画夹或者镜子之类的东西。直到后来，她解开草绿的帆布，让我仔细端详那个夹子，我才知道果真是一个画夹，而不是镜子。

我的寓所里从未有过任何来访者。她见到我并未遵循两个陌生人相遇应有的程序，而是表现出妻子般的温馨和亲昵。她说她叫棋。她在给我看她的画夹时顺便提了一句现在是秋天了。我的记忆深处痛苦地抽搐了一下，但并未就此而唤醒往事。我为秋天而感到高兴。她站在寓所的门前和我说话，胸脯上像是坠着两个暖袋，里面像是盛满了水或者柠檬汁之类的液体，这两个隔着橙红（棕红）色毛衣的椭圆形的袋子让我感觉到温暖。和棋的初次相遇就使我错过了一次注视候鸟的机会，我想，它们可能在我和棋说话的时候飞走的。我徒劳的目光越过棋的双肩，投视远处"水边"青蓝的水线时，她问了一句：你在看什么？

那些候鸟……

她转过身朝"水边"的石子滩望了一眼，又用一种天真而老练的目光看我。

我将棋让进了屋内，接着我们就在两只矮凳上坐下，看她带来的那些画。那些画上也画着一些女人，脸形和身材和棋相似，也许就是棋的画像。她有时倚在一根电线杆上，远处是一望无际的戈壁滩。有时她穿着夏装斜侧躺在海滨，也有一些画公园的落叶的，她翘着细长的腿俯卧在覆盖着厚厚叶被的迤逦小径旁。

她在给我看这些画时，两个暖暖的袋子就耷拉在我的手背上，这两个仿佛就要漏下水来的东西让我觉得难受。

这些都是你画的？我说。

不，是一个叫李朴的男孩给我画的。棋说。

李朴？

是啊，李朴。

我摇了摇头，我说我不仅不认识什么李朴，而且您是谁我一时也想不起来了。恕我冒昧，我接着说，李朴给你赠这些画大概是想和您谈恋爱吧。不过，我又说，我对这些画也一样不感兴趣。

好哇，格非——

棋陡然坐直了身体，一字一顿地说：李朴你也不认识我你也不认识你难道连李劼也不认识吗？

我猛然一惊，我的如灰烬一般的记忆之绳像是被一种奇怪的胶粘接起来，我满腹焦虑地回忆从前，就像在注视着雪白的墙壁寻找两眼的盲点：我隐约记起来了，我和棋说的那个李劼相识那是很久以前的事了，大概是一九八七年……

不过，你是怎么知道我的名字？

别装蒜了，格非。你离开都市到这个锯木厂旁边的臭水沟来才几年，你的神志竟垮成这样啦，我三个月前曾到你这里来过，你还答应给我看你的小说，还答应过其他一些事。你的记忆全让小说给毁了。

棋说完了这些话，静静垂手而坐，像是等待着我沉入往事的梦境，又像是等待着我从冥想中挣脱出来。

渐渐地，我眼前的这红色的影像模糊起来，但立即它又重新变得异常清晰。

好吧，我认识你，我说（实际上我想说：我认识你算了）。

棋显出满意的样子，她突然抬手在我脸上皱纹最深的地方抚摸了一下——这是一个仪式，一个我们本来就已相识的仪式，我想大概不会是所谓"情不自禁"。但是我立刻嗅闻到了皮肤相触的一刹那蛋白质释放出来的臭鸡蛋的气味。我觉得这种气味很不错。棋看了我一眼，又将画夹摊在她拢起的双膝上，她在看画的时候不断地注意我的神态，我想她一定是想知道我是否也在看那些画。她从那些画中挑出一张递给我，就是那张画着公园秋天的那幅。

这幅画上是什么？棋问。

一个人的背影。

还有什么？

枯叶子。

落叶象征着什么？

一个人的背影。

棋没有再问下去，她说了一句你这个人怎么一点儿都不懂画就沉默了。过了一会儿，棋又说：你一点儿也不像李劫。

李劫？

他不仅懂画而且懂诗懂开密封罐头懂治疗牛皮癣甚至——他还懂不生。

不生？

不生是一种哲学，棋说。

我不懂。

晚上，棋没有离开我的寓所。当然也没有一对男女在一处静僻之所的夜晚可能有的那种事。整个晚上她都在静静地听我讲故事，关于我的婚姻的故事。我想棋的聪颖机智使她猜测我在意念深处一定存在着某种障碍或者她宁愿称之为压抑。这是不是我们在看画时她发现的呢？在整个晚上她充当了一个倾听诉说的心理分析医生的角色，这也许不仅出于对我的怜悯，而且我似乎看出来我们都信奉这样一句格言：

　　　　回忆就是力量。

夜晚，奇异的天象没有出现。"水边"的石子滩变成一种冰莹的纯蓝色，就像化学实验中几种物质产生化学反应后析出的某种蓝色晶体粉末。这些玛瑙似的蓝色石子泛出的冷清的光亮和故事的氛围大相径庭。

后来呢？棋问。

后来——我尽量用一种平淡而真实的语调叙述故事，因为我想任何添枝加叶故弄玄虚反而会损害它的纯洁性。

后来，我就在那个卖木梳的老女人身边站住了。

那时正是四月，春天来得很迟。我看见积雪和泥浆冻在一起，高大的城市建筑物挡住了南下的寒流，形成了巨大的风的声音。那些早已废弃不用的商店霓虹灯上挂满了锥状的冰凌。我在企鹅饭店被一个漂亮的女人招引，不知不觉尾随着她走完了半个城市。我想处在我当时那个年龄被一个女人所迷惑是常有的事，但我决定跟着她走一段，仅仅因为我喜欢她走路的姿势。她的栗色靴子交错斜提膝部微曲双腿棕色——咖啡色裤管的皱褶成沟状圆润的力从臀部下移使皱褶复原腰部浅红色——浅黄色的凹陷和胯部成锐角背部石榴红色的墙成板块状向左向右微斜身体处于舞蹈和僵直之间笨拙而又有弹性地起伏颠簸。

我想这样一个在风中行走的女人要在火炉旁烤火或者在浴缸里洗澡不知是怎样一个模样，我还准备往下想下去她突然站住了，我也在那个卖木梳的老女人身旁停了下来。

买木梳吗？

接下来离奇的事发生了。

我想那个女人毫无缘由地在街道上停下来，是因为我在意念深处产生了一种当时我认为是下流的臆想——譬如裸体之类。不过随之我又认为这个女人停在人行道上是由于她自己遇到了什么事，并非我的意念感应所致。

买木梳吗？

我在思索该不该买一把木梳，同时又朦胧地感觉到她不久就会回过头来。她果真回过头来。她的目光像是注视着我，又像是留意别处。我回避着她的目光。我知道，心灵感应术曾在这个城市里风靡一时，人们只要在一所称之为"心灵感应中心"的地方训练三个月，就能用意念驱使幻想中的情人来到自己身边。有一些造诣精深的通灵大师还能使意念和星际相通。我心里意识到了一丝隐隐的恐惧感，这种恐惧感只有当一个罪犯在明朗的月光下撬锁行窃才会有的。

我又感觉到她马上就会朝我走来。好像她在行动之前她动作的信号就从她身上散发出来穿透冬天凝固的空气，预先告知了我一样。

现在，她正朝我走来。

我看了看岗亭上在冷风中瑟瑟发抖的警察。行人各自走着自己的路，没有注意到我正在遭遇的一幕。

她朝我走来干什么……

她迎面走来的姿势跟我刚才在她背影中看到的一模一样，她的魅惑力像泉水一样从她的浅黄色、深棕色、栗色的衣饰的褶子中流淌出来。我等待着她走近，我的心情一点儿也不轻松，她双腿轻盈地朝前迈动，我突然有了一种感觉，好像她是静止的，而我正朝她走近。

她在我跟前停下来，朝地面俯下身去。

她在我脚边捡起了一枚亮晶晶的靴钉。

后来呢——棋问。

后来我就再也没有见过她，她捡起靴钉，转身走远，在人流中消失了。

棋审判一样的目光紧盯着我，让我觉得很不舒服。棋说，你有自恋情结。我说大概有吧。棋沉默了片刻，继续说，事情好像还没完。我说，什么事情？

你和那个女人的事。

我不由得一怔。

那个女人捡起靴钉后，朝一个公共汽车站走去，她上了一辆开往郊区的电车，你没能赶上那趟车，但你叫了一辆出租车尾随她来到郊外她的住所——棋漫不经心地说。

事情确实如棋所说的那样，不过她说错了一个无关紧要的细节：我当时没有足够的钱叫出租车，而是租了一辆自行车来到了郊外。

不过，我说，你是怎么知道事情还没完呢？

根据爱情公式，棋说。

爱情公式？

我想事情远未了结并不是棋所说的所谓恋爱公式的推断，它完全依赖于我的叙述规则。我之所以不愿意将这样一个故事和盘托出，是因为它触及我内心深处极其隐秘的角落，想起这件事就让人觉得不痛快，下面我就来讲讲这件事。

我去车铺租自行车的时候，天空已经飘起了鹅毛大雪。雪花在春天的幌子下布下寒流的种子。城市通向郊区的路一会儿就变得非常狭窄了。渐渐我的车轮下露出泥土和煤屑混合的路面。路上行人和车辆渐渐变得稀少，雪花落在上面很快就积成了白白的一片。大路两旁的农舍和绵延的丛林突然出现在眼前。我前面那辆电车开得不快，我的自行车全速追赶，使它不至于从我视野里消失。

电车在郊区站停下后，天已快黑了。我想大概是狂啸的西北风裹着漫天大雪使黑夜提前了。她下车后就沿着一条低洼不平的路朝远处亮着忽明忽暗灯光的村舍走去，那个村舍在傍晚的雪中显出一带黑魆魆的影子。这条路不算很窄，但是车轮的印辙和马蹄踏成的圆洞在雪中封冻住了形成了一条条硬深的凹槽，我的自行车轮常常在这些凹槽上打滑，发出挡泥板和车架的黑铁碰撞的铮铮之声。她在距离我约有二十丈远的地方不紧不慢地走着。我们仿佛在路上走了很久，但是在郊外迷茫的雪原上，我很难看到它的尽头。我的自行车链条被坎坷不平的路面震得脱落过几次，但它最后一次脱落时，我的双手已冻得发麻。我不得不花了很多时间才把它重新装好。这一次，当我重新跨上自行车的时候，她的身影已经在远处变得模糊不清了。我狠命地蹬着自行车，它就像是一匹盲马跌跌撞撞地朝前疾奔。

这时，我的前面出现了另一个骑着自行车的人。这个人驮伏在车上显得很小，他也像是在朝前急急赶路。在这样一个寂寥无声的风雪之夜，遇到他让我觉得亲切。他的身影在路面上歪歪斜斜地画着漂亮的弧。在黑夜中，他像是一只黑蝴蝶，或者一只蝙蝠在翩然飞动。

我的车轮有一次滑到了大路的边缘。大路和田野之间仿佛有一条很深的沟渠，我想这大概是农人为铺设排水管道而挖的。

我的自行车和他相错时，我觉得我右胳膊的袖子和他左边的一只擦了一下，我像是听到了一种轻微的刷子在羽绒布上摩擦发出的声响。

前面那个女人的身影终于又在我眼前出现。在雪夜中我分辨不出她的栗色的靴子和浅黄色——深棕色的腰部衣饰的皱褶，以及她圆润的臀部成豆瓣状分裂的节奏。她像一摊墨渍在米色的画布上蠕动。我不知道她的住宅是否就在我依稀能看见的灯光闪烁的村子里，我也不知道我究竟会被她带到一个怎样陌生的地带。

但我似乎有了一种不祥的预感，冬天晚上凛冽的风和远处传来的狗的吠叫使我的呼吸越来越急促。

大约又过了二十分钟，她走上了一条窄窄的木桥。这座桥架在很宽的河道上显得很不坚固。我来到桥头的时候，犹豫了一下。因为我没有看到桥面上她刚刚走过去留下的靴印。那些半圆形的靴印在河边突然消失了。我想，也许是大雪将那些靴印遮盖住了——桥面上覆着一层厚厚的积雪。我推着自行车不得不放慢了步子。

深黛色的河流在孤零零的木桥下寂寞地流淌。我竭力在桥上寻找她的影子。

这是一座一边有扶手的木桥。扶手的铁链连接着一些东倒西歪的木桩，像是被毁坏了栅栏的残骸，西北风不断地吹散铁链上的浮雪，铁链在风中发出重金属滑碰的橐橐声响。我有时也偶尔扶一下那铁链，因为桥面没有扶手的一面的边缘已经和桥下的黑影悄悄缝在一起了。夜色已渐渐地深了。远处一直在招引我的村舍的灯火也不知什么时候突然熄灭了。我仿佛置身梦境，从一个很高的冰坡上朝山下滑坠。我似乎感到，那个穿栗色靴子的女人像是已经到了对岸，但我又觉得她像是仍在我前面不远的桥上——黑夜和风雪将我分离了。

我的平底胶鞋踩踏积雪在木桥上摩擦着，我的心情不像刚走上桥时那样糟，或许是因为我深信对岸就在不远处，根据桥面微微下斜的弧度判断，它离开我最多不过三四丈远。可就在这时，我站住了。因为我看不清桥面朝前延伸的灰暗的轮廓。我不得不摸索着桥的铁链朝前移动，但是突然我感到桥链也没了。我的脑袋一阵晕眩。我迟疑了一下，回过头。

有一个提着灯笼的人影朝我走过来。那灯光在稠浓的黑暗中像一只毛茸茸的小鸡。

他走近我的时候，我才看清他手里拎着的是一只马灯。他是一个花白胡须的老人。他在我跟前停下来，他的长须上结满了玻璃碴似的冰凌。

这桥你不能往前走了。

为什么？

它在二十年前就被一次洪水冲垮了。

老人将马灯抱在怀里，从腰间摸出一支旱烟管，点着了火。在马灯模糊的亮光中，我看见絮絮扬扬的大雪无声地落着。老人猛吸了几口烟，用手指指远处的河面：

那边有一座水泥桥。

我朝老人指向的地方看了一眼，在风中打了个冷战。

刚才有一个女人从这桥上过去了。

没有女人从这过去。

你是谁？

老人没有搭理我，他熟练地将旱烟管别在腰间，将马灯递给我，然后从我手里接过自行车。我们开始往回走。我想他大概是一个看桥人。

我守在桥头劝告每一个黑夜上桥的人不听阻拦的人注定要走到河里去。

可是，刚才有一个女人从这桥上过去了。

我没有看见什么女人过去。

我们已经来到了桥头。我把马灯递给老人。雪花飘落在马灯的玻璃罩上化成水滴滚落。老人说你上车吧，我举着马灯照你一段，他说话的时候，呼出的气柱在空中迅速凝结了，宛如一束手电的光亮。我像是又想起了什么，我对老人说：你们为什么不把桥拆掉呢？

还会有一次更大的洪水。

在我跨上自行车的时候，老人又对我说：没有女人从这桥上过去，你可能是在雪夜中看花了眼，雪的光亮会给人造成错觉，而错觉会把人沉入深渊。

我就此和老人告别，他在桥头举着马灯，照着那已经封冻的路面。过了一会儿，我身后的灯光消失了，我又重新陷入黑暗之中。

我又想起了那个穿栗色靴子的女人——我似乎看见她上了那座木桥。她现在在哪里？那个老人是谁？那究竟是一座怎样的桥？也许等天晴了，我该重新到桥边来看看。我正想着，自行车又开始猛烈地跳动起来：我记起了这段路面。这路面被车轮和马蹄轧成一道道深深的凹槽，车轮在上边不断打滑。我还记起了那个骑自行车的人，我的耳畔又响起了我和他袖子相擦的那种刷子在羽绒布上划出的声音。想起那个像蝴蝶一般歪歪斜斜的骑车人，我的心情变得轻松了一些，因为我能够通过它把自己和现实连接起来，我担心自己是否丧失了理智，而处在一个桥边老人所谓的雪夜错觉之中。

我的自行车更加剧烈地颤动了一下，车轮像是碰到了一个硬物上，我差一点儿从自行车上摔下来。我的好奇心和探究心理使我停下车来，想看看那个硬物是什么。

那是一辆歪倒在路边的自行车。

接下来我看到的事情或许棋早已猜到了。她在我"水边"寓所的椅子上不安分地躁动着。她一会儿拿起她的画夹，一会儿哼哼唧唧地看着天花板，对我的故事显示极度的不满。

这是一个非常庸俗的结尾。棋说。

什么结尾？

你在路边发现了那辆自行车，你马上意识到了是你刚才在追赶那个穿栗色靴子的女人时匆忙之中将他撞倒的，你开始四处寻找他的人影，最后你在路边那个埋排水管道的沟渠里发现他的尸体，尸体已冻得僵硬，他的脸上落满了雪花。

是这样。

我开始陷入了沉默之中。棋也呆呆地托着下巴，凝视着"水边"青蓝色的石子滩。现在夜色正浓。"水边"的凉气沿着远处水面朝公寓斜升的坡道，悄悄越过窗格爬进室内，我感到一阵微微的凉意。我打了一个长长的哈欠，棋在沉思中黑眼珠朝我突然翻动了一下，含混不清地说：你困倦了？我说没有。我想在夜阑人静的时候，面对一个姑娘独坐，大概不大适宜提出诸如睡觉之类的要求。我想我们都已忘记了时间，也许在天亮之前我们会一直这样默坐下去。我试着找出一些无关紧要的话题来润滑一下现在多少变得有点儿尴尬的气氛。我觉得我的大脑像是一个空空落落的器皿，里面塞满了稻草和刨灰。就在这个时候，我想到了棋在和我初见时谈到的那个李劼。

你是怎么认识李劼的？我说。

棋的脸上慢慢地浮现出一层红晕。她似乎立刻沉浸在幸福的回忆之中。她潮湿的眼睫毛参差错落像一排芦苇的篱掩住了黑白的眼球。她用妻子般空旷而充满诗意的语调告诉我，她先认识那个叫李朴的男孩儿。

李朴是谁？我问。

李劼的儿子。

我思索着这个被棋称作"李朴"的男孩儿在我记忆中的印象。我记得在一九八七年，我在李劼的乡间别墅做客，我们隔着会客厅透亮的玻璃看见后花园的雪地上，一个男孩儿正在滚雪球。我想那个玩雪的小男孩儿会不会就是棋所说的李朴？

棋的目光仍注视着窗外。她的双眸熠熠发亮，像是要沁出白色或黑色的水汁。我想所有的女人沉入对恋人的回忆和想象之中大概都是这么一副自命不凡的神态。对于女人来说，生活有时就是想象。

我真的感到困倦了。我点燃了一支烟，但它并未使我清醒。我倚着公寓白色的墙壁昏昏欲睡。"水边"的夜晚静极了。微风轻轻吹拂着窗帘，潮水有节奏地漫过石子滩。我在混沌而沉重的睡意之中，仿佛听到棋在呼唤我的名字，她的童音未脱的呼唤像是从一个遥远的地方传过来。她的衣服在椅子上摩擦发出窸窣之声。棋像是又处在焦灼不安之中，她的飘忽不定的影子在我眼前不断地徘徊。我渐渐坠入梦乡。

时间过去了很久。棋轻轻地将我推醒。

那个女人——

什么女人？

那个穿栗色靴子的女人——

怎么？

你后来再也没有见过她吗？

天还没有亮。棋蓬松着长发站在我对面。有一些汗粒顺着她的发梢慢慢滴落。我听到棋的呼吸声很重。我想她大概已经被故事的那些悬念和细节织成的网罩住了。她对故事的过于敏感使我注定要谈到以下所叙述的这些事。这些事离我很久很远了，但是当我每次重温许多年前的阳光和空气，我仿佛觉得伸手就可触摸到它。我无法不回忆往事。即使在这样一个平常而宁静的夜晚棋不向我提起它，"水边"的那些候鸟也会叠映出它们清晰的影子。我在决定如何向棋叙述那些事时，颇费了一点儿踌躇。因为它不仅涉及我本人，也涉及我在"水边"正在写作中的那部书，以及许多年以前，我的死于脑溢血的妻子。

我和那个穿栗色靴子女人的重逢是一次意外的巧合。一九九二年春天，我因《黑鸭》出版社之约来到郊外修改一个长篇小说。我住在歌谣湖畔的一幢白色小楼里。这幢新建的小楼没有人住，因为自来水管道还未铺设，房间的设施很不完备，楼前的花园还是一片荒芜。小楼竣工后多余的一些建筑木料和钢筋混凝土的梁柱被横七竖八地搁在楼房的四周，让人觉得有些压抑。我来到这里之前，《黑鸭》出版社的几个董事副董事把我的右手握得又疼又酸：很抱歉条件很差连撒尿的抽水马桶还没有运去，格非你看着办吧。

我的卧室朝南有一个很大的阳台。现在正是早春时节，太阳在午后照临阳台时，我就在那儿抽烟憩息。远处歌谣湖浩瀚的水面上空，白色的云块很低很厚，静静地悬挂着，湖水由于酸雨和城市排泄的废气和残渣已变得污浊不堪，湖面边缘的沼泽上绵延的原始森林蒙上了一层灰黄的颜色。有几只白鹤和鹭鸶贴水面盘旋而过。每天黄昏的时候，我总看见几个园丁在那片花园里忙碌着，他们将长在荒地上的荆棘和杂草拔掉，然后在上面栽金盏花和鸢尾。我有时也来到花园和那些园丁聊天。这些如土地一般沉默的老人回答我的问话时显得非常吃力。对于农事和天气他们并不像我那样感兴趣。我一有空就到花园里帮助他们编织花圃的竹篱，给金钟和鸢尾花浇水。当花园里到处都盛开着灿烂的金盏花和鸢尾时，我的小说快要完稿了，我在歌谣湖的这段日子里，时间悄无声息地过去了。这个远离城市噪声的地方带给了我安定的心绪和美妙的感觉，但是不久以后发生的一些事却使这幢白楼在我的心中留下了灰暗而并不愉快的记忆。

这天下午，我像往常一样来到歌谣湖边散步。湖边枯黄的草地正在抽出新芽。那些新翻的泥土像波浪一样在广阔的田野上匍匐着。

我觉得我已经走了很远。我回望波光斑斓的湖面，那幢傍水而筑的小白楼已看不见了。温暖的阳光中裹挟了一丝北风，这些风像清晨还未完全褪尽的夜色，让我觉得有点儿冷。我脚下的地上渐渐出现了一些米黄色、灰白色的鸟粪。我在一只正在湖边饮水的山羊旁停住了脚步，因为在这时，我听到了一缕很不清晰的哭叫声。我四下里张望了一会儿，宽阔而高远的田野上不见一个人影。我点燃了一支烟继续往前走，不久我就看见在一片微斜的坡地上，一个高大的男人和一个女人滚在一起。他们沿着山坡往下滚，女人的茶绿色的头巾脱落在坡地上，她的长发飘散开沾满了草屑和泥土。

当我憋足了劲冲到他们身边时，那个男人已经把女人松开了。那个女人俯卧在地上，轻轻地啜泣着。我走到那个男人面前，正想揪住他的衣领问个明白，没想到他先给我的膝盖来了一脚，我倒在地上趴了三分钟。我昏昏沉沉地从地上爬起来，那个男人已经走上了那个斜坡。女人的脸上几排牙印还在不断地往外渗血。她整好了衣扣，跌跌撞撞地从我身边捡起了那茶绿色的头巾。她朝我歉意地笑了笑：那是我男人。

我的脑壳"咯噔"一下，像是关节错位的榫头弥合了一样，我突然发现她就是我早些年在企鹅饭店碰到的那个女人。我的眼前一遍又一遍地重现她刚才俯身捡头巾的动作，它仿佛和我早已在眼帘的屏幕上成为定格的捡靴钉的姿势叠合了。这个女人我觉得已全力将她忘记，今天她突然出现在我的眼前，使我感到胸脯一阵阵抽搐。她扑闪着泪花看着我，她也像是觉得我有些面熟，异样的目光中透出疑问和猜忌。

我看了看那个已经走远的男人，又看了看她。

刚才你干吗哭叫？我问。

他——女人显得有些语塞，她的脸涨得通红。

他刚才把我弄疼了。

女人将头巾搭在头上，匆匆追赶她的丈夫去了。我走上了那道斜坡。我看见那个高大的男人步履蹒跚地在田野上走着，他的腿脚看起来不太灵便。果真，他一会儿就在面前的一条闪亮的沟渠里跌倒了。女人朝前跑了几步，又远远地回过头来朝我叫了一声：他是个瘸子——

瘸子？我苦笑了一下：他刚才在我膝盖上那一脚倒是踢得很卖力。

我手里玩捏着一枚镍币，沿湖边颓然若失地往回走。那个女人已经跑到男人身边。他们的身影在我的眼前越来越小了。在我们之间，潮湿的风在一望无垠的田野上吹着，我看着他们消失的方向——西斜的太阳暗红色的光照亮了那片密密的白桦林和村舍白色的屋顶。我想他们也许就住在离我的小白楼不远的村子里。

以后的几天，我再也没有在这一带的田畴上看见他们。每天午后，我的影子伴随我来到离白楼很远的这片坡地上，我等待着那个女人到田野里来耕作。麦子已经长得很高了，几场大雨浇过，田野里到处都是绿色植物的清香，成群的蜜蜂飞过来预示着气候日渐温暖。但是那个女人的身影一直没有出现。

《黑鸭》出版社的一位常务编辑来到歌谣湖畔看我，我告诉他，我的稿子只完成了一半。我想在我没有重新见到那个女人之前，我不打算离开这儿。

我在小白楼渐渐觉得孤寂无聊。一天，一个老园丁答应带我去白楼附近的村子里喝酒。我们在狭窄的田垄上一前一后地走着。我在路上向老人打听村子里的情况，同时我请他回忆一下村里是否有一个常穿栗色靴子的女人。老人说村里的女人很多，但是他不知道她们穿什么颜色的靴子。

那个酒店就在村口。我吮吸着晚风中浓浓的酒气走进了酒店院门的木栅栏。栅栏旁有一个腰间围着泥黄色裙布的人正从一口大缸里往外掏酒糟。酒店墙上原先像是涂抹着一排深红色的大字，这些字迹经过长年的风吹日晒已经变得难以辨认了。我几乎是挑起门帘走进酒店的同时就看到了坐在墙角的那个瘸子。他似乎已经喝醉了。

酒店里昏暗的灯光被劣质烟草的雾气笼罩着，潮湿的地面散发出一阵腐烂霉饼的气味。我要了一瓶洋河大曲，挨着离酒柜最近的一张桌子坐了下来。酒店里没有什么人，柜台上那个店主模样的老人手里握着两个咔咔作响的钢球正在打盹。

瘸子在墙角独自喝着酒。他的背像是有点儿驼。黧黑的脸上刻着衰老的沟纹。他的胡须卷曲着，沾满了晶莹的酒滴。他高大的身躯稳稳地坐着，像是永远在聆听着什么，只是当他伸出手在桌面上摸索酒瓶时，我才看到他被烟熏得焦黄的手指有些颤抖。

那个女人来到酒店的时候，我一点儿也没有察觉。当一些类似于酒瓶或酒杯之类的玻璃器皿砸在地上，发出很响的破碎之声，我才在朦胧的醉意中看见那个女人正在把已瘫倒在桌下的瘸子扶起来。瘸子踉踉跄跄靠着桌沿站起来，将脸凑近那个女人，朝她脸上啐了一口痰。女人刚想摘下头巾擦去痰迹，我看见瘸子的手在她眼前挥动了一下，那个女人就在酒店潮湿的地面摔倒了。女人像一摊墨渍一样卧在反射出酒店暗绿色灯光的地上。她揉揉腰肢扭动了一下双手撑着地面，浑身的经络像杯子里盛满的水一样晃荡着。这时，我已经走到她身边，我拽起她的一只手把她搀起来，那个男人已伏倒在桌上睡着了。女人的脖子上被手指抓破的细长的血印像一条美丽的蜈蚣。女人用手指拢了一下湿漉漉的发尖，走到桌边拉了拉那个男人，同时她哀怜的目光朝我瞥了一眼。我走过去将男人背起来，女人从地上捡起那个瘸子脱落的一只胶鞋，我们就走出了酒店。店主手里仍然在捏玩着两个亮晶晶的钢球在打盹，有一缕稠浓的口涎在他嘴角挂着。我们走到院子里的木栅栏门边，一个黑影依旧在一只巨大的缸里往外掏酒糟。我仿佛感到这个酒店里的时间是静止的。

在路上，那个女人没有说话。漆黑的夜里有只狗在村头猎猎地叫着。

她的家不像我想象的那样邋遢。我在路上一直被背上的男人喷着的酒气呛得想吐，当我在她卧室明亮的窗前坐下后，女人已将丈夫在床上安顿好了。女人朝我招招手，我们来到外间的一个很小的客室。她为我沏了一杯茶。我手抚茶杯的边沿，转动着它，女人在我对面坐下来，双手合抱在胸前痴呆地看着茶几的桌面。这时我站起来，女人也跟着站起来：你喝杯茶再走。我说我想再到你卧室里看一眼。女人先是迟疑了一下，随后就说：好吧。我们又回到她的卧室。我看见她的床前整齐地放着一双擦得油光程亮的栗色靴子：她的栗色靴子交错斜提膝部微曲双腿棕色——咖啡色裤管的皱褶成沟状圆润的力从臀部下移使皱褶复原腰部浅红色——浅黄色的凹陷和膝部成锐角背部石榴红色的墙成板块状向左向右微斜身体处于舞蹈和僵直之间笨拙而又有弹性地起伏颠簸。我的眼睛眨闪了几下从卧室出来。女人说你有什么东西丢了吗？我说没有。我们重新在客室里坐下。我想从企鹅饭店和这个女人偶尔相遇，至今已有许多年，重新浇灌这棵在我记忆中已枯死的青春之树显然已经没有太大的意义。我正视着面前这个女人清澈的眼波，嘴里隐隐有了一种酸涩的咸味。我点燃了一支烟，又递给她一支。她重重地吸了一口，眼角变得有些潮湿。腾起的烟雾在日光灯管上切割缭绕，灯管发出咝咝的声音。

烟草的香味使我在浓浓的酒意中感到异常清醒，我的脸有些烫。女人抽烟的姿势很好看，她夹着烟卷的白皙的手在我眼前晃动着。我们听到了里屋男人悠长的鼾声。

我第一次看到你是在七八年前。我说。

七八年前？

我在企鹅饭店的门外遇见你。

企鹅饭店？

后来我跟着你来到大街上。

什么大街？

后来你在一个卖木梳的老人前面站住了。

卖木梳的老人？

你在我脚边的街道上捡起了一枚靴钉。

靴钉？

你随后上了一辆开往郊区的电车。

你说什么？

那天雪下得很大，我租了一辆自行车追赶那电车。

我不明白。

你下车后天已经黑了。

你喝醉了。

后来你上了一座木桥就消失了。

你喝醉了。

你喝醉了。女人温存地对我说，在我们这儿没有什么企鹅饭店，没有大街，也没有卖木梳的老人。你喝醉了，要不你是记错人了？

我说我是在城里遇见你的。

女人笑了一下，她伸手端起我面前的茶杯呷了一口茶将茶叶末轻轻吐掉：我从十岁起就没有去过城里。

夜已经很深了。我呆呆地凝视天花板。那个雪夜我尾随那个女人来到郊外的种种细节又一次清晰地呈现在我眼前，我看了看面前的这个美丽的女人，她诚挚而坦然，脸上浮现出乡村纯朴的妇女特有的腼腆。她站起来给我的茶杯倒满了水，然后问我是不是觉得冷，要不要关窗。我说不用了。

那么，我说，你们这儿是不是有一座倒塌的木桥。

通往城里的方向是有一座断桥。

是洪水冲垮的吧？

不，是给人偷拆了木料。

女人像是突然想起了什么，她告诉我这样一件事：有一天夜里，雪下得很大，我男人从邻村喝酒回来曾路过那座木桥。他提着马灯走到桥头，他看见木桥上有一些胶鞋的鞋印和自行车车轮的胎辙。他举起马灯朝桥上晃了晃，看不见人影。他看见桥一侧的铁索链上积满了雪，有些地方显露出手抓过的痕迹。桥面上的那些鞋印和胎辙还没有完全被大雪遮盖。他想也许有人推着自行车刚刚从这断桥上过去。但那天他喝得醉醺醺的，另外他的腿脚也不灵便就没有上桥去看看。第二天雪停了，人们从河里捞起了一辆自行车和一个年轻人的尸体。

女人打着哈欠说完了这件事。

我说我该走了。

女人没有吱声。她的沉默似乎是她有意挽留我的一种隐晦的方式，我想。我坐着没动。

你住在哪儿？女人问。

我告诉她那幢白楼。

女人像是知道那幢楼。女人说夜已经很深了，春天麦子和油菜都长高了，有一些狼夜里常在荒野上转悠要不就明天早上走吧。

我们就在客室里坐到天亮。

"水边"的夜幕悄悄隐去了。天亮的时候我和棋都没有察觉。现在阳光穿透公寓的玻璃窗投射到棋橙红色的衣服上。在早晨清晰而温暖的光线中，我看见棋的脸有些憔悴。我问她是不是饿了，要不要喝杯咖啡。棋点点头。我从厨房给她弄来了咖啡，棋似乎仍在想着我的故事。

你和那个女人一直坐到天亮？棋用塑料小勺在杯中轻轻搅动着，问我。

是这样。我说。

你那天是不是有些醉了？

是的。

你没有碰那个女人？棋诡秘地微笑着。

黎明的时候天有些凉，她给我披上了她男人的大衣，我在浑浑噩噩中抓住了她的手，但她马上把手抽了回去，像一些水从我指缝中流走了一样。

我坦白地对棋说。

我发觉你的故事有些特别。棋说。

怎么？

你的故事始终是一个圆圈，它在展开情节的同时，也意味着重复。只要你高兴，你就可以永远讲下去。不过，你还是接着讲下去吧。

我呷了一口咖啡，继续对棋描述以后发生的事。

一天深夜，歌谣湖一带突然下起了瓢泼大雨，雨下到第二天早晨还没有停。我拥着薄薄的棉被坐在床上吸烟。现在梅雨季节来临了。我看见绿色的田野上空，雨幕像密密的珠帘一样悬挂着。大风将白楼的木栅栏院门刮得砰砰直响。我谛听着大雨中的各种声响，又渐渐入眠了。到了晌午的时候，我恍惚听到楼下有人在砸门。我想那大概是白楼花园里的园丁。可是下着这么大的雨，园丁来干吗？砸门声越来越响。我懒洋洋地披上衣服下楼开门。我轻轻地拨开门闩，大风扑面直灌进屋来。我一连打了好几个冷战。

那个女人站在雨中。

她的衣服已被雨水淋得透湿。她披肩长发上不断地有一些晶亮的水滴滚落下来。她告诉我，她的男人死了。

我披了一件雨衣就跟着她走出了白楼。

大雨模糊了村子的轮廓。我们在狭窄泥泞的田埂上朝着影影绰绰的村舍跑去。女人由于焦急和慌乱，在路上摔倒了几次，使得我们的速度反而慢了下来。女人说，她的丈夫昨夜又去了那家小酒店，晚上回来时跌倒在村中的一个粪池旁。第二天早上，两个清理阴沟排水的老人发现了他的尸体。他的脸已被雨水浇得煞白，耳朵里灌满了大粪。我拽住女人的手——她的小手像鳗鱼一样冰凉，我的思绪像是给大雨搅乱了，眼前一片空白。

当我们来到村头的时候，我看见有几个中年人笼着袖管，抱着扎有红布绸的铁锹往田野里走。女人啜泣着轻轻地说，他们要去墓地挖坑穴。

女人的院子显得依旧清朗。大雨把黄泥地面冲刷得又硬又平，地上有一些稀稀落落的鞋印。有一个木匠模样的人正在盛开的木槿花丛弯锯着一段木料。屋子里传来叮叮当当钉棺材的声音。

那个男人躺在一扇破旧的门板上。他的身体已被几个年老的妇女收拾干净。他穿着硬挺的哔叽制服，刮净了胡须的脸上显得清癯而红润。尸体旁那些钉棺材的人像是完全沉浸在熟练的操作中，榔头敲在腐蚀的木板上，松针一样的木屑由于振荡而不断地跳动着。一个巫婆模样的女人走到尸体旁，双膝跪下，她高高地举起了双手，正准备哭叫，她突然想起了什么，灰白的眼珠朝我翻动了一下：钉子还不够。我去院子里木匠身旁找来了钉子，巫婆又看了我一眼：再去找些绳子来。我刚一转身，巫婆高举着双手往地上一拍，伤心地哭了起来。

我去房里找绳子时，那个女人紧紧地跟着我，她哆嗦的身体和我贴得很紧。

尸体入殓的时候，呼啸了一夜的大风突然停了，雨还在淅淅沥沥地下着。屋子里寂静无声，女人伏在棺材的边沿，久久地望着她男人的尸体。她的哭声感染了室内尘封的空气。钉棺材的几个男人把榔头扔在地上，拍了拍手里的灰尘，蹲在一旁吸烟。

时间过去了很久。

女人的嗓音显得有些喑哑了。我看见她一边哭泣着，一边骨碌碌翻动着清亮的眼球朝四周察看，一片蜘蛛网像胸环靶一样悬挂在梁下，青绿色的蜘蛛攀缘在一根细长的丝线上，像钟的下摆在微风中晃动。我忽然意识到这个女人的悲伤也许是装出来的。又过了一会儿，木匠冲着我做了一个手势，我们抬起那块像隧道的穹顶般的棺盖，将它轻轻盖在棺木上。巫婆过来把那个女人扶起了。在盖棺的一瞬间——那几个钉棺的男人朝棺木围过来，准备将它钉死——我突然看见棺内的尸体动了一下。我相信没有看错，如果说死者的脸上肌肉抽搐一下或者膝盖颤抖什么的，那也许是由于人们常说的什么神经反应。但是，我真切地看见那个尸体抬起右手解开了上衣领口的一个扣子——他穿着硬挺的哔叽制服也许觉得太热了。

我没有吱声。

送葬后的当天，我没有离开那个女人的屋子。女人对我说，她一个人在晚上的时候会感到害怕。她让我至少陪她三天。

第三天晚上，梅雨连绵。

女人坐在我对面，她的眼圈微微泛红。我们之间的冗长的话题已经在前两个晚上谈完了。我觉得在喋喋不休的对话中，时间流逝得很快。而面对沉默，我们的心力都显得非常脆弱，我还在想着那个男人的死。他的死多少有些蹊跷，有时我觉得这也许是一个阴谋。

　　你的男人醉死，你怎么想起去白楼找我？我说。

　　不知道。

　　他深夜未归，你为什么不去酒店看看？

　　别去提它了——

　　女人妩媚地对我笑了笑。我觉得她笑得有些勉强，但我的内心还是悸动了一下。她摊开双手平放在桌面上，我迟疑了一阵，我手心朝下，轻轻地滑向她的柔润的手腕。接下来我们俩做的事不便详尽描绘，但有一些和那种事本身并无太大关联的枝节，如下所述，权且当作这个故事的结尾。

　　窗外雨声越来越大。女人叹息般的目光久久地注视着我，她俯下身帮我解鞋带的时候，天空炸过一串闷雷。我的腿一阵抽搐。女人抬头看了看我，又低下头去解鞋带。我们俩在床上躺下来：由于连日梅雨，我觉得棉被有些潮湿。我在无意中碰到她青蛙皮一样冰凉的皮肤，闻到了散落在她发中樟脑丸的气息。我木然地凝视着帐顶，好久没动。

　　我凝神屏息谛听室外风雨。

　　你在想什么？女人说。

　　屋外像是有一种奇怪的声音。

　　什么声音？

　　一个女人在哭泣。我说。

那是大风溜过树梢的声响。

不，是有人在哭。

什么地方？

院子里。

女人和我翻身下床。我裹了一条毛毯，趿着鞋子推开房门来到院子里。院子里什么也看不见。那个女人按亮了手电筒。随着那条惨白的光柱的缓缓移动，我看见了废旧的鸡埘、在大风中摇曳的木槿花树和泛着污秽黑水的墙根阴沟。

大概是一只猫——女人说。她把我拉进屋内，关上了门。

我们重新在床上躺下。女人伸手拉灭了电灯。过不多久，那哭声又出现了，它像是来自一个死神笼罩的病榻，又仿佛从更加遥远的河面上传来。那哭声稚音未脱，时隐时现，我觉得我的头颅在这种弱节拍的声音中正逐渐膨胀。

我第二次下床的时候，女人躺着没动。

我拉开通向院落的大门。一道耀眼的闪电在天空中无声地出现，远处墨绿色的田畴和宽广的湖面一下被闪电照亮了。

在闪电出现的一刹那，我看见一个少女站在院子的当中，她赤裸的身体在地面上的水洼中形成了清晰的倒影。她婴儿一样的脸上挂满了泪珠。

我的记忆似一条锈蚀的铁链如灰烬般寸寸断落。在记忆消失的瞬间，我脑子里浮现出在我六岁时，看着我的妹妹在澡盆里洗澡的画面，同时我的耳边又回荡起那个如梦的雪夜，我在那段凹槽封冻的路面上曾听到的羽绒布摩擦而发出的微弱声响。剩下的什么都不知道了。我扶着门框的手无力地滑落——我在门边晕倒了。

我醒过来的时候，那个女人守护在我的床前。她如母亲一般深沉而温暖的目光正注视着我。她静静地吸着烟，朝我嫣然一笑。我也要了一支烟点上，浓郁的烟味使我慢慢镇定起来。

你刚才看到了什么——

我把我看到的全对她说了。

你的胆子比我还小，那都是你的幻觉，你累了。女人说。

我说在我刚才昏睡的时候，做了一个奇怪的梦。什么梦？女人问。我梦见你的尸体漂浮在那断桥下的河面上，你的乳房上长满了青草，桥头有人在唱着《玫瑰玫瑰处处开》。

女人苦笑了一下。

我们结婚吧？我说。

好吧。

后来你就跟那个女人结婚了？棋长长地舒了一口气。

是的。

现在"水边"一带正是中午时分。炽烈阳光将退潮后棕红色的石子滩晒得灰白。棋追问着我和那个女人结婚以后的情况，我说在结婚的当天她就死了。结婚的日子是按她的意愿选定的，那天是她三十岁的生日。我们在恬静安详的烛光中喝着葡萄酒，她突然一连说几声"灯灭了"，脑溢血模糊了她的视线，我眼看着她红润的脸色转为蜡黄，但我知道，已不可救。

棋从我公寓的椅子上站了起来，她一定是知道我的故事再也没有任何延伸的余地了。她说她该走了。她还说今天下午她要去"城市公园"参加一个大型未来派雕塑的揭幕仪式。她说这座雕塑是李朴和一些自称为"彗星群体"的年轻艺术家共同完成的，她说过一些时候再到"水边"的公寓里来看我。

现在是什么季节？我说。

秋天。

棋在跟我临别的时候，我觉得她跟来时一样陌生。她抱着那个帆布裹着的画册，匆匆离开我"水边"的公寓，没有说再见。

我仍然在写那部"圣约翰预言"式的书。"水边"一带像往常一样寂静。那些"水边"的鹅卵石，密密麻麻地斜铺在浅浅的沙滩上，白天它们像肉红色的蛋，到了晚上则变成青蓝色。棋曾经别有用心地把"水边"称为锯木厂旁边的臭水沟，我一度被她的话所困扰。有一次，我沿着"水边"枯白的茅穗绵延的水线，朝北走了整整一天，没有发现什么锯木厂。回到公寓的时候，已经是深夜了。黑洞洞的天空中又出现了那拖着亮晶晶尾巴旋转的星辰和成不规则樱桃形的月亮。时间像是过去了很久：棋一直没有到公寓里来。我每天坐在公寓的窗口，看着那夜霜化成的水滴从高高的屋檐下坠落。

我天天期待着棋的出现。

不知过去了几个寒暑春秋。有一天，我终于看见棋沿着水边浅浅的石子滩朝我的公寓走来。她依旧穿着橙红色（或者棕红色）的罩衫，脚步在乱石中踩出空落的声响，她耸起的双乳不驯服地窜动着。她怀里抱着那方裹着帆布的画夹，而远远地看起来，那更像一面镜子。我坐在公离的门前，等待着棋朝我走近。

棋走到正对我公寓大门的路口，突然停住了。她看了看明净宽阔的水面，又转过身来看了看我。我想，她大概是示意我过去。我走到棋的身边。

有水吗？棋说。

在晌午的阳光中，她一定是走渴了。我给她弄来水。她仰起脖子喝完了水，抹了抹嘴唇，将杯子递给我。

你又给我看画来了吗？我说。

什么？！

她像是没有听清楚我的话，漠然地看了我一眼。

那大概是李朴为你新画的吧。我说。

什么李朴？棋说。

李劫的儿子——

棋无可奈何地笑了一下，她说我不认识什么李朴、李劫，而且也从来没人给我画过画——您是谁？

我一愣。

棋——我说，前一段时间你不是到我的公寓里来过吗？你让我看了你说是李朴的画，那些画上画了一些落叶和电线杆，我们在夜晚说着故事，通宵未眠——

我竭力搜寻记忆中那次和棋的初逢的每一个细节。然而棋固执而有礼貌地打断了我的话。

我的名字不叫棋，我是一个过路人，天热了，我跟您讨杯水喝，您一定是记错人了。

那么——我指指她怀里抱着的画夹。

少女将那个帆布包裹搁在膝盖上，熟练地解开青绿色的带子。

那是一面锃亮的镜子。

少女将镜子重新包好，夹在怀里，她捋了捋披散的长发，朝我摆了摆手，转身走了。

少女的身影离我远去了。

褐色的鸟群扑闪着羽翅，掠过"水边"银白钢蓝色的天空，在看不到边际的棕红沙滩上布下如歌的哨音。这些褐色的候鸟天天飞过"水边"的公寓，但它们从不停留。

《钟山》1988年第2期

伏羲伏羲

刘 恒

话说民国三十三年寒露和霜降之间的某个逢双的阴历白昼，在阴阳先生摇头晃脑的策划之下成了洪水峪小地主杨金山的娶亲吉日。早晨天气很好，不到五十岁的杨金山骑着自家的青骡子，他的亲侄儿杨天青骑着一头借来的小草驴，两人一前一后双双踏上了去史家营接亲的崎岖山道。太阳已经高过岭脊，雾蒙蒙地像个让南瓜汤泡碎了的鸡蛋黄。杨金山在骡子腰上晃来晃去，脑袋上的礼帽像个掀翻了而倒扣着的灯碗。十六岁的杨天青秃头刮得白而又白，在秋日肃冷的早风中闪着天真而健康、喜悦而生动的光芒。他们和他们胯下的牲口在山顶消失之后，疲软的太阳也随即消失，阴云四溢，风里流窜出阴沉的潮味儿。挨到晌午终于下起了雨。起初像老人的尿，不久便如线如注，山谷内外沙沙沙响得连声了。等着喝喜酒的人纷纷跳着脚回家，剩几个耐性大的聚在屋檐下抽烟袋，酸溜溜地预言着新娘子的长相。都说史家营王麻子的二闺女长得奇俊，又是谁都不曾见过，便七嘴八舌连荤带素地把她描成一棵水汪汪的嫩菜，叹息这生灵要由杨金山来糟蹋了。倒不是觉得他不配，而是认为他的福气未免太大了些。没有三十亩山地的家当，别说二十岁的雏儿，就是脱了毛的母羊也未必看得上那条瘦弱虚空的汉子。杨金山不是本事很大的男人，阳气颇衰微的。他和前妻在一条土炕上滚了足有三十来年，却没有任何造就，此乃最好的证据。日本人替他清了这笔账。他们头一次来洪水峪扫荡那天，金山的前妻恰好在落马岭的芝麻地里锄草，隔着老宽老宽的一条山谷，哪个瞎了眼的鬼子一枪就把这个汗淋淋的不会养孩子的女人毙掉了。人家把她当成了老八团神出鬼没的游击兵。抗日战争最吃紧那几年，小地主杨金山朝思暮想的是造一个孩子，为造一个孩子而找一个合适的同谋。他对年轻女人产生了异乎寻常的兴趣。尽管他的最终目的是顺利地制造一个健康的后代，然而眼下假如没有瘟头瘟脑的侄子在跟前碍眼，他深感自己会从被雨淋湿的骡子背上腾空而起，像只老鹰似的向那个骑着毛驴的女人扫过去，扑过去，压过去，了结一种浓厚的趣味。

女人唤作王菊豆，双十的年纪，生着杨树般颀长的身材和一团小蘑菇似的粉脸。她用两条直溜溜的长腿卡着那头活泼的小草驴，稳重地沿着下行的山道移动。红袄闪耀，像一堆阴雨浇不灭的火，淋了雨的发髻黑油油地放光，又像一大块烧乏了的乌炭。

"天青，看摔了你婶儿!"

天青两脚泥巴，闪闪跌跌地走在毛驴和骡子之间，用枯树枝懒洋洋地却又不停顿地去拂扫那头驴子的后部。他不是嫌牲口走得慢，而是在忍受一种深刻且神秘的无聊。他每扫一下，草驴就默契地甩动尾巴，无意识地将排泄器官露给他欣赏。他神情木讷得很，似乎沉浸于某种困难的研究，被众多细节诱惑了。

"天青，到头里牵住缰绳。"

山道呈现了一个坡度，杨金山看到前边的驴蹄子在打滑，有些不放心。侄子漫不经心的样子也让他恼火。做叔叔的竟然不知道，十六岁的后生大抵也是饱含了某种趣味的。

天青依照吩咐绕近驴脑袋，一手扯住牛皮短缰，一手拽住粗麻笼头，手指肚触到了热乎乎软乎乎湿乎乎的牲口下巴。不由得回脸看了看，雨丝后面的脸蛋子让他吃了一惊。在史家营看到的那片如云如霞的胭脂全坏了，花搭搭的雨迹纵流横淌，像一颗纹路美观的落了秧的熟南瓜。天青忽而想到，应该用一块干干的清洁的白布把这个南瓜包起来，最好是把它揣到怀里。天青忽而又感到空虚，他牵着毛驴在泥道盘桓，觉得自己正一丝一丝地化成漫天雨雾中的一股凉气。秋雨破坏了他叔叔的喜事，也把他无忧无虑的心境破坏了。

"到石堂子避避雨不？雨大了。"

"湿也湿了，走吧。"

"天青，把我的衫子给你婶儿披上。"

"不啦！湿也湿了……"

婶子的声音很细微，但叔叔却不再有新的言语和动作了。天青没有回头，耳朵里只有吧唧吧唧的声音，是牲口的八只硬蹄和自己的两只脚在泥水里活动。驴唇把一些暖气喷到他手背上，痒痒的却是光光的脑壳和后脖颈，似乎是女人嘴里的气在吹他。

后来，雨就大得不行了。离石板茬三里地的谷口有一间石堂子，像阔张的蛤蟆嘴一样对着泥泞的小路。叔叔骂骂咧咧地从骡鞍鞯上跳下来，又捧油罐子似的把女人抱到地上。婶子钻进了蛤蟆嘴，叔叔也挤进去了，天青凑到跟前，发觉里面已没有多大余地。叔叔和婶子的眼睛表达着完全相反的意思，天青就闹不明白自己到底该不该进去。叔叔的目光更确凿，天青便知道自己是进不去的了。

"你到林子里找地界儿避避，拴牢牲口，小心让秋雷惊了。"

天青走了几步，叔叔又追上来扔给他一条羊肚子汗巾，把沉甸甸的礼帽也移到他头上。石堂子里黑洞洞的，然而天青分明感到婶子的眼睛射出了许多温暖，使他感动，也使他更加委屈。他在几十丈开外的椴木林子里拴上牲口，靠着树干蹲了一会儿，然后犹犹豫豫地钻到断崖下面的草凹子里去了。

雨在植物和土地上打出冷凄凄的声音，又夹杂了一些火辣辣热爆爆的响动。草丛后面的天青完全着了迷，恍惚发现了神奇的景象，死呆呆地惊住了。婶子似乎尖叫了一声。他以为婶子似乎是愉快地要么就是愤怒地尖锐咆哮了一声。天青把秃脑袋探到雨里，拼命地摆布两只湿漉漉的耳朵，结果他什么都听不到了，只体味了大雨凉冰冰的急骤的运动。蛤蟆嘴那边没有声息，但是老天爷显然正在协助叔叔静悄悄地完成某种事项。秋天的淫雨拖延了喜事，却又使它在实质问题上提前了。当三人两畜重新踏上山道，十六岁的杨天青已经不需要任何证据。婶子的腰肢不胜娇懒，红袄的肩背上染了石堂子里的干土末子，胭脂的一部分也涂到叔叔的额上及腮上去了，连耳郭都挂了一块淡淡的猩红。叔叔叭叭地吐着痰水，咳嗽着，在鞍鞯上东张西望，样子十分的满足。婶子埋着眼，脸蛋子粉得依旧，像是快活，也像是不快活，周身笼罩着清凌凌的仙气。真正难过的是天青，不晓得饥冷的壮身坯此时完全疲乏，明明在牵着驴走，却感到腿上背上脑壳上有牲口蹄子不住践踏，执意要把他踩到烂泥里去。由女人压着的那头驴，倒似乎有着比他更好一些的处境，他便毫无来由地尽情地骂它。

"你瞎了不成！"

"畜生！懒得你！"

他梗着脖子，像个发了脾气的泥猴儿，惹得叔叔在后边咪咪地笑起来。

"天青，时辰咋着也耽误啦，不急。"

"侄子，累了就歇歇……"

听到婶子的声音他几乎要哭，立即安静了，很羞怯地垂着头，走得比牲口还稳重。做叔叔的确不知道，侄子心里的那些趣味是很脆弱的。天青自己也不知道，背后那张粉嘟嘟的嫩脸使他到底想了些什么。前晌他跟着叔叔欢天喜地地进了史家营王麻子的宅院，出来的时候却揣了一脑袋古怪的念头。他惊讶未来的婶子竟有那么小小的一张薄嘴，又惊讶她的身材，细细长长的像一棵好树。随后他的感觉就平淡了，隐伏起来了。路上，那头小草驴意外地给了他大量的新鲜感，绵绵而至的秋雨又使他感到莫名其妙的忧伤。叔叔的言行举止变得越来越愚蠢。天青嘟嘟囔囔骂那头驴骂得有些累的时候，突然醒悟到他是在骂他的叔叔。他不理会叔叔咪咪的笑声，但他疑心婶子听出了什么，她的暗示通过那头驴传达到他扯着缰绳的手上，他的回答是赶紧闭嘴。他之所以想哭是他自以为和那年轻女子之间有着一种默契，她每看他一眼，都让他觉得是在青玉米地里锄草，棒子叶在割他的胸脯子，又痒又痛。他不看她，但知道她脸上的胭脂像血一样。他想拿舌头去舔它们，他想舔它们的时候觉得衣服里爬着一条蛇，围着他的身子绕来绕去，使得刺痒得浑身乱颤。他表面上是牵驴引路，却在心窝里向一张俊俏柔嫩的脸蛋子伸出了肉滚滚的年轻舌头。他终于明白了自己想干什么，明白之后反而一举陷入了更大的糊涂。他再次咒骂那头毛驴，便是很明确地骂着自己，骂着使他烦恼的一切了。

因为路不好走，因为避雨，也因为避雨时发生了重要的事件，杨金山一行返回洪水峪时，村落已经埋入黄昏。雨后的村巷里竖着些稀稀落落的身影，黑蓝的山冈上一些鸟在活泼地啼叫，谷底的山溪暴涨，轰轰隆隆地向低处倾泻，声音响得老远。

亲族里帮忙的妇人将备好的食物端出来，贺喜的人聚在炕上、地上、院子中，坐着蹲着站着往嘴里塞了些冰凉的物件儿，不久便散去了。二道婚没有多大仪式，也没有洞房可闹。新娘子很喜人，不能趁乱摸一摸委实可惜，但老规矩是不能破的。洪水峪的秋日一向晴朗，而今落下这么大的雨水，可见这门亲事不遂老天爷的心意。人们只在肚子里掂量这一层，没有哪个嘴来点透它。事后，一些多事的人编派新娘子，说她人生得俊，但是没有吃相。依据是她吞粉条时的样子像吃面。嘴片片弄出了太大的响动，很蠢。他们不知道她饿了，也不知道这对得意扬扬的杨金山来说几乎算不了什么。女人做事很泼脱，只有他才明白，因为她肥硕的身子也是泼脱的，比麻袋似的前妻强得远。他只担心这对手会淘空了自己。

想入非非的杨天青却是疲乏了，钻进小厢房便鼾声如雷，竟忘了半夜起来给叔叔那头青骒子填喂草料。饥饿的牲口在槽头上愤愤地磨牙，声音盖过了大北屋持续到后半夜的零乱喘息和男主人湿润的咳嗽声。

民国三十三年寒露和霜降之间那个落雨的秋日，一头小草驴为洪水峪驮来了一位美貌的年轻妇人。不论从哪方面来说这都是个值得纪念的日子。日本人正在周围的山地全面退却；老八团派出的工作队渗透过来开展减租减息；小地主杨金山因为用三十亩山地里的二十亩换来一个小娘儿们，从而摆脱了负担，开始全心全意奋不顾身地制造他的后代。至于杨天青嘛，这个日子意味了他的觉醒。他仓促地持久地维护了自己的情欲。他爱上了他的婶子。依照文静的说法，他是一见钟情的了。尽管他的念头掺了不少下作，然而他的表现并没有跌到一般情人的标准以下去。

那些瓜葛都是十六岁以后的事了。

杨天青没有父母兄弟。曾经有过，后来没有了。十一岁那年夏天，父亲杨金河在玉石沟南坡上掏了个地窝子，领着全家在荒草梁子上烧地造田。一日傍晚，父亲指使天青到村里找金山叔叔借口粮，因为突降暴雨他便在叔叔家宿了一夜。第二天背了五升玉米早早地赶回玉石沟，发觉整个南坡已经变了模样。几十亩大小的一坡树木连同刚刚开出的几垄新地全都滑跌了，几乎填平了山谷，地窝子和睡在里面的亲人自然也都埋进去。死的活的再不能晤面，万恶的鼓龙包只一夜便使他成了孤儿，连一颗牙一块碗片都不给他找到。他试着找过的，然而泥石流凝固得像岩石一样坚硬，只徒然地磨烂了一双小手。

叔叔杨金山收养了他，有心把侄儿当儿子对待，无奈小崽子就是不认爹，只认叔，始终不大亲近。叔叔把田产割一角，父亲也不至于到玉石沟烧荒，父母兄长也就不至于丧掉性命。他是怨着叔叔的。杨金山脑筋活络，索性将侄子做了长工，吃穿都好，交派的也多是细活儿，骨子里却隔得分明而透彻。

　　金山不指望天青，他就不信自己遗不下一块血亲骨肉。只要能有个儿子，倾家荡产也干，把王麻子的二闺女生吞了也干！小娘儿们算个什么东西？她是他的地，任他犁任他种；她是他的牲口，就像他的青骡子，可以随着心意骑她抽她使唤她！她还是供他吃的肉饼，什么时候饥馋了就什么时候抓过来，香甜地或者凶狠地咬上一口。花二十亩地的大价换个嫩人，他得足够地充分地使用她。他一次又一次把她掀翻在炕席上，就确信自己是在讨债。讨债的人来不得多少情面，挂一脸杀气便是了。和别的男人女人差不多，他给了她许多凶暴的夜晚，又比别人少些冷静和温存，连侄子都看出那女人正在迅速枯萎。大半年干下来，看不到未来的儿子有什么动静，女人的肚皮平得像鼓，有弹性却没有货色。杨金山弄得真是累了，紧要关头老是咳得上不来气，气不足便里里外外落个软软软，很有些悲哀。身子明明显露了不行，动得反而更勤奋，似乎要把被窝里的自己和别人一块儿毁掉。他在女人眼里就成了野兽，自己倒并不觉得，以为狠得出邪也是分内的事，于己于她都是必须的。必须的事项不止一件，炕上不饶人，田地里更是不饶人，娘儿们是家里另一个只吃饭不领钱的长工，地位并不在天青以上。伏天扎在棒子地里锄草，汗气呼啦的小婶子让杨天青不断地生出复杂情绪，既有纯洁的无形的关怀，也有同病相怜的悲悯。除了这些，便是那健康的肢体所引发的无穷尽的潜在的放肆了。只要叔叔的眼睛不在，天青的眼睛就能得到有限的自由，使他有胆量有机会把视线抛到婶子的腰上腿上和别的生动处，深深浅浅上上下下地反复纠缠。这田野是天宽地阔而没有先生的私塾，天青自习着人生的学问，将最有底蕴最有趣味的书来天天捧阅。那女人迟钝些，不曾料想侄子竟有所企图，自己的每一页正被个小后生哗哗地掀开来。天青最初爱读的，恐怕是从后面看过去的她的撅着屁股锄地的样子。如果她知道这秘密，怕要收缩起来，不会那么欣然翘然了。

"婶子，你歇歇，我多拉几锄就有啦！"

婶子笑悠悠歇下来，能让天青感到极大满足，锄片子顿时拉得生风。他喜欢给婶子表演，让她看看他有多么强壮、多么仁义。免不了给一番夸奖，也免不了递汗巾和水罐给他，天青就被快乐托得飘起来，觉着苦乏的日月真好，婶子真好，自己真好，连叔叔也是好的了。杨金山活该倒霉，眼看侄子一天比一天勤快，白天做活勇猛，夜里不用招呼就爬起来喂骡子，他竟不加考究地逢人便夸："这孩子晓得事理了，出息了！"确实晓得事理了，但是天青把玩的事理要丰厚活泼些，不像他叔叔考虑得那么简约。天青得到快乐，得到更多的却是忧愁。读书读得生厌，他便迫切地需要行动了，身坯里涌出杂乱的号召，却不给一丝明确的指示，他简直不知道该怎样处置自己的手脚。炎热的夏夜里把自己赤条条地往破苇席子上一摔，翻来覆去地烙饼，手指头不免舞些鬼使神差的勾当。一夜复一夜，不论醒着还是睡着，天青脑袋里乱纷纷的全是破碎的梦，美梦。梦里难言的景象每覆灭一次，他的悲哀就加一层，仿佛在与向往的人和事做永久的诀别。他不相信自己能够确切地完成那件事。在白日梦里做得如醉如痴若颠若狂，在真日子真地界里却根本做不到，他甚至不敢用调皮的目光看她一眼。她终日笼罩着仙气，一举手一投足都引来他几乎没有理由的敬仰。她耳后发丝里那块蜘蛛似的黑痣，让他崇拜了足有半年，以后他又看上了她扭头看东西或说话的样子。不是具体器官，而是一种笼统的神态让他喜欢得不行。每当她由于各种因素扭过头来，那条扭曲的脖子和一高一低的肩膀就让他心灵抖动，想甜蜜地哼哼一下，就像接受温存的抚摸似的。外人没有发现杨天青吃饭睡觉走路干活儿的模样与以往有什么区别，每天从村巷村口过路，总是那几个晒阳儿的老人评价他。今天说胖了，明天又说瘦了且高了，他们似乎把握着小后生的许多体态变迁，然而即使饱经沧桑的人也没发现这个忠厚仁义的年轻人已经走火入魔。只有杨天青明白，自己眼看就要完蛋了。

　　正在降临的是又一个初秋，天青依照叔叔的吩咐给厢房的火炕整理烟道，不畅通的地方太多，索性把整个炕面和烟囱底部全给刨开了。山墙原本就和烟囱垒在一起，烟膛子一塌，很结实的墙竟也牵连着露出拳头大的一个白洞，透亮了。天青起初没有发现它的意义，他专心致志地清扫堵塞了烟道的柴草灰，直至那个洞的另一边传来惊心动魄的声音。不知聆听了几秒，他的脸腾的一下飞出了红霞，腿肚子抽筋似的抖起来。不知又过了几秒，一个重要的决断迅速完成。他像猫一样从坑洼不平的炕道爬到山墙跟前去，又像贼一样把苍白的面孔贴近可供瞭望的神秘洞穴。反应过于敏捷，动作也太露骨，这些都令人羞愧，然而杨天青完全陷入了恬不知耻的状态，只想切切实实地张望一下而已。这个望一眼的欲望已经把他折磨得太久，也把他折磨得太残酷了。他弓在炕角，没有呼吸，没有动作，好像在积聚力量随时准备子弹出膛似的射过墙洞，一下子击中目标。

　　那种声音又持续了片刻，但杨天青什么也没看到。角度有问题。山墙外面是猪圈，也是一家人排泄的场所，人或站或蹲的部位在圈门附近。那个新生的小洞恰好嵌在死角上，只能看到猪圈的一部分，只有猪而没有人的那一部分。天青却不肯离开，头皮和额头因为调整姿势而交替摩擦废烟道的石头内壁，满面星星块块地涂了柴草灰，像一头野性即将发作的恶魔。喷溅的声音还是终止了。接着是肢体伸展和摆弄衣服的声音，再接着是跨越圈门和在院子的石板地上踏踏走路的声音。它没有任何犹豫地响到灶间里去，静了一会儿，又没有任何负担地愉快地朝小厢房响过来了。女人迈进门槛，在屋顶底下炕道上边看到的是个类似山神庙里的泥胎似的东西。天青用直挺挺的脊背抵着那面墙，一条腿压在屁股下面，另一条腿像半截枯树干搭在炕土上边，是个非常仓促也非常可疑的姿态。女人的欣赏不深入，只浅浅地笑了笑。

"咋弄个包公相哩！不会干轻些？"

"婶子……麻地的活儿净了吧？"

"麻棵子生得粗，不好割，还立着小半坡哩！你叔晌午不回来，让我把饭送过去……缸里没水，你歇口气挑一担咋着？"

"我挑……"

"歇歇就去吧。"

"我去。"

"到水泉把脸擦洗擦洗，看脏的！"

"……我洗。"

天青嘴巴子应得利索，就是不能动弹。僵硬的身子已经松弛下来，可墙壁上似乎仍有一只手死揪着他不放。女人疑惑地看着他，以为累煞了，又递出一个微笑便走出去。天青软绵绵地下了炕，没忘记摸一块垒石把那个不要脸的洞洞塞住。担起水桶往水泉慢慢走，老觉得婶子蜜一样的笑里有那个鬼洞洞的原因，羞惭得心都要从嘴里蹦出来了。不久便释然，深感那是个天知地知的秘密，用不着责怪的。等着听到水泉潺潺的流动声，他早把惊恐忘到脑后，并且极迅捷地想着另一种水的音响了。

山泉从岩石缝儿里渗出来，积成磨盘大的水池，又从四周溢出去，亮闪闪地注入谷底的溪流。天青舀满了水桶，然后把整个脑袋扎进透明的泉眼。水很凉，激得头皮和五官一块儿疼痛起来，他像儿马一样嗖地昂起下巴，嗷嗷地吼了几声，听凭脸上的水珠沿着脖子往下淌，打湿他的衣襟和衣领。他撩起袖子擦脸，看见了婶子给他打的补丁，平时不在意，而今却以为那旧布就是花朵，密匝匝的针脚便是奇异的花边儿了。

那天后晌，天青使炕道通畅之后没有来得及干别的。山墙和烟囱的修复推迟到第二天。麻地里有不少活儿需要扫尾，沤麻的池子也没有掏好，金山夫妇一大早便离了院子，剩天青一个人愁眉苦脸地搅泥巴砌墙。不是没干过泥瓦活儿，可这道墙似乎特别难砌。石头跟石头不接缝，泥也稀溜溜地粘不住，瓦刀哆哆嗦嗦地竟险些砍了手背。杨天青止不住心猿意马，可是好歹把该垒的都垒起来了，在工程的细节上还体现了自己的创造。他在猪圈那一边的外墙上钉了五个枣木楔子，把屋檐下乱摆的锈犁、破筐、烂篓统统用绳子系了挂在那儿，透出一种说不上来的合适和整洁。叔叔见了这个发明，不仅不挑剔，反而很愉快地看着吊在半空的破烂，对天青言道："你咋弄的哩！不赖！多砸几个桩桩，把碍眼的玩意儿全吊上去晒着。"

天青显得过于腼腆，禁不住夸奖似的。杨金山和王菊豆都没弄懂，侄子那是做贼心虚，地地道道的做贼心虚。他们让他骗了。他在第一回合就让他的对手吃了败仗。

三天后的一天凌晨，杨天青借助黎明前的昏暗和积蓄已久的胆量，把炕里角靠山墙竖着的粮食口袋往左挪了半尺，把另一条一模一样的粮食口袋往右挪了半尺。他手持瓦刀把一块马马虎虎的墙皮磕了下来。他摸到了像瓶塞子一样的可以活动的石头，形状很熟悉。但他没有立即拔它。这个沉甸甸的阴谋使他不能不谨慎从事，况且那种渴望也让他害怕。公鸡正准备第三遍啼叫，婶子尚未起身，圈棚里有那头猪的鼾声。时间尚早，做不做揪心事，还是来不及细想。天青的思索仍旧没有得到明确的结论，他一边诅咒自己，一边把那块瓶塞子或小抽屉似的石头拔了下来，小股秋风挟着猪圈味道直扑上他的面孔。他什么也不看，倦懒地钻回被窝，捧着脑袋继续思考。他不担心角度问题，那是细心测量过的。他也不担心败露，内孔有粮食口袋掩着，外孔隐藏在装烂棉花的破筐后面，视线的通道是筐壁上的残洞，在外人眼里绝不会察出破绽的。他不担心这些外在的琐事。他疑虑的是自身。如此下作是否对不住美丽的婶子？看一看果真会舒服吗，更不舒服了怎么办？喜欢一个人是否应该只看她的脸而不要冒犯她别的地方？婶子让他看不够想不够到底是怎么回事，莫非前世生了缘分？天青不停地问自己，也为自己找着理由。他的自问远不到清晰的程度。他伏在小厢房光滑的炕席上思绪纷纭，像在脑子里煮着一锅烂粥。他想象老天爷，想象山神，但它们并不打算救他，只有婶子在脑海里亲切地向他招手。

杨天青一直合不上眼，听天由命地瞧着正在退去的夜。黑色蓝起来，蓝得不稳固，顷刻之间就淡了白了，一切都清清楚楚地重新回到眼里。

北屋的门轴响了几声，没有咳嗽，因而肯定不是叔叔，杨天青箭上弦刀出鞘似的紧张起来。她走到院子里了，打开鸡窝了，走进灶间了，把柴火扔地上了，她朝猪圈这边走过来了，她的腿碰响圈门的木栅栏终于跨到站到蹲到那个奇妙的老地方来了！

杨天青呼吸不畅，觉得自己正在死，灵魂已从脚心逃了出去。他披着一角被子，紧紧偎着粮食口袋，把一只瞪得发麻的眼睛哆哆嗦嗦地向透亮的洞穴逼近。目光穿透山墙和墙外挂着的破筐头，劈开早晨淡淡的薄雾，闪电般地照亮了一个陌生新奇而又无比鲜艳的世界。拥有这世界的无意中敞开了自己，让初涉而稚嫩的惊诧于它的高低和它的黑白，且让他为一些形状和颜色而深深迷醉。它不该是这个样子。它理应是这个样子。因为它不可能有比这更适宜的样子。天青终于读到了最隐秘最细致的一页，震惊得眼花缭乱。紧张中得到一些满足，却留下了更多的不懂，不懂蔓延开来，使他对自己膨胀的身体也不大理解了。

天青的感觉是饮了一缸烈酒，薄脸皮紫了足有十天。他见人奋拉脑袋，不爱说话，出门进门像飘着一条影子。做活比往日更狠，也更有耐性。金山两口子拾掇一天秋菜的工夫，他一个人去落马岭刨净了小一亩的山药，还把干秧子全数背到猪圈沤了冬肥。金山往清水镇运秋粮换钱，徒手赶一匹骡子，天青背一架粮食跟着他。骡子前晌到，天青晌午刚过也到了，肩上的分量一上秤，比骡子驮的少不上一寸秤杆。叔叔在摊子上买大饼喂他，这不言不语的侄子吞起来就没了斤两，胃口壮得让人不放心。长辈似乎刚刚发觉，眼前的后生至少高出他半头，眨眼间生成一条大汉了。可喜的是性子越来越温厚平和，只是常常愣呆呆地看山看云，心事仿佛很沉重。金山也不去探讨，以为这孩子有些愚木，于做活无碍便无须理会了。他不知道这侄子讨了他多大的牺牲，他当然更不知道在小厢房徐徐展开的那个阴谋，和他最珍贵的一份财产所处的微妙而危险的处境，他实实在在地大意了。

因为劳累，天青睡眠的声音很大，咬牙、打鼾、摔胳膊、吧嗒嘴唇。然而这并没有妨碍他不时地选择一个恰当的机会来重温赏心悦目的旧课。体态轻盈的王菊豆无意地配合了他，而且似乎准备无限期地配合下去。就像村中老人们屡屡到山神庙烧香磕头一样，天青找到了最令他神往的膜拜仪式。他侵入了一个崭新的天地，灵魂也随之升华。他的悟性来自视觉，由饥渴而至放肆，由放肆而至虔诚，最终知道了喜欢一个人不仅是喜欢她裹了布衣的表象，而且要喜欢到丝丝缕缕，包括每一块皮和每一根毛发。天青对婶子的喜欢不知不觉间已经达到格外纯粹的地步，无可挽回，也不可救药了。他正在逐步地忽略叔叔的存在。

杨金山照旧在女人身上磨他的功夫，一如既往地做着关于儿孙的老梦。王菊豆则疲乏了，为自己也为男人悲哀，好在日出日落无比仓促，使她没有多少机会闲散和叹息，她把身心全部交给了维持家业和生命的各项活动，极本分的。

那是些平静的年月。日本人已经败了，山外或许添了许多热闹，洪水峪却没有大的事件。老八团由北山梁翻过来猛虎一样往南岭开拔，路经村子连个短歇都不留，气昂昂地走了过去。民兵队招呼各家备水备干粮伺候大军，杨金山只让天青拎去一桶烧开的泉水，女人想烙几张饼却让喝住了。

"显你家富足？咋就没个心肺！"

他立在道边看那强壮的队伍，看得无趣了，就拦住一个喝水的兵，想问问。

"日本人踏实了？"

"踏实了！"

“真走了不成？”

“滚他娘的蛋啦！”

“……哪个来？”

“啥？”

“问哪个来哩！”

“眼下不是来了。”

八路的下巴上淌着水，晃着大枪蹿出去了。这兵也就是天青的年纪，眉眼生得怪扎实。前妻如果有本领，生一东西给他，总该有这么大了。可惜她竟是个废物。真有这么威猛的儿子，他绝不会送他去吃军粮。终归是没有，什么也没有，想到这一层金山那颗心就酸麻了。扭过脑袋看到菊豆在摸索一个女兵的袖子，肠子里的邪火嗖一下便燎上了头顶。看她一脸贱气，不确确凿凿也是个废物吗？

“给我回家！饭煳到锅上老子宰你！”

菊豆唰一下白了脸，哆嗦着离开了。女兵或许认为她是儿媳妇，是女儿，然而都不像。一边的蛮横和另一边的驯顺完全昭示了一种关系，那是乡野亘古难变的牢固组合，任何力量都无法摇撼它的。

天青扎在人堆里，用充血的眼睛盯着他的叔叔。婶子屈辱的背影伤了他的心，连老八团新奇的枪炮也无意端详了。

“咱们看谁宰了谁吧！”

他在心里把这个怒吼扔给他的叔叔。她是他的神。看哪个敢碰她！十七岁的杨天青顶着一颗亮晃晃的秃头，准备一跃而起了。

“天青，有啥看头儿？家去喂喂骡子，先到老乔家把借的笸

笤讨回来。娘的,别人的家什咋就使不够,不开眼的东西
们……"

　　天青听到叔叔的吩咐,不知怎么就软了下来,刚刚挺起的劲
道一下子就泄了。他乖乖地绕进了村巷,去完成家长的指示,模
糊地想着那张受惊受辱的俏脸,胸口有些疼痛,眼底也悠悠地涌
起了大股的潮气。

　　他仍旧是个孩子,里里外外都是。

　　平静的局面一直维持到土地改革。世上不乏因祸得福的人,
小地主杨金山却是因妻得福。卖掉二十亩好地换来一场二婚,最
初多少也心疼,做梦也没想到此举使他失去了做地主的资格。婚
后在女人身上贪心了些,为了迟迟不来的儿子付了太多的力气,
家业不仅没成长反而生了败相,这又使他连富农的成分都攀不上
去了,小地主摇身一变成了上中农,这福气能说不是女人换来的
吗?远在史家营的老丈人却倒了血霉。杨金山付的一大包银洋让
王麻子悉数购置了田产,没舍得吃没舍得喝,拘谨的家道眼看着
一天天殷实起来,万不料眨眼间就成了罪孽累累的恶人。史家营
传来些吓人的消息,说是分地那天老地主王麻子昏了头,抢着一
根镐把奋起保卫他新生的产业,结局是让人吊小鸡子似的拴到一
棵核桃树上,大扁担拍得暴响,把一条老腿砸得摸不着成段的骨
头,有出气没进气地翻开了白眼儿。事情说大了,但王麻子让一
伙贫农揍断了腿却是真的。王菊豆过不几天悄悄赶回去探望了一
次,白发苍苍的老爹已经有缓,而且似乎终于醒过味儿来了,把
上中农杨金山骂了个狗血喷头不亦乐乎!

　　"我霸了谁?他才是恶霸哩!他霸了我的亲闺女……你他娘

害苦了我啦!"

王菊豆肿着眼窝回得洪水峪,让细心的村里人一连几夜听到哀切切的哭声,听得最愁闷的自然是小厢房里那个多情的家伙。金山劝了头一夜,第二夜已经不耐烦,再一夜便狼嚎似的叫骂起来了。

"号不够!你爹死了我给他发丧,有你哭够的时辰!不中用的东西……你有脸哭?"

天青伏在炕沿上,把暴虐的咒骂接过来,一句一句地塞到嘴里咬碎了吞咽。他不明白叔叔何以生么大的怒火,然而话里藏的一些意思总算嚼出了味道。他帮不了她的忙。他诧异那么美丽的身子竟然不能孕育,更诧异叔叔压迫了那美好的全部却仍旧欺侮她、呵斥她。到底是怎么回事呢?

传来一些撕扯的声音。啪的一响,像是嘴巴。听婶子低低的呻吟,是嘴巴无疑了。天青猫似的一骨碌从炕上爬了起来。又静些了。叔叔不言不语地似乎在固执地做什么莽事。

"他叔,可怜我!你让我歇过这几天吧,我哭得腔子里没东西啦……"

"闭嘴……我剁掉你!"

"他叔……"

"随你!随你!杨家我金山这一脉迟早断在你手里,你个害人的精怪呀!早知道我那二十亩地就喂了狗,换驴换羊也强过你!"

"……他叔!"

"你存心让我家断子绝孙不成?我土埋到脖子了,还怕毁不了你!……亲亲哎,你给我上心些吧……"

一阵乱七八糟的响动过后,婶子悄无声息,叔叔却一边咳嗽,一边压着粗重的嗓门,竟抽抽搭搭万分伤感地哭起来了。天青蹲在厢房门口，以为自己的耳朵出了毛病。

　　静了。睡了。大北屋像一座坟，夜色是无边的坟场，星星是茂密的鬼火。天青钻进被子，觉得是躺入了棺材，四周散发着腐烂的气息。是猪圈的脏味儿正灌进来。他想到墙上那个别别扭扭的破洞，也有哭的念头了。继而想到隔壁那头猪睡得是那么平稳大度，就把涌到喉头的哀声咽回了肚子。他咬着牙，要给自己争口气似的。睡梦中的景象黯淡了，早晨醒来，他的话比往日更少些，看人看东西的目光露出凶狠的颜色。长辈和同辈们在村巷里遇到他，得不到多少问候和亲近，都说这后生让他亲叔使唤呆了，像金山一样成了不合群不入套的怪人。有眼光细致的出来提醒，说他从小心事就多，灵巧劲儿跟全家一块儿葬在玉石沟里了。这是个不敢随便招惹的坯子。然而老人们觉得孩子委实可怜，金山待他应当公道些，不该丢下活儿让他死做。像牲口一样累他，多壮的人也要木讷了。他们不知道，做活的时候天青最愉快，常人承受不住的劳顿能够使他忘掉一些事，恨和梦想也随之淡些。有人填喂草料，做一头像青骡子一样的牲口也是不错的。天青是金山家的牲口，他自己明白。王麻子的女儿是金山家的另一匹牲口，他同样明白。他愉快而冷静地做活的时候，把这些明白按在心里，等待那个暂时还看不见的爆发的日子。骡子能踢死人，桑峪不是有个给大户放马的光棍儿被踢死了吗？老八团一个号兵不是让缴获的东洋马踢伤，最后死在去南岭的路上了吗？这并不是多么困难的事情。

　　漫长的冬日里，天青赶着叔叔的宝贝骡子去清水镇拉脚。不是第一年做这个生意，熟门熟道，叔叔已经不担心骡子会有什么闪失。叔叔端着一碗薯干酒，一边喝一边数给他几个小钱，看着他怎样费劲儿地把它们塞进腰里。金山苍老了，眼神儿却依旧精明。放走了天青，宅院会冷落，但是这对他长久而无效的努力可能要好些。他到黄塔李大仙那里给自己也给女人抓了药，还没吃已感到身子里骚扰着旺盛的阳气，可以放心地收拾那盘热腾腾的火炕和那个冷冰冰的娘儿们了，白昼也将失去忌讳。他催促天青快快上路。

婶子担着水桶送他到村巷里，不知怎么就伸手在侄子的棉袄上捏了一把。天青靠着那匹青骡，目光晕晕乎乎地停在女人小巧的嘴巴上，似乎怕它张开而露出细碎的嫩牙。他是想摸她一摸的，这个从未实现过的愿望每一次分别都来强烈地袭击他，他不知该怎么做。如果她知道几年里他怎样熟透了她的身体，还会给他老母似的关怀吗？她又捏了他袄袖子一把，村巷里没人，天青的两条腿哆嗦起来，狠狠地扭着缰绳。

"太薄啦！来年让你叔叔多花几个钱，我给你厚扎扎絮一件……这衣裳怕要冻着你哩!"

"我结实，冻一下就冻一下。"

"揽不到活儿早些回来，外头生人生脸，咋也不如家里。"

"……记下了。"

"挣了钱多花几个在吃上，你叔叔他人贫，你带回一驮子钱来也喜不了他。吃饱了身子要紧……记清了？"

"清了。水泉有冰，婶子你担水离待着，看跌了筋骨……我走啦。"

"去吧。遇上恶人长个心眼儿，别让他瞒哄了。别惦着你叔，家里有我哩……"

"记下了，我记下了。"

天青眼里的火苗让婶子低了头。这小火苗见过多次，哪一次也没有燃起来，像一根太潮的木炭。烧不出旺火，彼此间就永远看不出各自胸怀里藏的是什么东西。他给她的是侄子的憨厚，从她那儿得来婶子的贤惠，而这些都凑不成他想要的那份炽热。匆匆上路的天青，心里装着的除了凄凉，还是凄凉。青骡子愉快地在前头走起来，他把鞭子搭在肩上，像是被骡子拖拽着离开了冬天的洪水峪，冻硬的山道也缠绵得似乎没有尽头了。

　　天青给铁匠铺驮煤，给粮栈运谷子，也给迎亲的外乡人送喜箱喜被喜衣服。最好的生意是配合新政府的干部调动。那些山外人骑牲口到偏僻的地方任职，从骡子上爬下来的时候往往塞了太多的钱，使他惊惶而不好意思，好在一五一十还数得清楚。白天拖着两只冻脚陪骡子走山道，晚上在大车店的炕上喂虱子，容不得多少奇想，然而那张脸和那条身子却是每天都要看到，并且反复揣摩的。凛冽的寒风里，她的肉身为他开一朵大丽花出来，让他恍然嗅到春天的甜味儿。

　　天青在腊月的雪地里忙碌，他的叔叔却命中注定地陷入了一种疯狂。是从哪一晚开始的呢？人们最初以为是狼的声音，越听越像，再一听又不是了。太阳出来，有人看见菊豆青了一只眼，肿得像个生南瓜蛋蛋，去水泉担水时一走一跛，不是脚坏了便是腿坏了。静了没几夜，狼崽子一样的惨叫又从金山家的大北屋张扬到村子的上空，人们就不忍心再听下去了。

　　妇委会一个娘儿们委员在村巷里拦住金山，往他铁青的脸上喷开了唾沫。

　　"菊豆咋了你啦？你杀她不成！"

　　"我的娘儿们，要杀要剐随我！"

"啥社会了？糟辱娘儿们斗争你！"

"好歹日不着你……"

"狠的你！揪出来尿泡膘的看看，你还是个人，你鬼金山还算个人？"

老娘儿们嘴快，可赶不上金山舌头毒。他眯着小眼儿，一嘴黄牙不怀好意地龇开来，丝丝地吐出辣气。

"美他娘的啥！你男人咋收拾你来？头发毛让汉子扯着满街拖死狗，是哪个？先把你男人撂躺下再来拾掇我，你听清了？"

"……你个鬼呀！"

妇委会的娘儿们落荒而逃。村里的头面人物也来呵斥他，他佯装一副哭相，要紧的关节就不软不硬地甩几句，多有理的嘴也让他冷不防给噎住了。他的理由反倒占了上风。

"你孙子抱上了，扯啥清闲？你家娘儿们裤裆利索，不是我的。妥妥捣鼓你的去！我断子绝孙不碍你们的事，不中用的娘儿们给了你，看你能咋着?！"

"你揍她能揍一个出来不成？"

"看看吧，揍出个活的，我给她做猫做狗，揍不出活的，图个乐子！我亏不亏？老子一辈子白活亏不亏！"

"打坏了，村里有法子治你！"

"崩了我才好！我活够啦……"

话说到这个地步，金山竟能弹几滴眼泪下来，别人也就无话，觉得不可妄猜他的心地，无子无后到底是大悲哀，可恶中便有了可怜与可恕了。

腊月将尽时节，杨金山张罗杀猪的家什。好篓子好筐都盛了别的物件，他就想到山墙上吊的那个烂筐，以为装个猪头和一团下水是足够的。他举着锄把子将它挑了下来，无意中见了那个洞。他不认为那是个有卑鄙意味和侵略意味的洞穴，一块墙石歪歪扭扭塞着它，看上去不过是一块剥落的墙皮罢了。它剥落的部位是那么奇巧，竟没有引起他的疑虑，可见人的警觉多么有限，而人的提心吊胆和战战兢兢是多么没有必要。大约是那块墙石塞得有点儿慌乱有点儿歪斜的缘故，金山不想让它掉下来，于是多此一举地跳上厢房的土炕，要把它摆弄得顺眼一些。每年都和天青抬着秋粮爬到这个地方，他不曾注意墙角落有什么缺陷。天青怎样费尽心机地掩护了它，又如何数百次成功地利用了它，是与他完全无关的谜。他在前台，天青在幕后演了些什么，向来不知道，似乎也没有知道那些古怪事情的眼力。他心平气和地拔掉了抽屉似的石头，把眼睛凑过去，不由得大吃一惊。不是有所醒悟，而是在蚀空了墙灰的石头缝儿里发现了一堆嫩红的小老鼠，崽子们扎堆的蛆一样，让他看了肉麻。他伸手把它们拨拉到猪圈里去了。气急败坏的样子让人疑心他在嫉妒老鼠子孙的兴旺。如果此时王菊豆恰好在猪圈里蹲着，可能会启发他的智力，给他一个明白。但是墙外没有人也没有声音，他就认定了那洞无非是一个洞，不是人为而是老鼠制造的。离烟囱近，离粮食也近，的确是个不愁饥寒的好去处，老鼠的行为和金山的判断就这么天衣无缝地契合在一起了。他毁了它们的好梦，到底胜了它们一筹，输掉的是什么，他和老鼠有着一样的无知和茫然。

腊月二十八，在外拉脚的杨天青返回了洪水峪。溪流上肿着宽厚的白冰，骡子踏上去砰砰地打滑脚，他小心地把它牵过去，没走几步就发觉水泉那边有双眼睛在看着他。他松开缰绳，绕着结冰的石头台阶慢慢向她走去，她把花布罩衫扔到水泉的冰洞里，两只紫胖的僵手在胯上腰上搓来搓去。她抖出了一线微笑，下牙露出黑晃晃的豁口，少了一颗，不止一颗，她的笑已失去往日整齐的模样。他站住了，又在她白白的额上见到一块青伤，在她粉粉的腮上盯出一块鼓出来的紫肿。他眼神儿零乱起来，知道他不在的日子家里出了大事，那个哀笑把底细透给了他。

"天青……咋不捎个信儿就回来了？"

"都是西水那边的生意，见不着熟脸。婶子，你这是咋啦？"

"初五回史家营，洗洗衣裳，脏了半冬，看娘家人笑话我……你先家去吧。"

"你的脸咋啦？"

"没啥怜惜，自家不长眼，担水叫冰滑跌了。我洗净了就回去……你叔他杀猪哩！"

"说妥了来年杀嘛，咋又急了？"

"杀了好。日子咋过也是个过……"

"你的牙磕崩了？"

"我把它吃肚儿里去啦。"

婶子想笑笑，却突然红了眼圈，两汪泪冻得颤颤的不肯掉下来。天青找不到话，跨过去要帮助把冷水里泡的衣服拎上来，让婶子拦住了。两只手碰了婶子冻红的胳膊儿，鼻腔里不知怎么就泛起了酸楚，心也疼得缩紧，目光死死地留在那些伤上。

"看你瘦的，这一下有肉吃啦！听听，那猪哭它的命哩。"

婶子说着便低了头，大颗的眼泪终于冰粒子似的砸进了泉水。那头猪高一声低一声地号丧，天青迈进宅院，发觉它已经在小炕桌上躺好，除了开开合合的长嘴，绳索完全地固定了它。它用最后的力气给自己唱着暴烈的挽歌，叔叔站在它脑袋旁边，在袄袖子上得意扬扬地慢悠悠地蹭着那把刀，让它唱得尽意些，长久些。叔叔整个人在天青眼里显出了十二分的毒辣和野蛮。他敲掉了婶子的牙，伤了那张俏脸，还不够，还泄不掉杀气。他急等着见血的样子，让天青看了呕心得慌。

天青拴好骡子，别的不干，先把钱递过去。叔叔将一沓花花绿绿的纸币抓在掌上，没做什么表情。

"多少？"

"你数吧，就这些。"

"歇歇脚，尽早帮我拾掇了它。"

"这猪没起膘哩。"

"人也要膘不是，让它养养咱吧！"

"杀了可惜。"

"你不吃咋的？达摩庄来人说西水那边有劫道的，没撞上吧……那骡子咋看着瘦了？"

天青不声不响地走进了小厢房。都瘦了。人瘦猪瘦骡子瘦，叔叔的老脸长刀似的，瘦得近乎走形。鬼知道他都累了些什么，暖暖的冬炕竟蹲不起膘来。

"你干啥去啦？赶集了不成？一件烂衣裳就涮不够！瓦盆藏裆里了？快找！等着盛血哩。整日哭咧咧的，我拿镐把子抡你！还不快些，你抬脸看看日头。"

叔叔这是跟婶子说话吗？天青蹲在厢房地上，脖子上的大筋一勃一勃地弹起来。他在外奔走的时辰，家里确乎出了事了。婶子身腰如旧，可见还为那件老事，但叔叔的口气里有往日不曾流露过的厌恶，似乎那女人是个必须切齿痛恨的仇敌，要随时准备给予殴打。

叔叔在吆喝，用刀面啪啪地拍打那头阉猪的肚子，逗得它更高亢地啸叫。尖刀不理会这个虚张声势，在空中画了美丽的圆弧，笔直地沿着脖腔刺了进去，猪哽咽了一下，留出片刻停顿。天青按牢晃动的猪头，无意中抬眼，看到婶子散了架似的弯下腰身，竟瘫坐在北屋的门槛上了。快刀一下抽出了血浆，在瓦盆上呼啦啦溅出了黑红的扇面似的瀑布，门槛上那张脸映照了生动的血色，显出死一样的苍白。猪发出奇大的惨叫，不久便衰微，旋即转入一种乐天知命的安详。叔叔傲然地觉得那红水淌得有失汹涌，复又挺刀直进，扎进了湿淋淋的血口子，在心的位置上横翻竖搅，把拳头和小臂浇满了滴滴答答的红粒子和红条子。叔叔还笑，仰着亮晶晶的额头招呼女人来给他抹汗，抹净了又吩咐将薯干酒斟一盅端给他喝。女人软得持不稳八钱酒，哆哆嗦嗦地把酒喂到他胡须上，相住的工夫，又喂到下巴上去了。叔叔居然不恼，摊着两只吓人的血爪子咻咻地笑起来。暴虐的杀害使他尝到十足的快乐，目光里胀满了陶醉，看猪看人几乎不存什么区别。天青的后脖颈触到了嗖嗖的冷气，眼中的婶子也抖得更加分明，好像头发上缠了一只手在不快不慢地摇她，筛她。

　　猪头齐刷刷地割下来了，天青端着它，看看它的眼。脱离了肉身，眼却开着，嘴也开着，舌头上淌出了一些粉红的气泡，给他的手指涂了更多的黏腻。他让火燎了似的把它扔进破筐，这个盛器让他盯了很久。他恍惚领略了腾腾杀气中的一个原因，不敢肯定，就牢牢地监视那把刀的走向，在猪的尸体上摆出更凶的样子给叔叔看，险些将一条猪腿活活地扯下来。他殷勤地配合了叔叔的杀伐，又示威似的将前档的两只蹄脚咔吧一下劈裂，惊得掌刀人连连唏嘘赞叹。

"小子！有劲道！"

"天青，让让！看刀闪了你……"

天青不肯罢手，甩了小棉袄，揽绳索一样抽出了一团大肠，水灵灵青鼓鼓地绕了粗臭的一臂。举止虽然残忍，悬着的那颗心却悄悄降下，晓得叔叔的逞威不是对着自己来的。然而婶子身上依旧缠着一只手，固执地摇她，筛她，使她不能翩翩地行路，似乎她的筋骨和魂灵已经跟随那头畜生一并给人杀掉了。

红红白白的肉朵子在屋檐的铁钩子上冻了起来，溅了血的宅院再度清冷。除夕晚上，肉吃到嘴里来了，天青用舌头把软嘟嘟的白膘子卷到肚子里去，仔细地端详守着炕桌的另外两个人。婶子吃得很小心，缓缓地以牙齿切割，半天不曾咽一下。叔叔的嘴发出连贯的咕噜咕噜的声音，像吮面条一样将大块的肥肉吞下去，他饮酒时嘴唇的动静活似转着一根干燥的门轴，吱吱呀呀响得十分古怪。眼看吃得差不多了，叔叔竟然摇头晃脑地哼哼起来，没完没了地重复着一个意思。

"我那亲娘哎！"

婶子挪他的酒杯，他很清醒地一把夺了过去，潮湿的小眼睛一眨不眨地盯着屋檩。

"我那念儿疼儿的娘哎……"

晕乎乎的似乎要唱，只是找不到一个确定的调子，便用两只干枯的大手啪啪地拍击大腿和膝盖。

"我那打了儿骂了儿蹬了腿的老娘哎……睁眼看看你绝户儿子吧……娘哎！"

除夕的灯影里面，飘荡着烧不透的煤油味和啪啪的拍打大腿的声音。天青吃不下去了，肚子里的东西急着要翻上来。

半夜时分，睡在厢房里的天青猛然听到一声尖号。不像人，可也不像狼，他扣在枕头上紧张地分辨。等新的一声号叫传来，他终于判定那声嘶力竭的是他婶子，惨号后面扩展着的是他叔叔无声无息的绝望，和一种非人的残酷的暴力。

　　天青摸出厢房，光着两只大脚潜到大北屋的窗户底下。他像惯于夜伏的猛兽似的蹲在黑暗里，两眼霍霍地放光。他记得斧子就在台阶附近，剁猪蹄时用过的，悄悄摸了一遍却没有。还要摸索，光脚适时地踩到了镰刀柄，冒汗的大手哆哆嗦嗦地抓紧了它。

　　"他叔……你要拧死我啦……"

　　"祖奶奶！你舒坦了吧？这一回你可舒坦了吧！"

　　"……我不活哩！"

　　"便宜！你个掐不死咬不烂的货！叫……你叫……还叫不？我整不软你我就不是个人！"

　　不知施了什么手段，女人的半声尖叫让个软软的东西塞住，化成唔唔吭吭的混沌。炕沿上又发出咚咚的撞击，似乎在揪着一颗脑袋游戏似的磕着了。叔叔得趣地大喘，在炕席上不停地翻来覆去，就像不停地掀着一条装满了粮食的破麻袋。

　　见识浅薄的杨天青脚掌冰凉，不知如何是好。当他确信听到了笤帚疙瘩或烧火棍在肉上的抽打声，满腔怒火再也无法按捺，发疯地抡圆了粗壮的胳膊，把整个身子都带得蹦跳张狂起来。镰刀削掉了悬在屋檐上的一块冻肉，又闪电似的舞出耀眼的白光，狠狠地奔进了北屋的榆木立柱。屋里霎时安静，打的声音和挨打的声音都不响了。

　　"……谁？"

天青不答，脚下石板地的冰凉已经穿透了他的身子，心和脑袋一律变得僵硬。

"谁?"

"……我。"

"天青吗?"

"……是我。"

"骡子喂了?"

"喂了。"

天青挪着光脚，眼珠机警地转动起来。

"婶子病了吗?"

"没啥……心口疼，想是吃差了。"

"别是急症吧? 我到黄塔请人来看看好不哩? 小心耽误了。"

"不着忙……这阵儿踏实了。"

"我去睡啦?"

"……睡吧。才是啥东西响来? 吓熬。"

"黑灯瞎火的，谁知啥哩!"

天青回到厢房，怎么也睡不稳，在炕席上盘着两条腿想心事。没有扳下那柄镰刀，是想让施虐的人仔细看看它，让他明白到底是榆木桩子硬还是自己的脑壳硬，再向女人下狠手时也好掂量着些。往深处思谋思谋，又觉得这个警告不太牢靠。他担心超出侄子的身份，给叔叔找到把柄，更担心女人有所提防，将他视为心术不轨的歹货。后半夜，忧心忡忡的杨天青再次溜出去，从房柱上扳下了镰刀，把削到地上的那块猪肉也抛向屋后邻家的旧房基里去了。他先前的愤怒已经无影无踪，甚至希望宁静的大北屋再生出惊人的响动来。什么也没有。只有两个人一促一缓一壮一细的睡声吹在灰白的窗纸和窗棂上，在窗外人的心里勾出无可名状的欲火和空虚。

那年洪水峪成立了互助组。那年发生了许许多多的事件。大年初一的凌晨，杨金山的侄子杨天青在小厢房烧得不热的火炕上辗转反侧，在思想里拥抱一个近在咫尺的女人，直至曙色微明。

雄壮的太阳缓慢地热腾腾地升了起来。

上中农杨金山五十五岁的时候跨进了一生最悲哀的岁月。终于不行了。疯了似的折腾自己炕上的人，全是因为对这个不行有了一天比一天强烈的预感。往地里背百把斤的一篓肥喘得赛过风箱，镐头举不过十几下就腰麻腿酥，都是成人后不曾遇到过的难堪事。无法忍受的大难堪是在被子底下，完满的配合已经做不到，忽一日就连勉强的交接也撑不住了。他乞灵于花样翻新的袭击，试图以淋漓的殴打找回失掉的希望和愉快，它们却更迅速地离他而去，只给他留下一些欲哭欲死的怪念头。随便拧紧哪块白肉，或者抬脚将她自北墙踢至南墙，他觉着那是打着自己。女人挨杀似的抽搐着叫唤，便是替他向不公平的日月鸣冤了。寻死觅活的女人转嫁了他的绝望，他喜欢揍她，专拣她料不到的地方和料不到的时机揍她。她眼神飘忽战战兢兢地在他眼前走过，使他体味到自己的强壮，短时间忘掉那种种的不堪和不行。女人已经不是女人，没有器官也没有韵味，只是干巴巴的一团骨肉，是他下拳脚的地方。他待那匹骡子反倒好些。他待天青也不赖，厚道的侄子日出而作日落而息，比骡子更让他省心。许多把柄滑过去，一向不理会年轻的后生是个什么威胁，更不知道那双眼如何在女人身上狂奔疾走。如果他后脑勺上生了眼睛，或许会看清侄子那张木呆呆的脸面，上边写满了要杀掉他的意思。谁在谁的掌心里攥着，两个男人里至少有一个还在糊涂。事情外边的女人，则是长久地糊涂着了。

春天一个日子，一家三人在地里间苗，山梁上悠悠地荡着暖风，扫得人身心困倦。菊豆中途回家做饭去了，叔侄俩一前一后蹲在棒子地里，很细致地做活，使零乱的青苗群渐渐地疏朗整洁起来。叔叔不耐做，不到晌午就歪到地边的草地上，昂着下巴晒开了老阳儿。天青蹲在田里不肯歇，叔叔就隔远远地跟他说话，一边说一边用痰水去淹草坡上乱爬的蚂蚁。

"天青，桑峪那个大脚娘儿们见过没？"

"见过，姓张吧？"

"张家的老寡妇……她是个媒婆子。"

"知道。"

"我前天里在老乔家见她哝。"

"嗯。"

"她扯天扒地要给你说一个。"

"……谁？"

"没吐口就把她回绝啦。"

"嗯。"

"我养你这些年，叔的难处你心里怕亮堂着哩！做谁的儿随你，做哪家的姑爷随你。好歹是我兄弟的种。家里日子紧巴，日后宽畅了，你想咋办就咋办……你说哩？"

"说不来……没想过。"

"踏实干一年，看明年村里肯不肯给咱家分户。你自己单过遂心些……我给你钱办事，多了少了的别怪你叔。你叔白活一世，留什么也没用场，早晚都是你的哩。"

"我另立户自己挣，你的留给婶子吧。"

"给她不顶给了畜生！我前脚走她后脚就得招一个来。我金山的血脉断就断自己手里，断她手上我咽不下这口气！咋还不送饭来……把他娘的狗腿当柴火烧了不成？"

金山爬起来瞭望蛇一样绕在山冈上的小路，白白的道上没有人，只印着稀落落的树影。晌午过了，日头有些歪，影子也悄悄地倾斜。菊豆的青袄终于从岭后闪上了空荡荡的石路，张皇地向田野滑过来了。金山呼一下弹起身子，见了猎物一样向来人扑过去，把她截在远远的一个山坳里。天青没有跟上，紧张地站到高处，想看得清楚些。听不到叔叔在吼什么，婶子一味地后退，已经退到草地上去了。天青看到装吃食的小篮子在坡上滚，接着看到婶子在坡上滚，叔叔跳大神儿似的追着踢着。叔叔咆哮了片刻，在婶子背上踹了最后一脚，便匆忙地蹿回道路，一股黑风似的往村里卷去。婶子低头坐在草里，长久地抚着脊背，又踉跄地去寻找滚跌的小篮儿。天青把狂乱的心跳压稳，要把看到的这些都忘掉。等女人将吃食送到地边，在背后哀哀地隐泣抹泪的时候，他正装模作样地伏在半尺来长的苗丛里，仔细地清除争肥争地的废苗子和长势迅猛的杂草。他只给她一个沉默而无言的脊梁，半天不肯转身。女人泪眼蒙眬地看着他。

"天青……吃了再干……"

"你先吃。"

"……我不吃啦！"

女人猛烈地抽搭起来。天青停了手，看着脚下的地，还是迟迟不肯回脸。

"你咋了，婶子？"

"天青……我把话先撂给你，你叔他迟早杀了我！日子没得过了，你见啥听啥给史家营捎个信儿。别拦他！让老东西杀了我吧……我不指望活哩……"

"我叔他脾气赖。"

"他可是个人？你叔他可是个人？我屈呀！天青，我受他的你也受他的不成？亲侄儿哎，你跟婶子交代交代，我在你们杨家可怎么活？我迟早给他打死，我受不下啦……"

婶子噎了气，哭得十分艰难。天青抱着脑袋，找不到妥帖的话说，想做的事只有一件，就是跑过去把不幸的女人揽到胸口，让她滔滔地哭个顺畅。头一次听到她悲切的倾诉，竟有这么多话给他，使他明白女人离他不远，伸手便能抓到，也使他更恐惧地游移于侄子的本分，不知道后面等他的是些什么。

眼前的黄土点点滴滴地湿润起来，已经更没有法子去看她。背上热辣辣地燃着一堆火，想必是她红肿的眼在看着他了。

"天青……趁热吃吧。"

"就吃。我去一下……回来就吃。"

他佯装解手，匆忙地翻过棒子地前面的山包，找棵桦树靠着蹲下来，眼里憋的水唰唰地泄到脸上和衣服上。他撞那棵树，咬一块桦树皮含在嘴里，把奔涌的悲声完全地堵回肚子里去，一点儿也不给她听到。他深深地触到了一种奇大的悲惨，是她的，也是他的。

金山不见踪影。他打女人的借口原本是因为送饭迟误，女人告诉他骡子卧在槽里不起身，也不吃东西，他的借口就换了一个，只是打得更充分也更凌厉些。女人伤了腰，间苗时用着半跪半趴的姿势，天青没有表达什么，殷勤的只有那张笨嘴，歇歇吧歇歇吧地劝阻，声音倒比往日更添些冰冷。这冰冷首先给自己来感觉，不这样就挡不住自己，因为整整一个后晌都在酝酿要不要把不听劝的女人拦腰抱起来，抱到棒子地外面去。决心下了一百次，毁灭了一百次。只徒然地磨着冰冷的嘴唇。女人在他的声音里得到安慰，不在乎那些刻意的冷淡，因为他潮湿的眼睛及里面不褪的红色已经在热着她的心，并且暗暗地品味着了。

骡子果然得了急症，金山在它腹皮上按到很大一个软包，疑是绞肠痧。等不及娘儿们和侄儿下地回来，就闭了院门，将摇摇摆摆不肯走路的牲口牵离了村子。晚饭时辰，老乔家来人传金山留的话，说是到达摩庄请人医治，治不好就去桑峪，一时回不来的，叮嘱趁着天好早些把苗子间出来，园子里的菜早晚留意些，小心让哪家的猪崽子拱吃了，等等。来人又味味地笑，告诉菊豆和天青，金山走时满脑袋流汗，摸牲口肚子当口像是有泪掉下来了。宝贝要死了，金山怕也活不成。菊豆听到这个玩笑只咧了咧嘴角，天青什么反应也没有，闷闷地喝着玉米粥。叔叔今晚不回来了。院子里只有他和婶子了。他的全部思想都停留在这个从来没有遇到过的事情上。局面来得太突然，不能肯定往日是否渴念过，有些怕。撂下碗筷，见女人出来进去走得很轻捷，怕得便更狠，暗知在无数的夜晚里，自己早就无数次地把这种机会设计操演过了。

"踏实睡，用不着三更侍弄歪骡子啦！"

"婶子，喊我起炕……赶早把菜地浇浇，我睡得贪。"

"踏实睡你的，你啥时候睡过整觉？他不在了你还怕啥？"

"起早浇了吧，看他回来找话说……我是累惯了的，干一事少一事。”

“你就是个木头？”

婶子拾掇了鸡窝，站在院子的月光里，脸上融着灰灰的一团，天青辨不出那上面松了捆绑的浅笑和柔情，是不是有他要找的意思。她嗔怪他是个木头，是怨他呢，还是唤他呢？她要唤他完全一件事情吗？婶子嘱他早早歇息，便轻巧地移回北屋去了，闭紧的门给天青丢下一个庄重。他趿到厢房，把木头甩上炕席，指肚儿摸来摸去，要剜掉这木头上的羞惭和胆怯，让它如他所愿的那样活泼起来。北屋油灯灭了，他屋里那盏灯一直就没点。不知躺了多久，想着如何站在北屋台阶上，又想如何对付那两扇黑门。步骤很完全，然而每想到走进门去，思绪就纷乱颤抖不止，阴谋和勇气也随之一塌糊涂了。他拉住夹被把自己紧紧捂了起来，连脑袋也一并捂住，终于退缩了，没下炕，没进院子，没上台阶，什么动作也没有。木头和苇席棉被长成了一体，沉沉地入了梦，不再忧愁梦外的一切。有心去梦里演习他的计划，然而悠悠地就是不见花朵似的那片身子，倒恍惚看到一个不相干的人，搂着一匹骡子哀哀地哭泣，踢他踹他也不走，拎了斧子砍他，胳膊却举不起来，满世界轰轰地响着流泪的声音和吧嗒着嘴唇舔泪吃泪的声音。

天青醒了，手在被子里寻找丢失的斧头，找不着，哭泣的声音却依旧持续着。窗外有人。他霎时惊住，看清了与梦里不同的情况。刚刚撩开被角，抽泣便迅速消失，北屋的门轴远远地低低地叫了一声。月光很白，铺了青石板的院子像一池水。天青在窗户上趴了半天，仰身倒回枕头，疑心自己是迷了梦了。却又不信。耳朵是真切的，心也是真切的。却还是不信。事情无论如何不会这个样子。是他想这么做，做不成，因而恍惚了。梦见看见听见了那么多，全是因为脑袋有些发癫。人癫了什么都能看到，叔叔有一回不是看到爷爷了吗？爷爷在圈里拉了一摊东西，去灶间掀掀锅盖，又给骡子抓了一把黑豆，就走了。叔叔亲眼见来着，只是没敢跟爷爷说话。自己刚才找了半天斧头，在窗户上见了婶子，全是招了癫的缘故，跟叔叔没两样的。天青安慰了自己，却一夜不曾睡稳，早早地爬起来，看着晨光里直挺挺的顶门棍发呆。顶它是防兽防风，一向如此，现在却使他生了气恼，怪自己昨晚为什么不留个疏漏。再想想，又看出这气恼没有道理，便拖着困乏的身子到园子里浇菜去了。北屋闭着门，婶子还睡着。他怕看到她，却未想她是不是也怕。如果两个人相互怕起来，这宽敞的院子就没法待了，直到把水引进菜地，稍稍清醒的杨天青才动了这个念头。不等他叹气，婶子清凌凌的声音已经从村巷里鸟叫似的悠出来，在招呼他归家吃饭了。往日也这么叫，却从来没有如此悠扬。天青愉快地抬起头，在溪流对面的山冈上见到了起伏的绿色，又在绿色上面看到了一幕干干净净的蓝色的天空。他也想叫一叫了，觉着悠扬的叫会使他生出两扇翅膀，舒展地飞到山谷的早风里去。

这是春天里无比晴朗的一个日子。太阳很好，风也很好，小溪流在很好的风和阳光里汩汩地奔波欢腾，给弯曲的山沟绕上了一条清亮的白光，给洪水峪奏出了不停顿的美妙声音。在同一片温暖的阳光下，杨金山的侄子杨天青和杨金山的妻子王菊豆迈进了落马岭附近青苗茁壮的棒子地，而杨金山本人则牵着病入膏肓的爱骡在由达摩庄至桑峪的山间小道上艰难跋涉。人人都怀了希望，希望人人不同。杨金山的思想已经被牲口占据，对亲人布置的陷阱视而不见。即将失掉贞洁的女人则无所畏惧，暂时忘记了沉重的不幸和悲哀，把近乎淫荡的快笑抛在山花初绽的山冈上。年轻后生伴随着暗自思恋了多年的妇人，在阳光一样明媚的笑声中解除了最后的禁锢，奔向他朝思暮想的神奇境界。

事情从这一天的晌午开始，断断续续地持续到黄昏骤降，随后便依照通常的节奏进入了一个长达几十年的不可思议的漫长过程。那个暖洋洋的晌午是个竖纪念碑的时刻，也是个挖掘坟墓的时刻。他们把该做的一切都做了一遍，从而眩晕了。

事情没有明确的起因。只是空前愉快地干了一前晌农活儿，彼此说了许多话，当然都是不太相干的话。然后面对面坐在草坡上咀嚼从家里带的干粮，从同一个葫芦模样的器具里斟水喝，用的是同一个瓷碗。腌萝卜粗粗的也只一根，两个人各咬了一边，留着不同的牙印儿。不久便咬乱了，你嘴里有了我的，我嘴里也含了你的，传递了几次女人竟叼住别人的那一边长久地吮起盐味儿来了。饭吃得越来越没有滋味，滋味已经渗到了别的地方。天青鼓着两只眼睛，近乎呆傻地盯住几株刚刚被踏倒的小草，看它们如何顽固地重新弓起了身子，看它们碧绿的伤口如何缓慢地溢出了黏稠的浆液。当它们挺立如初的时候，他立即伸出大脚再一次踏盖过去，脚心里几乎生了疼痛的感觉，似乎有一把绣花针在轻轻地刺上来。

女人的腮里滚着食物，风吹细了她的眼，阳光在她丰润的皮上跳动，她的红唇上装饰了几颗食物的残渣，墨发周围有一只不知疲倦的昆虫在飞舞盘旋。

天青的喉咙里无端地涌出大量唾液，像陈年的薯干酒一样燎着他的舌根。

169

"婶子……"

"啥?"

"昨黑间害梦害煞哩。"

"梦爹来梦娘来?"

"梦……梦着婶子哭。"

"我哭?咋着哭?"

女人把红红的笑脸转给他,隐了许多意味,他却不看,只端详那张脸下的几个部分,目光起伏错落。女人的见识毕竟老成,况且昂兀的水准并不在他以下,又自恃握了操纵的力量,便清清楚楚地包抄起来。

"天青,你怕了吧?"

"……怕啥?"

"你也是五尺高的汉子!"

"我……我怕啥?"

"不怕咋把个窝儿捂得严严的哩?"

"风大,不挡风挡狼不是。"

"你看婶子像只狼不?"

"婶子……"

"妥妥看看你苦命的婶子,我像狼不?"

天青的懦弱似乎激怒了女人,话像刀子一样甩过来割他,脸上却不失笑。然而这笑容的甜意分明是淡了,流布的是渐渐浓起来的自怨自艾和天青一时不能通晓的哀悯。天青低头无话,证实了昨夜非梦,脑袋反而更加沉重,径直地扎到胸口上了。憋闷惊惶之中感到头发茬上降下一片东西,风吹而不落,轻摇而不走,终于明白这柔软的南瓜叶似的一块温暖是女人的手掌。他闭着眼，用牙把浑身的哆嗦咬住，咬不住的就任凭它们被那个掌心吸了去，哆嗦却还有，不停地沿着手脚向外施放。

"婶子……叔叔他……"

"别提他！让老东西死去！"

"婶子，放羊的在坡上……"

"羊群翻到阴坡去了。"

"……你干啥？"

"你说，婶子像狼不？"

"婶子别耍笑我……"

"天青，你嘴瞒了人眼可瞒不了哩！"

"停窗根哭的是你？"

"是我！你叔让我死，我不死！老天有眼，让它看我咋着活！天青，我是喜哩……想让你伴我喜兴哩……活活咒那个老不死的！你叔他毁我半世啦！"

那手求援似的抓住他的头发，太短拢不住，就滑下来揪住了他的衣领，脖子上的大筋勒得转眼粗壮圆滚，勃勃地涌着青血。

"天青，你疼我！"

"轻些，看打了水罐……"

"你心里装得下我不？任你拿哩！"

"婶子……我裂啦！我心尖尖裂啦……婶子哎，你要笑我不成？"

"要吃你！怕你就走。"

却不让走，也不欲走。然后就无话，一颗蓬松的头抵到怀里，把他生了硬须的下巴顶得高高翘起来。蛇似的两只软臂在脖根上胳膊上胡乱缠绕，最终选定了一个姿态，紧箍着他的腰脊不放了。天青的眼睛已经没有用处，只觉得有个香软的东西在啄他，脸上洒了点点湿润。呼气的嘴便不再摆脱，紧促地火辣辣地搜寻过去，与正在找他的嘴撞个正着，不顾气闷和牙痛，狠狠地长久地做成了一个吕字。太阳在他眼里猛烈地摇晃起来。手和身子闪电般地接受了一种指引，跳成了忙碌的舞蹈。仰下来见的是金子铸的天空，万条光束穿透了硬的和软的一切。俯过去见的是漫山青草，水一样载着所有冷的和热的起伏飘游。不相干的因子快速的触击达成牢固的衔接，就像山脉和天空因为相压相就而融汇出无边的一体。显得惊慌失措同时更显得有条不紊的杨天青头一次感到了自由呼吸的困难，天塌下来埋住了他，他刚刚领略到一丝绝望便掉进了前所未见的佳境，袭击了他的是类似快活而超越了快活的雷霆与风暴。他大吃了一惊，身心随之痉挛。

眼里悬着的是颗正在爆炸的太阳，颜色发黑，像个埋在火烬里的烧焦了的山药蛋，像一张晾在屋檐上的刚刚剥下来不久的母猪的毛皮。一切都是黑的了。

此时，五十里山路以外的桑峪情况良好。妖医梁大头只一眼便诊准了病骡子的症结，正操起半尺长的一把白刀子，在骡子的腹皮上晃来晃去，要选定一个剜捅的位置。劳顿的杨金山不忍目睹，悄悄溜到主人家的门外，靠着院墙歇息瞭望。杂七杂八地想到许多事，大都与骡子的过去和未来有关。人世沧桑，最忠厚牢靠的伴儿竟是个畜生，让他委实不解。活着的人里没有哪个让他如此牵挂，时时念想的只有远在地府的爹娘和未曾降世的儿孙。纠缠阴间的事情不是担心爹娘是否在那边受苦，而是神秘于自己的将来。在幻象中安排儿孙的生活，图的是这个不可知的将来。让他忧心忡忡百思难解的，是爹娘交下来的自己这条生命将怎样不断代地旺盛地传递下去。他疑心前世有孽，所以天神要指派不生养的女人来惩治他，一个不够，竟有两个，先先后后地来促他灰心，使他活得不能畅意。他对骡子的种种关切，或许就是感知了相似的命运，所以要在苦命的牲灵身上将一种深刻的体恤加倍地扩展和烙印了。

悲痛的杨金山沐浴着春天的阳光，淡然地想到家，更淡然地想到妻子和侄子。他想到她和他的时候似乎是在想着庭院中的两件摆设，因此他绝不能料想重重的山岭背后正在深化的一个进程，也绝不能料想在属于他的田野里如何爆发了一项冲突。那是和间苗或铲草完全无关的事件，却更为劳累。侄子强健过人的肌体在他反复耕耘的田垄里伸进了犁铧，并且比他有效百倍地狂放地播着种子了。

杨金山听到了骡子疼痛的啸叫。刀子划破皮肤的声音像撕碎了窗户纸一样，哗啦哗啦地勾出了他的眼泪。

遥远的杨天青也在叫着的，于灿烂的升腾中。似乎有更大的痛苦，嗓音也因之更为高亢。像一个暴虐地杀人或者绝望地被杀的角色，他动用了不曾动用的男人的伟力，以巨大的叫声做了搏战的号角。

"婶子！婶子……"

这是起始的不伦不类的语句。

"菊豆！我那亲亲的菊豆……"

中途就渐渐地入了港。

"我那亲亲的小母鸽子哎！！"

收束的巅峰上终于有了确切的认识和表白。

太阳在山坡上流水，金色的棒子地里两只大蟒绕成了交错的一团，又徐徐地滑进了草丛，鸣叫着，扑棱着，颠倒着，更似两只白色的丰满的大鸟，以不懈的挣扎做起飞的预备，要展翅刺上云端。

"我那亲亲的小母鸽子哎！"

那一年女人二十六，杨天青是幸福的二十二岁。以后的年月里，在一系列精密选择的时间和地点，在充满幸福与罪恶的阴谋中，杨天青根据他牢固不变的想象力无数次地重申了这句宣言，女人便也无数次地毫无厌倦地承接了这个吼叫和呻吟，并衷心地为之陶醉。

两人遵循的朝拜仪式中，它是不变的禅语，凝结了具体的本质性的信仰，又沾染了原始的诗意，因此便被他和她永恒地诉说和聆听着了。

洪水峪的生活有了新模样。互助组形成燎原之势，顽固的单干者们已经土崩瓦解。小满时令，乡里来人组织了识字班，召集青壮年和妇女参加突击扫盲。一旦黄昏降临，村口老核桃树下面便齐聚了几十条粗细不同的嗓子，肃声地念着人、口、手，以及马、牛、羊、天、地、水。

杨金山不入互助组，以劳力的数量和质量而论，他认为自己非常强大，因而不能容忍外人来分享。他也不让年轻的妻子和侄子介入识字班，在核桃树底下饱受蚊虫叮咬而又念经似的嗡嗡不休，在他看来是万分可笑的蠢举。他认为自家的生活中有许多迫切的事情急等着做，断不能悠闲懒散。

究竟做些什么，却又常常无数而无绪。家里另外两个人不时受到相互矛盾的指派，水缸明明满着，却严令去担水，刚刚遛过骡子回来，又催促把它牵到山上去再放。两个人负着沉重的隐私，不由得挂出低声下气的外表，内里却分明地感知老东西在日复一日恍惚，并且不可逆转地糊涂着了。骡子大病一次，主人也跟着失掉灵性，这或许就是造化的精心布置，要使年轻的他和她更大胆地放荡，更没有顾忌地来彼此偷窃。纵情的举动便额外地添加了信心，在天地不知的暗处增强了速决的频率，所言所做真个是无不消魂而呜呼了！

糊涂着的杨金山也奇怪于女人的变化。每逢自己莫名其妙地狠毒起来，仍旧可以招致畏惧的颤抖，却再也听不到那种令人快意的母狼一样的尖叫声。女人的白牙咬破红唇，任凭他在光滑的皮肤上制造出一块又一块青紫的瘀斑，任凭他砍伐树木似的将那柔软的躯体弯来折去，表现了一种誓死忍耐的决绝。他最为诧异的是女人不仅忍辱含垢，而且前所木见地显示了主动的顺从和殷勤，她渴望完成的欲望是那么迫切，几乎使他疑心这是对他的无能的一种巨大羞辱。白日里下地，见她屡次丢开锄头惊惶地隐入灌木丛，窃以为那是跑肚或尿慌，万不曾料想她是怎样伏在僻静处频繁地呕着又喜又悲的涩水。歇息时只见虎背熊腰的侄子在密林深处游来荡去，以为是寻找蘑菇或山雀蛋，却不见那双大手如何秘密地攥着几颗酸溜溜的野杏，更不见它们以怎样的传递方式塞进女人焦渴的嘴巴。妻子和侄子在规矩地做活，茂密的庄稼预兆着满意的收成，被阴谋暗暗侵蚀着的杨金山竟然没有一丝挑剔，只对身旁两具不知疲倦而精力旺盛的身子抱了许多不明不白的嫉妒。自家的手脚似乎越来越迟钝，也想抖擞，然而五尺长的大锄杆子再也拉不出风来了。他的悲哀就不能不局限在这个无知的地步，听凭一颗茁壮的种子在他的田野里孕育生长，于后知后觉中预备着为他人做个受骗的父亲。这甜蜜爽人的角色便只能沉在一个永远不醒的老梦里了。

　　杨金山得知女人怀胎是在三个月以后。当他再度野性发作而狂扇她的嘴巴时，突然发觉她没有伸手拦挡，却蹊跷地紧紧地护着肚子。他扯开那双手，目光游移起来，女人禁不住端详和抚摸，摊开两臂涔涔地落了泪。追问之后，他险些一脑袋栽下炕去，喷出了一声奇大的响亮的怪笑。随后便捧住那丘白白的肚子无声而猛烈地哭泣，皱巴巴的脸鬼一样胡乱扭动，整个身子都抽搐摇摆起来了。

　　"你咋不早说!"

　　厢房里的杨天青给那声怪笑惊得睁大了两只眼，紧张地准备与一场迟早会降临的危机抗争。听到了一连串啪啪的清脆的声音，好半天才判断出那是狂喜的人在忘乎所以地打着自己的嘴巴，他稍稍地松了一口气。

　　"老天爷开了眼啦!"

　　"菊豆，我待你亏了心哩!"

　　"亲爹哎，你儿得了天助有救啦……"

　　颠乱的声音响了小半夜，不久便也宁静而安顿了。三颗心在不同的腔子里搏动，各自想着异样的心事。天青的思想是确凿的，那是他的而不是别人的儿子，他从女人那里得知了那个人的窘状，况且长年无子的历史也确切地做了证明。但是那种喜极而泣的声音震撼了他，使他头一次辨清了自己的罪孽，知道欺诳的不只是叔叔，在一个绝顶紧要的地方他辱没了自己的爹娘。他做了万人唾骂当剐当诛的见不得人的恶事了!日后该怎么活，成了解不开的难题，像不可攀的山冈一样在他眼前陡然高耸起来，他孤独地做了一只走投无路的野兽。长夜难眠，他咬着炕席的苇子片排泄苦闷，一时竟感到那咔咔磨着的是两排尖利的狼牙，刹那便无所畏惧了。

杨金山欣喜若狂，第二天就摆出了两样的态度。他早早地招呼天青起身，在必做的活儿里添入一项揭火煮饭。玉米粥煮好，天青又被命令去张罗鸡食、猪食，然后是空着肚子劈柴、担水、饮牲口。做着这一切的时候，杨金山站在北屋台阶上袖手四顾，瘦脸恬淡，像个财产上一夜之间便暴发的人，沉醉在对周围事物的有效支配中。王菊豆一动不动地盘腿坐着，遵循丈夫固执而古怪的意愿，她必须每时每刻对肚子里的另一个人负起保护的责任，因而也就必须暂时放弃行动的自由。透过窗户上破裂的挡风纸，她看到侄子驯服地做着往日由她来做的种种劳务，笨手笨脚而又卖劲儿的样子使她大为伤感。杨金山亲手端来早饭和腌香椿，见女人眼里有泪，以为是让自己感动的，于是他也感动起来，鼻子竟有些酸楚。在香椿叶上点了几滴芝麻油，觉得不够又点了几滴，舌头吧唧吧唧地舔着油瓶子，似乎在品尝自己心胸的博大。

"多吃!"

菊豆窘迫地埋头在碗里。

"别乱动! 伤了胎……看老子不宰你! 力气活儿叫天青干，你得养养骨血。"

温情飘荡，凶残的男人居然在女人的肩膀上搁了一只手，一只不是用来施放暴力而是用来真心抚慰的大手。女人的几颗泪哆嗦着溅进粥碗。他很满足，暗暗发誓要把更大的关怀补偿给她。然而他对近在眼前的微妙现象没有一点儿意识，女人突降热泪，是因为她白如骨片的耳朵在院子里一群母鸡的啄食声和两只猪崽子囫囵吞咽的哼哼声里捕捉着另一种音响，无可奈何的忙碌喘息透露了日后的情景，也把丈夫的用意揭开了。她因为日益涨大的肚子而获得的赦免，会在那个年轻苗壮的男人身上转为更沉重的压迫，掉到受不下的更不堪的处境里去。她和他的命紧紧地系在别人手里，肚子里多一个生灵，反倒系得越发紧束了。她已经没了办法，那个人或许也没了办法，院子里踏踏踏的脚步声响得只是一团昏乱和不知所措，全不见春天草地上的愉快和勇猛，像是要抻着脖子来等人处置了。

菊豆不再下地。金山的心思也不在庄稼上，手忙脚乱地像丢了魂，不时地撇着老腿在村巷里转悠。绝处逢生的喜悦使他更加糊涂，只想迫切地向遇到的每一个人公布他的壮举。以奔六十去的不老之身使一个女人坐了胎，几十年的奋斗终于有了结果，在他看来无论如何也是一件值得炫耀的事情。听到消息的人像是为他高兴，当然那高兴并不在他们得知自家的女人有喜以上，甚至不比得知自家的母畜有孕之后所表示的欢快更多。人有男女，畜有公母，生养是天经地义的事。没什么大惊小怪的。他们只是觉得金山可怜，因为他费事似乎太多了一些。金山得到许多不浓不淡的家常话，渐渐明白别人并不曾看中他的无上的光荣，未免太不把这个大事当作大喜事，于是心头略感不快。但是他仍旧挂了笑脸走路，脚底板一掀一掀地想多流露些类似年轻人的弹力，也想把那分得意和满足留给自我来欣赏。

在八月的田野里侍弄庄稼，杨金山每每不能坚持到日落。与魂不守舍的叔叔相比，侄子反倒更为镇静和从容。引水浇玉米，叔叔到渠头张罗半天，居然昏头昏脑地把水改到别人家的地里，天青只是一笑，再悄悄地把水引回来。这呆事轮到他做下，叔叔怕要跳脚，近来叔叔是越来越频繁地对着他跳脚了。等孩子出世，叔叔会把更大的威风逞给他，他不在乎这些。他从叔叔的行为里得到许多勇气，负疚的心情日益漠然。他不怕这个人，无情支配他的这个人常常让他觉得可笑。他很踏实，因为他总在想着女人肚子里的那个孩子，以及制造这个孩子时那些无意的激动人心的最初步骤。他为自己的能力惊讶，也为不可想象的女人的能力惊讶，亲叔叔以主人的身份呵斥他的时候几乎引不起他的愤怒，他的后盾是巨大的快活和巨大的信心。只要肯做，他什么都做得来，包括在实质上做一个人的丈夫，做另一个不可知的人的父亲。他觉得自己是在讨还民国三十三年那个落雨的秋天被人欠下的债务。她是他的。他的！他对那个名义上的父亲只有轻蔑，他也在替她轻蔑着那个人。

杨天青独自承担了三个人的劳动，落马岭夏秋之交的田野里洒满了他的汗水。杨金山的土地上见不到杨金山，洪水峪的善良人便哀叹那个呆侄子的忠厚和寂寞。

"天青，我家去看看。你把靠崖根的几梯棒子拾掇拾掇，晚饭不急，干妥了再回来。"

干妥了往往是在前夜，山岭上悬着密麻麻的星花，白灿灿地罩着归家的小道和他疲倦不堪的身子。走进宅院他就不是自己了，好像睡够了刚刚爬起来，叮叮当当地捅灶热饭，吃粥时把嘴皮吮得一阵脆响。他是想告诉让油灯映在大北屋窗纸上的那个人影，他一切都好，她不必把头垂得那么低，也不必那么僵硬。他还是她想要的那个他，结实着哩！那人影每一晃动都使他更快地丢掉疲倦，同时又让他更深地陷到另一种疲倦里去。在厢房里疲倦着，懊丧自己竟忘了那么多，只剩下许多甜蜜的碎片，因肿胀和破裂而悄悄融化，浸出模糊的陌生的一堆。他想实在地触一触她了。猛然想到孩子，热辣的念头便暗自消失，化成满腔的温柔和肃穆，使他复又记起了自己的责任。那是需要耐性的长久事业。

王菊豆的肚子吹气似的大了起来。家里没有人的时候，偶尔无聊，也敢踱到村巷里晒晒太阳。腰身过于饱满，有乡亲遇见便常常凑上来问到生养的年月，她笑而寡言，吞吞吐吐地说不清楚。

"怕是腊月吧？"

问得紧了，她反而去求教问的人，无知的样子让一些善生的娘儿们觉得可笑。她回答金山的时候也是这句话，金山也无知，因而把这个犹犹豫豫的说法看得很严肃。他扳着手指头回想造孽的日子，恍然记起一次半次的成功，如何成功却模糊了。女人就红着脸提醒他，那一次怎样，另一次又怎样，不是那一次便是另一次了。金山于是频频点头，仿佛确有那么一次，然而究竟是哪一次又是怎样的一次，仍旧是无从印证的模糊。次数太多，行与不行的界限也不大确定，他就不再计较。总算喂鼓了女人的肚子，别的可以一概抹杀，况且他不是一贯强悍的吗！鬼迷心窍的杨金山想到女人的顺从，真以为自己确有点石成金的本领了。他已经计算着新的成功，有一便该有二，种一次是完全不够的，不够的！他忽略了女人眼色里的慌张，不晓得女人在求助于他的糊涂，只以为那是怀想他对她的种种侮弄而浮出来的娇羞。他感到慰藉。他喜欢她战战兢兢的样子。女人的胆怯让他加倍地尝到了为夫为父的喜悦。他要让咒他无后的人看看，堂堂正正的杨金山就要做那个小崽子的父亲了。

第二年正月十六日，坐落在洪水峪村南的杨金山的宅院一片繁忙，产妇凄厉的叫声自半夜响到黎明。大北屋的油灯陡然熄灭，接生婆累得昏头昏脑地踉跄到台阶上，向脸色苍白的杨金山郑重宣告：一把大酒壶，一个带把儿的大酒壶！边说边把一个带血的手指直挺挺地伸出来，以它来象征降世者与另一类有别的最显著最紧要的标志。不用比画金山也明白了，嘹亮的哭声把底细全部告诉了他。他的儿子很强壮，他的儿子对一切很满意，他的儿子在呼叫父亲，那哭声孝得不能再孝了。

“我那儿哎！”

杨金山一头撞进了大北屋，猛兽似的向母子俩扑了过去，在炕沿上跌翻了身子。

守在院子里的乡亲不胜唏嘘。

杨天青不在家，初五就赶着骡子到西水一带驮脚去了。似乎要避开那件事，在外周游了近一月。归来是在十几天之后，在村外遇到老乔家的二小子，说菊豆生了一个男孩儿，名字已经定了，唤作杨天白。按族里的旧名谱起的，天白恰好对着天青，是他的弟弟。二小子又耍笑，说再揍一个出来，怕要叫作天黑，天黑的名儿还真没见过。

“快去看看吧，你弟弟胖着哩！”

“我婶子……咋样了？”

“淌了半缸血！你叔把她当佛供着，忘了当初咋着治弄她来，你快去看看吧。”

天青呼了一口气，却拉不开腿，呆呆地站了片刻。他把骡子牵到山上，在一面草坡上躺下来。一蓬枯萎的野蒿子拂着他的脸，头顶上的白云在冷风里匆忙地赶路，树林里此起彼伏地响着嗖嗖的冰凉的声音。

　　那人是他弟弟，这层意思竟没有想过。他既然唤作天白，那么他天青必得做他的堂兄弟，这是杨姓的名谱里早已排定了的。他想不到这一层，是因为他一直企图做他的父亲，他确乎是个父亲。然而事情已经明确，对儿子他只能以兄弟相称，直至永远。他也将无尽无休地做那个女人的侄子，永远无法改变。遥想落马岭野地里的一幕，两条命透彻骨髓的联合，却原来都是无益的徒劳，只是一时的凑趣了。他无法容忍。这不公平。太不公平。他不能理解那个小畜生凭什么要被叫作杨天白。陈年的名谱是祖宗里的浑蛋灌多了薯干酒之后说的昏话，他不能答应事情落到这个地步，自己这条命说什么也不能让他们这般戏弄，他得吼天叫地把自己的东西要回来、偷回来、夺回来！他不怕杀了谁。他不怕。杀谁却不知道。或许就该杀了自己？该杀吗？

　　杨天青跨进院子的时候，又成了以往的那个人，恭顺而委琐。先在槽头上围着牲口安顿了一会儿，然后把揣热的钱塞到叔叔贪婪的巴掌里。钱是厚厚的一沓，叔叔喜笑颜开，把他上上下下地打量，他就憨蠢地低了头，仿佛对自己的能干很不好意思。

　　"骡子劲道差些了吧？"

　　"不差。"

　　"天天喂的啥？"

　　"黑豆。叔让喂黑豆，不敢买麸子，怕瘪害了它不是……"

　　"喂得不赖，有膘！"

　　天青眼看着别处，耳朵却搜寻北屋里的动静，听到窸窸窣窣的声音。女人竟然怯得不敢招呼他一声吗？

　　"……婶子生了？"

"生了。"

"生的啥?"

"儿子。"

"胖不?"

"猪崽子!"

"……挺结实?"

"像个碌碡。"

天青舔着嘴唇,等着,叔叔打个哈欠,似乎不理会他的意思,也不准备把他请到坐着月子的北屋里去。侄子犹如外人。

"你歇吧。院子里抬胳膊抬脚轻些个,看惊了小崽子,他睡不实。"

"婶子好不?"

"奶水足着哩,吃不清!"

"有奶就踏实了。"

"可不……你担水去?不歇歇?"

"这缸空了。"

"要担就担去吧。"

天青在水泉结了冰的石条子上蹲了半天。溪流对岸有人赶着羊群走过,见他渴坏了似的咔咔地嚼着冰凌,像吃干粮一样。他东倒西歪地担起两桶水,似乎喝多了酒,又像扮演着一出山梆子戏,幽幽地唱着什么。他不停地以袄袖子刮脸,不知是对付冷汗还是对付风催的寒泪。

惊蛰那天后响,杨金山去村西办事。杨天青攀上柴垛,隔墙看着叔叔的背影逶迤远去,随后跳下来斗胆奔向北屋,撩开了厚重肮脏的棉门帘子。菊豆捧着一只乳,正给没出满月的天白喂奶。两个人没有话，先是彼此痴迷地看着，然后就把目光合成一股，共同投到襁褓里小小的面孔上。吃力地含着奶头，两颗黑亮的眸子却忽东忽西的极是灵活，天青的大手不由得捏向了他。

"轻些，冤家！"

"把我想死！"

"像你不？"

"我啥样儿？"

"看他便知了……"

天青嘻嘻地笑起来，女人把脸弯到天青的胸襟嗅来嗅去，在腋窝旁稳稳地靠住，天青的爪子就移上女人的奶包找不见路似的仓皇地乱走，女人便也嘻嘻地呜咽起来。突然静了嘴，一块儿听着窗外。窗外也静着，只有懒散的母鸡在咕咕地觅食。

"走吧，他回来可了不得！"

"回不来，怕才到哩！"

"撞上就毁啦！"

"撞上罢了，我怕？"

"他可不拿斧子砍翻了你……"

"砍去！三个够他砍一气的。"

"人后充啥牛胆子，你个鬼呀！"

"算啦……这次拉倒！"

天青把手紧催了几下，由女人的腹窝里恋恋地拔出来。天白已经松了小口，粉红的舌尖顶在唇间缝隙里，鼻管一扩一扩地香甜地睡去了。女人敞着白胸，从炕沿上端起一只碗，很苦闷地自揉自握，把盛开的奶花射进去，溅到天青手上的几朵让他埋头舔吃了。

"留奶袋子里怕啥?"

"胀煞哩!"

"真就吃不清?"

"吃不清。"

天青着了魔,下巴耷拉下来,死盯着葫芦把儿似的滋滋喷水的奶尖儿,让女人清清楚楚地看见了一股孩子气。

"傻啦!想吃?"

"我……"

"想吃……你吃去。"

"不疼?"

"我那冤家哎!"

天青哈着碗似的大嘴扣了过去,将热绵绵的肉坟圆圆包住,甜腥的浓汁渗进喉咙之后,他就觉着自己真是这妇人的宠物,而女人则是他的仙了。他在白日梦里琢磨着将她吞掉。

杨金山回到院子,见天青正坐在篓子上哼小曲儿,手里绕着骡子的麻绳笼头,往上面编纳一朵破布剪出的花饰。他默默地从侄子身旁走过去,始终没闹明白那是哪里弄来的高兴。都说侄子呆,看来确是呆了,然而那呆的后面似乎有什么东西让人不放心。刚才拒了媒婆提的婚事,礼钱索得太狠,就是倒贴钱,他一时也舍不得丢开这条过人的劳力。侄子若知道了这些,还会唱小曲儿给自己听吗?如果明知道了还要唱,高兴里便有恶意了。睡他的屋吃他的粮,厚道的侄子不像有抵触什么,怕是真高兴着哩!碗沉炕暖不高兴才有怪。杨金山释然了。

谷雨前夕杨天白过了百日。第二天杨金山独自去史家营为老丈人送喜酒,日头偏西了仍不见回来,那头骡子却在晚饭时辰踏

185

踏地闯进了门道。鞍鞯光溜溜的，槽里添了料豆，畜生竟不吃。以为叔叔给人拦在巷子里说话，等久了却还是不露，村头村尾均不见影子。

"路上跌了？"

"骑了一辈子牲口，他会跌？"

"不跌咋不回来？"

"回来不回来由他……"

"我去南岭崖道上看看？"

"等吧。"

菊豆向天青交了一个眼色，天青却不懂，扒净饭碗就出去，在老乔家借了一只马灯架子，逆着山道奔向南岭之夜。

走着走着才略微有些懂，刷地冒了冷汗。回头看看村子，那座屋宇淹在黑风之中，似乎有两只秀眼在突突地放光，把一块黑割成阴沉的碎末儿。不敢想了。

在南岭一个阴风阵阵的道弯儿里，杨天青踩到了一颗头。虽说拎着马灯，静静摊开着的仍旧像是黑长的顽石。踩了也没有声息，就把灯光移上那张脸，腿上的肉绷紧，似乎有心再踏上一脚。路旁的草丛后边有崖，把这块软石头掀下去，不碎也能成饼，心事或许竟能就此了结。然而爹娘在冷冷地看着他了。这天白的父亲最终是把天白的另一个父亲狠狠地撂到了背上，鬼挪尸似的挟着一星鬼火，蹒跚地走在漫山的阴森里。

起初以为杨金山是醉了酒，因为全身上下无伤无血，扔到北屋炕上，开着的嘴巴微微地吐着辣气。一夜无话，菊豆悚然时掐天白的腚壮胆，哭声不能再大了，金山的表情却无比安详，睡得如僵若死。厢房里的杨天青睡得也不错，吭吭唧唧地扯着响鼾，因懊丧而赌气似的。天明以后杨金山不睁眼也不醒，两个醒过来的这才觉得情况不妙。请来族里的老人，搔胸打背扭胳膊，把死人颠翻了三遭，喷了无数冷水，好歹折腾出一丝活气。先睁开一只眼，随后动了一只手，却不说话，歪嘴馋狗似的拖出了一条长涎，伴着零乱的呜呜声。菊豆皱着青眉远远地看他，不知是悲是喜。天青却有些忍不住，外人刚刚走净，他就倚在门框上味味地呆笑起来。那人想动难动，欲说难说，怪模样委实滑稽。天青咧着嘴快活，心里没有不幸，女人更是没有，然而可恶的天白竟哀声哀气地大放悲声。让女人一奶头儿噎住了他。

"他咋了？"

"说的呢，咋了？"

两个人踱到灶间里，都问却都不答，天青把女人挤到角落的秫秸堆上，嘴和手仓促地逗出几个手段，直至听到软软的笑声。

"晌午烙面饼！"

再吐话时，男人就用了主子的口气。北屋里那一个分明已经废掉，是人是畜难说了。

以后人们知道了原委，精明过人的杨金山是中了风，与骡子和酒都没有关紧。由黄塔请来的乡医也说，这是瘫症，无药可治的。料理好了可以不死，若有硬朗的前缘助着，或许还能下炕走走，说出一句半句整话，然而人确是不中用了，不论做什么用。抓了十几剂汤药，吃了果然不行，便只好单一吃饭吃水，上下两个穴总算通畅，进出无碍，苦恼的是和天白做了一类，香的臭的稀的干的都需要女人来伺候，彻底地告别了往日的威风。上中农杨金山苦度一世，图的是做个人上人，最不济也求做个不弯腰的汉子，到头来却不知栽到哪一路恶鬼手里，扔了全数资格。像日本人打响了三八枪，前妻一嘴泥唷倒在芝麻地里，他也或坐或卧在炕角那块苇席上，被打透了似的一点儿点儿硬下去，眼看着完蛋了。

六天之后的一个午夜，一条黑影顺理成章地游进了厢房，炕席嚓嚓地低吟了两个时辰。月光里闹着几多嘈杂和纷繁，犹如大群的野蝗在夜色中飞跃滑动，山冈也在摇撼中劳累了，疲乏地连连乱抖。

"我那亲亲的小母鸽子哎！"

一支响箭嗖地划过山风，射入茫茫大气，在暗蓝微黑的背景上布出了星星白火。远天里凝着一声不绝的长叹，零乱呼吸便小到无，化作无边的静了。

大祸悬头的杨金山迟钝了足有三旬，一天早晨突然说清了半句话。菊豆正托着胯骨为他刮屎，听他呜呜地乱卷舌头便不耐烦，手下得很重，听懂了才吓一跳。

"……皮疼！"

菊豆疑是听差了，索性再重些，玉米秫擦着瘦黑的腚窝子，像搓着一块墙皮。

"……刮烂我！"

音调似是似非的不准，却让她不由得轻了手，脸上闪了一道根深蒂固的畏缩。事后告诉天青，就比肩凑到跟前，东问西问地问了些，那块老舌头却又一嘴肥膘似的囫囵起来，发问的人便放了心。老东西确实不值得一惧了，乐事已然无可阻挡。

杨金山顿悟他的悲剧，是在数夜春风狂度之后，在一个简短清醒的后夜。睁眼时见到一席月光，儿子安卧于炕的另一端，像飘着半段橡木。席面余下的部分空空荡荡，不知丰肥的女人哪儿去了。目光缓缓地搜尽炕里炕外的阴黑处所，确认了她的不在，脑筋搅拌着，搅拌得渐渐加速，终于断了弦似的在头皮里炸了嗡的一声巨响。

　　四更时厢房的门轴浅浅起动，像是一句猫歌。苦熬苦候的杨金山再也无法容忍这一打击，好坏手脚一齐乱扒，决意要爬起来，竖着站到地上。灼热的人影闪进房，在炕沿高低处见到一个头朝下的人，正蠕动着挣脱倒挂在枕头上的那只瘫脚。吧嗒一声，居然脱离了，四肢全部地伏了地。热着的人影儿顿时冷却，颤巍巍地侥幸地移过去扶他。算计准确的杨金山趁她俯腰之机一掌攀住了她的散发，用这只尚存余力的好手传递他的愤怒，他快马收缰似的狂勒起来。女人扑倒在地，头颅被引着撞向炕沿，一时惊傻了，竟软软地无从反抗。不知谁的脚抵开炕膛火口上的挡石，红光四射，映出了一粗一嫩两只变形的花脸。

　　"……宰你！"

　　"他叔……"

　　"……宰！"

　　"你疯啦！"

　　"……杀鬼……杀！"

　　"你杀吧！杀吧。"

　　"……骚……狗……"

　　以下的一长串审问听不清了，菊豆咬着牙不叫，恍然听到头发根嘣嘣的断裂声。金山得不到答复，就扭着手里的脑袋往通红的火口上捅，终于挑醒了女人的意志。搏斗以男人的失败告停，降服他原来用不着多大的力气，他的野蛮不过是一层虚妄。

"你瘫了！还想欺我？做梦吧！"

菊豆爬上炕席，抚着针扎似的头皮盘腿坐下来，想到无数受虐的夜晚，看着让她推翻在衣柜旁的气急败坏的男人，她想哭。

"摸摸裤裆里剩下啥？屎！"

"我把事情做下了，明说给你。"

"拍拍你那良心，你杀了我多少回？短命的怕早几年就给你整死哩！天爷照料咱了，给了一个天青。你妥妥听准，那人是天青！老不死的你恼吧……"

杨金山趴在那儿不动，像倾听发自地里的声音，唰唰地冷着一串寒战。地上炕上的就这么对峙了一夜，菊豆无心料理他，管自入睡。杨金山度过了人生最为旷达最具悟性的光辉时刻，不幸的是未能坚守，做出了不知深浅的举动。菊豆清晨醒来，嗅到一股燎猪毛的呛味儿，抬头便看到那张锅巴似的烤焦了的黑脸，和那脸上失去眉毛却仍旧不停眨动的一双朽目。焦的只是表层，命还在。看破红尘的杨金山确实企图把脑袋当木炭塞进火口，然而不知为什么在最后关头突然改变了主意。杨天青抬他上炕时他一声不吭，枕头挤破了燎泡也不曾吟一下，直到四周无人时，他才脸贴墙嘴啃席哗哗地淌出了浑浊的老泪。世界对他来说是万分险恶了。

杨金山把宝箱钥匙交给女人，又付了一大笔药钱。烧伤治愈后，洪水峪便多了一条活鬼，探视他的乡亲都说，那人是不能看了。又说他的命为何如此硬朗，两碗粥一顿竟不够喝哩！天青把烧伤解释成自跌自误，人们都信，然而人们都以为金山家的宅院罩着谜，解不开的。不论何时去人，总能见到杨金山望着火炕另一端的儿子，表情神秘。老看老看，眼都舍不得眨，这不够不休的馋相不是很怪吗？

　　杨金山病中爱子，是村中老人的一段糊涂话。丧父的愚侄为叔叔恪尽孝道，是挂在他们嘴边的另一种糊涂。他们不放心的只有那个俏娘儿们，但一时也找不到理由。他们无意间结了同盟悄悄监视，却始终找不到把柄。才华黯淡的人们无法领会欲海出征的景象，自然也无法想见苗壮的桅樯如何撑阔了一领白帆，飞一样在日月里奔驰。

　　时令过了大暑，蚊虫因为炎热而更加活跃。那天神态安稳的杨金山没有吃晚饭，像往日一样专注地看着天白。菊豆见他不动筷子，以为是热蒸的，就倒了一碗凉水，跟小碗小米饭一起摆到他枕头边儿上。她是越来越傲慢了，天才黑就抚得天白睡牢，也不看金山是否醒着，腰条款摆目空一切地离了北屋。杨金山感到了由厢房辐射而来的意气风发的热烈气氛，他看着天白，不动声色。

　　两个水手操作在航线上，驾驭着星光灿烂的夏夜，未曾提防暗暗拱出来的礁石和由远天滚滚而来的狂风骤雨。土炕和屋顶尚未倾斜，他们在颠覆的努力中突然听到了一个被掐断的哭声和一声紧紧压抑着的咆哮。杨天青腾腰下炕，挺着光溜溜的身子冲了出去。女人徒然地罩着褽袄，因恐惧而更加酥软，跨了没几步就蹲在门槛上了。

　　杨金山以一只有力的大手攥着天白，小崽子猪腿粗细的软脖儿充实了他的掌心，他快意地咧着鬼一样的大嘴，调动着全身的力量。他要消灭他。他是用拐棍把子钩住褽袄开始第一步的，他的最终目的是掐死这个饱含欺骗的谬种，否则死不瞑目。

　　他险些做成了这件事。

杨天青粉碎了他的报复。这个侄子以同样的方式和同样的果决掐住了他。金山在窒息中松了手，然而窒息并没有离开他。他无动于衷地静候末日降临，在突然闪出的油灯的微火中发现了另一个男人的裸体，吊在他脑袋边不远处的雄大器官居然保持了惊人的挺拔，直令他万念俱灰只想速死。

　　"天杀的！毁了他吧！"

　　杨金山听到了女人的声音。想到她偷获和领略的那番新局面，当是自己从不曾给过的，这声音竟让他听出了合理。或许娶了她真就是一个错误，违了天意，如村中老者反复指点的那样。老天爷却选中了他的侄子，人世确乎难料，死在侄子的手里可见也是前生注定了的。杨金山呼吸困难，不由自主地很舒畅地撒了一泡尿，觉得自己正从潮湿的炕席上浮起来。

　　"愣啥？毁了老不死的！"

　　"闭灯！"

　　那铁环一样的杀手竟松开了。杨金山听到了天白的哭叫，一会儿便缓下来，似乎吮到了奶水。以为自己很下力了，却还是不行，金山颇感羞愧。换了那双手准妥，然而真换来了，自己就不会在个骚娘儿们跟前临了如此的惨状。他想到从自己身上失去的遥远的雄壮岁月，仍求速速一死。

　　天青又伸出一只手，搁在他脑袋旁边。

　　"活够了吧？"

　　金山不答，等着。

　　"我不绝你的日子。你还能吃饭，妥妥喘你的气，我伺候你！听清了？"

　　金山不信，仍等着。

"再毁我儿子一指头，咱们就看！"

那只手抽了回去，女人低低地叹了一声。炕沿儿前两个人影儿贴着，又分开来。

"活够了告诉我，好办！菊豆，领孩子睡，怕他不成？……算啦，容我日后想想……愁死我！"

叽叽喳喳地商讨了一番，天青驮着光身子独自出去了。女人抱着孩子唉声叹气地坐了一夜，金山却睡得很好。第二天，杨天青背着杨金山从村巷里穿过，人们问他干什么去，天青憨笑不答，金山则眯着眼像睡着了一样。来到小溪流一块大石头后面，天青放下瘫子，先脱自己的衣服，跳到水塘里试着泡泡，又爬上来脱金山的衣服。金山呜呜地挣扎起来。

"怕淹死？由不得你！"

天青把瘦鸡似的叔叔抱进了水塘，浸了浸，就让他坐在里面了。水淹到金山的脖子，他惊惶地眨着黏垢重重的小眼儿，抱住了侄子的一条腿。天青怪声怪气地笑着，把从货点儿为菊豆买的肥皂反复看看，也给金山看看，然后就磨花砖似的在叔叔肮脏的头上身上快活地搓了起来。头一次用这玩意儿，两个人都为那白白的蓬松的泡沫惊讶，搓至金山肋骨的时候，放了心的老东西居然痒得频频躲闪，而且暗自嬉笑了。天青把荡涤干净的叔叔摊到大石头的平面，让夏日前晌的温暖光线去照射他，自己则泡到水里，攥着肥皂仔细研究。洪水峪众乡亲看到了一幅无比和谐充满人性的动人景象，天青的憨厚和仁义几乎可以树碑了。

金山看出侄子要伺候他是真的，而公然地侵害他也是真的。他挡不住侄子跟娘儿们造孽，却无法拒绝使生命得以维持的种种伺候。他能做的只有不看天白，随时随地让目光避开那个谬种。

这是一个仅次于死亡的痛苦问题，既然老命尚需苟且，那么对此视而不见也就不是无法忍受的了。他发现原来自己也和别人一样，怕死，尤怕横死。让他死掉对别人来说是件轻而易举的事。他为自己不得不这么活着而万分羞愧，但是他不想死，的确不想。他在幻觉中屡次看到自己像往日那样威风地站了起来，等盼到那一天，好瞧的事可就多啦！他现在不能死，绝不能。他远在地府的祖宗和爹娘给了他最充足的声援，他们饶不了天青那个败类，阴间已没有兔崽子容身的位置。油锅怕是正在点燃，阎罗们已唱起来了。

得胜的杨金山就这么时时地陷进一种陶醉，半夜偷淫而去的菊豆几乎引不起他的哀伤和愤懑，他从旁计算着他们积累的罪恶，为那最后的惩罚而开心。

杨金山的武器只剩下地狱的油锅了。他在梦想中把妻子和侄子炸成了焦脆可口的麻花儿，每天每夜不停地咀嚼这胜利的果实。感觉良好，他已经咬碎了他们。他们完了。他们惨叫起来了。

"我那亲亲的小母鸽子哎！"

他们果然就跌进了与死无异的深渊。却又一次次地活过来，不知是谁拯救了他们。于是重整旌旗，准备奔赴来日里更为浩荡的飘摇。他们已经彻底地视死如归了。

丰姿绰约的王菊豆首先领悟了巨大的危机。错了三日不来红，先是一悦，而后大惧，粉脸唰地失了血色。厢房里愁云密布，忧郁的杨天青也没了办法。那红姗姗来迟，毕竟来了，然而授者和受者平添了许多胆怯，一举一动都带着懊恼和猜疑，事情竟然做不下去。这可如何是好哩！

十月无战事。

秋天，王菊豆蒙着花手巾风摆杨柳似的出了村庄，逢人便说去乡里赶集，却悄悄地赴了几里之外的双清庵。焚了八炷香，给一个泥胎磕了无数的头。暗暗地跟一个老尼姑走到大殿的后山墙，扑通一声就跪了下来。尼姑问明道理，幽幽一乐，说她刚才拜错了偶像。尼姑说明了招胎与拒胎的不同，领她到一个偏殿，让她跪在一个巫婆般笑着的泥塑脚下，自己也合掌闭目，苍蝇似的嗡嗡起来。最后给取了一包药，吩咐必得用的时候才能看，如何用，却是到一个僻静的地方才肯细说，菊豆未听先红脸，听后就紫了。那药不是吃的。

"咋着续哩?"

"男人给你续。"

"续散了咋办?"

"有一口水行了……"

细细道来，菊豆仍是似懂非懂。离了双清庵，走在秋风流爽的山道上才逐渐理出头绪，顿悟那不过是个类似葱秆子挑了豆酱来吃的办法，让尼姑说得玄虚了。

一试大痛。

二试剧痛。

王菊豆便又去赶集了。恭敬地找到老尼姑，加倍地付了香钱，轻声轻气地说那仙药像是不行。尼姑辩解了几句，然后上上下下十分轻蔑地打量着她。

"才用一次就受不下了?"

"辣煞了! 剜肉比这好些个，受不下了。男人疼得咬我哩……"

"你可疼?"

"疼煞!"

"不疼你俩可有够?"

尼姑盯着她的俏脸,像是要跳过来咬她几嘴。菊豆自知冒犯,就不再言语,尼姑又塞给一包药,不好不接,便揣下了。

"你说养了六个孩儿,是真的?"

"真个的。"

"图乐子没个够,还得添嘴!"

"男人图哩……"

"你不图?"

"我……"

"用药十番,保你厌了!"

"我用。"

晚间,两人凑在厢房的油灯底下仔细剖析检验那些药面儿,欲用不忍用,却又不能不用。天青再次疼得大抖,叼住了女人的肩膀,女人也疼,咬牙忍住了。

愤怒的杨天青把药包扬到地上,恍惚嗅到了辣椒面子的呛味儿。狗尼姑想必是在香灰里掺了那物件儿,他和菊豆让个老窟窿给作践了。两个人用清水泡了身子,彼此抚慰了痛苦处,有冤难申,终夜无眠。

杨天青却再也摆不脱老尼姑给的生动启发。他想到了肥皂,想到蒿子叶,最后他还想到了司空见惯的物质:醋。

他犹豫不决地策划着全新的举动。

洪水峪仿照邻村的榜样,成立初级社了。动员的干部找到杨金山,老东西歪在炕上装聋作哑,死也不肯交出那十亩地。干部们找到天青，让他拿主意。他只是笑，嘿嘿地摊着两只大手，像是很呆钝的样子。

"有粮吃咋都行！"

干部们刚觉着有门儿，他却呆呆地补几句，笑得更纯朴了。

"我叔死性，搞急火了怕他弯了命不是！他好赖有口气，地我替他种着，他蹬了腿儿我就让婶子把地交出去。我光棍儿一个迟早是社里的人，你们丢了我我还没地儿讨饭哩！"

"你婶子娘家是地主，你叔不交地是听她叨咕啥了吧？"

"婶子爹是地主，婶子不是。她念政府的好哩，乡里拨的棉花不是也有她二两吗？听叔唠叨那娘儿们喜得泪涟涟的，她念咱政府仁义哩。"

"你叔死了，你动员她交地？"

"我动员！"

"还有骡子。"

"也交，让咱咋着咱咋着。"

"你叔啥时候有个死哩，瘫了瘫了看着倒比往日硬朗，这老东西命不赖……你捺个手印儿吧，日后别反悔！"

"不悔，说的吧！"

杨金山成了名正言顺的单干户。这是洪水峪早年诸多不可思议的事件中很平常的一件。有些不可思议的怪事则埋伏在暗地里，以隐晦的方式悄悄运行。

杨天白闪闪跌跌地走起路来了。杨天白咿咿呀呀地说起话来了。他学舌先学了一个娘，后学了一个爹。他盲目地把爹声呼给见到的每一个男人，甚至呼给那匹骡子。最终还是叶落归根地呼给了杨金山。白发苍苍一脸伤痕的老者是他父亲，他早早地确立了这个认识，从此爹声不绝于耳。他费劲地学会了称呼天青的方法，嗓膛太软，唤哥时犹如叫饿，他一定忘不掉被唤作哥哥的那个人永远无法改变的忧郁表情。

杨天白的大头大脸酷肖天青，然而洪水峪没有人破译这个重要的遗传密码。人们不记得杨天青儿时的脸相，况且杨天白又从他母亲那里继承了过多的俊秀。

这是一个优秀的后代，不仅优于杨金山，也优于杨天青。他的眼珠儿比他们灵活。他的下巴咬得很紧，还不惯于在思索时耷拉下来，因而他尚未具备鲜明的种族特征。他无忧无虑地大哭小笑的时候，他的前辈们正在经受平凡的苦难，而他的生身父母则为人世中一个小小的具体难题苦思冥想，束手无策。

杨天青在一块肥皂上下了手。它可以去油污，可以辣得眼疼，自然也可以杀死精水。终归无效，不是也比老尼姑的辣椒面儿好得多得多吗！

杨天青用镰刀切割，得到一小碗蚕豆大的颗粒，黄蜡蜡恰似熟透的野榛子。鼻子闻闻不放心，又用舌头舔舔，还是不放心。厢房之夜不再浪漫，两个人光着身子迟迟不肯行动，装了肥皂粒儿的小碗摆在四条腿之间，在油灯忽明忽暗的照耀下像是一件非凡的圣器正在酝酿难以预料的魔法。

菊豆在碗里加了两口水。天青伸出哆哆嗦嗦的手指夹了一块，在碗沿上小心研磨。活像筷子夹不住山雀蛋，光滑的小东西频频溜掉，天青极有耐心地捕捞，又以极大的耐心磨出了白而透明的层层泡沫。他仰天长叹了一声，深感自己的精力已经耗完，对以后的任何步骤都没有兴趣了。女人徐徐打开自己，表情悲怆，一副听天由命的样子。

那一次足足塞了三颗。

事后杨天青一连数日愁眉不展，回味那些奇怪地滑，他便立即想到老八团的大兵，想到他们呲呲地往枪膛里顶子弹的样子。他填的是肥皂块儿。他觉得生龙活虎的自己成了器物，饱满光洁如花似玉的菊豆也成了器物。他很烦恼，不明白好端端的一件事怎么闹成了这副鬼模样。

青春岁月受到遏制，难以蓬勃，变得格外陌生和无趣了。肥皂用得很节省，因为几乎不用。不用并不意味着色胆包天，而是因为他们以无比顽强的意志抗拒着同样无比顽强的诱惑。依旧秘密同房，无拘束的却只有用吃饭的口舌与用来操锄种田的手指。相拥落泪的时候，天青为了寻找乐观，便讲述山墙上那个早年的秘密洞穴，深得要领地描绘一种排泄的姿态，甚至诉及了排泄物的一以贯之的颜色。以为她会笑的，她却畏寒似的缩起来，咬住他的一块肉强忍号啕。

"冤家！"

"亲亲！"

"咱俩死吧！"

"你活我死！"

"你死我就不活！"

"亲亲！"

以被子蒙严了头，雌雄大恸。

厢房里也有冷静的策划和残酷的讨论。女人说到忘情处舌尖儿乱点，像一条白硕的毒虫。

"我百日里剁豆腐，咒死他！"

"死了也无用。"

"你说咋办哩?"

"咋办也无用。"

"敞开儿生养,让人嚼去!"

"只嚼嚼也罢了……"

"就做了坏分子,咋着?"

"……死倒强些!"

"冤家哎,带我们母子逃生了吧。"

"何地落腿哩?"

"去口外给蒙人放羊。"

"说的吧!地给哪个?丢了地不如丢口命,那年闹饥荒口外饿过来多少人?看了麻哩!"

"日子眼看不是人过的啦!我今生要不妥妥跟了你,我哪日就扎了泉眼子!"

"昏话!你容个空儿,让我……"

"不指望啦!"

"你就愁死我,愁死我你可省心!"

"恼我?你个鬼呀!"

非夫妻的争嘴,火候倒熟过夫妻。杨天青至少有一瞬感到了女人的可恶与拖累,好在从不曾认为女人多余。假若感到女人多余,他自己便也是多余的了。

孤独的杨金山越活越有韧性。小孽种杨天白在村巷里能够四下乱窜的时候,老东西也学会走几步了。不是严格的走,而是坐在一个倒扣的篓子上,凭着好手好脚的支撑歪斜着往前挪动。要想置身于村巷北墙那片喜人的阳光之下,他得费掉两个时辰。他喜欢这个工作。天白当着巷子里的过路人唤他爹爹,围着他的篓子绕膝玩耍，都让他满意。这不是他的儿子，可也不会是别人的儿子，至少一时不会。消沉的侄子和妻子越来越无精打采，他们想入天堂却入了阎罗的重围，它们是帮助金山的，他和她已经惶惶不可终日。杨金山在老阳儿里眯着眼，确实看到小鬼儿们做了他的前锋，不由得一阵快活，快活得昏昏欲睡。天白稚气的爹声传来，加入了他的报复，两个深辱家门的人已经不能不败给他了。他是洪水峪爹中之一，天青不是。过去以为天青夺了他，而今才悟透是他夺了天青。他死也不会给了！他深知了自己的强大，和另外两个人的衰微。收工时辰，由地里累回来的侄子木然地背他回家，老东西俨然是位彻底的胜利者。打击他胜利者情绪的事情不多，但是他的确无法忍受菊豆后半夜从厢房带来的肥皂味儿。做事便做事，居然要洗净了自己！害得他妒火如焚。

几年间用了多少肥皂，天青已记不住了。图节省颗粒削得越来越碎，使钱的地方又越来越多，忽一日便舍不得再买。为了自己也莫名其妙的名誉，他怀着玉碎的决心给女人灌了几勺五分钱一瓶的杏树汁儿似的水醋。不辣，也不滑，比尼姑和自己的前一个发明均好些。夜的回合已经压得格外稀少，厢房里大抵只有一人独睡。醋却是不时地谨慎地用着的。下地时天青觉得痒，看看却已泛白，而女人终于糜烂了。千真万确，阎罗正在无情地围剿他们。他们已经招架不住。菊豆佯装心口疼，疼得昏在村巷里，招来众人围着。天青佯装匆匆赶来，以骡子负了她惶惶而去。拐过玉石沟的山弯儿，菊豆直起软腰，见天青在悄悄地咬牙。两人一畜奔了邻乡的卫生院，如赴屠场。

医生问得紧，菊豆险些说出一个醋字。誓死不招供，就招来许多审判。杨天青在诊室外听到有人说他的菊豆白净似雪的躯体太愚昧、太肮脏，就想蹦进去掐死那个胡言乱语的狗大夫。菊豆给人全面深入地洗了洗，端着一瓶药水梦游似的走了出来。天青背地里捉住她的手，想着他对她的磨难，想着生死与共却非人非鬼的未来岁月，就想抱了她的身子，永永远远地去保卫她，不惜以命相殉。

政府的巡回医疗队开到村子里来了。黄昏时男女老少聚在核桃树周围，看女护士捏着根小彩棒在腮里乱捅，捅得两唇之间白沫儿飞扬。做过刷牙示范，又掏出一柄小剪刀，嚓嚓地切着白指甲，那指甲小得竟如一片鱼鳞，让乡野汉子看得如醉如痴。之后另一位女大夫开讲，村干部们神秘莫测地驱走全体男人和孩子，留下一群老少不等的妇女。天青恍然看到，被汽灯照亮的那张中堂大小的画，绘的是半个屁股，红红的不知给谁切开了。

夜半王菊豆在被筒里掰着手指头为他转述，他也着了迷，伸出两只手加加去去地扳弄起来。别的女人或许不上心，她可是在意的，未听漏一个字。他们接受和探讨的是洪水峪古来未见的邪说。那是一种逃避卵子的方法。

同炕共枕的事业并未因此而美好。所谓安全期对他们来说始终是充满恐惧的危险日子。侥幸没有怀孕，只能说是天助。

"我那亲亲的小母鸽子哎！"

登峰造极的呻吟已经远不如往日纯粹，让机械性的计算和逃避败坏了。日后如火如荼的避孕大战波及当代的洪水峪，忠诚的党的工作者们愤怒于众人的反抗，然而他们绝对想不到岁月埋没了一位无师自通的勇士。他的顽强和智慧无与伦比。

疲乏的杨天青不足三十岁便苍老了。

杨天白上学前一年的阴历六月初八，史家营鬼迷心窍的老地主王麻子服了砒霜，到地狱张罗变天的事去了。洪水峪这边有人找王菊豆训示，说她爹那是要复辟，你若想接着复辟将是同样的下场，若不想复辟呢，自有贫下中农监督着你，不会不让你活的。天青也被唤来，吩咐他不要沾婶子娘家的事，沾多了说不清，仔细伺候叔叔便罢了。王菊豆事隔多日之后才去史家营奔丧，天青送她到南岭。娘家那边老爹的坟头早已没了热气，有泪不敢多流的老娘悄悄塞给她一个鼻烟壶，叮咛万不可给人看到，过南岭时甩到山涧里就踏实了。那壶及壶里的毒药是王麻子早年去城里办货时置办的，起初说是喂那些到村里扫荡的日本人，又说八路催粮催紧了也喂，最后又扬言要毒杀抢了他产业的贫协首领。他用威胁笼罩了他忌恨的几乎所有的人，结果倒是他自己先忍不住，馋嘴猫似的匆匆忙忙地服下了。他可能终于明白，配吃这玩意儿的只有自己。王菊豆返回洪水峪的时候面孔苍凉六神无主，像一片霜打的菜叶儿，直让人担心她是否也吞吃了什么东西。杨金山躺在炕上呜呜地向她招手，想打听点儿事，她默默地拧给他一个背。她对老东西已无话可讲，一眼也不想看他了。

　　子时光景，王菊豆小心翼翼地摸进厢房露风的破门，像吹入了一股鬼气。杨天青划火时差点儿碰翻了灯盏，腾出半个枕头给女人，她却不解衣也不躺下，呆呆地望着油芯儿。天青有些怕了，伸手扯她时，见她掌心里攥着一个烫花的瓷壶。

　　"拿的啥？"

　　"还能有啥哩。"

"你这是咋了呢?"

"不咋着。闭了灯吧?"

"亮着去,心里不踏实。"

"你可有啥不踏实。"

"……你面相不对付。"

女人不理会,挪近灯光,在窗台的青砖上磕那个小壶的瓷口儿,一撮麦子粉似的盐末儿似的亮东西洒了出来。天青就怕得不行了。

"菊豆!你想开些……"

"狠狠心,在南岭我就服了它!"

"昏话!好端端找死哩!"

"死了清爽。"

"你舍了我,可舍得下天白?"

"就狠心舍了你们,我可少遭八代的罪哩,我受不了啦!老东西不死不活,我终又跟不了你,天白一日大过一日,我就活活地不敢看人!我怕是活得够啦……"

天青夺掉鼻烟壶,封了口塞入枕底,为女人松带宽衣拂泪,调集浑身解数把她梳拢得款款软将下来,自己也悠然长叹了一声。

"啥鬼日子也过来了,日后也能挨下去。劫数不到,就吃了也无用。有咱们三个吃它的那一天,等着吧!"

"不是我吃,必是他吃。"

"哪个?"

"还有哪个!"

"吃死了他,都别活!"

"天青，我们领着天白逃了吧！去口外我当骡子当马伺候你，今生今世我亏不了你们父子两个，我给你当骡子当马呀……天青，你就听我一句，领我们逃了吧！"

"碗大一个天，窜到哪儿是个咋？"

"你就不开眼！冤家哎……"

杨天青拢不住她，小母鸽子展开黑压压的翅膀，已飞成了一只苍鹰。

王菊豆踅回北屋，在黎明前暗蓝色的纯净的天光中看到天白赤着膀子坐在炕沿上，两条不到七足岁的瘦腿耷拉着，阴沉沉的目光却像个阅尽沧桑的老人。她哆嗦了一下，站不稳了。炕角瘫子躺的地方发出一声准备充分的冷笑，含混不清而又刻毒无比。她涌着血的腔子里堵了冰块，一点儿一点儿地僵住了。儿子无言地钻进被筒，将小枕头拉离一尺。她以母亲的柔手在余下的夜色里不停地抚摸他，一直摸到太阳阴森森地升上来，手里的冰悄悄融化。早雾里有杨金山的屎尿气息嘲弄地弥散着，雄鸡正在引吭高歌。

山外的风横扫穷乡僻壤，洪水峪也要兴高采烈地公社化了。邻乡传来谣言，称一头犍牛只折二十块的价，若是一头小驴儿呢，简直就得白送。杨天青就担心那匹衰老的骡子。他踱到叔叔的炕头，简短地交代了人世的变迁和时局的发展，想看看老东西有什么反应，平时见他能吃能睡，以为瘫子活得如旧，细端详才发觉这棵老树已朽得不行了。这么大的事变，财产眼看要归公，老东西却不恼不急，只是淡淡地晃着两颗黄色的眼珠，在丑疤累累的脸上凝了一个轻松而持久的微笑。这笑容麻木不仁却意味深长，让天青从骨头缝里发冷。他诧异这不中用的废人竟如此耐活，就这么不肯死，便疑心天意里是否含了阴险的报复，要拖累着他，累至无穷。菊豆的心思或许真有几分道理，活得确实太乏了，迟早壮人也得成了瘫子，不知羞耻地在裤裆里屙出屎尿，在众人眼下栽下万世的难堪。人怎么能这么活，他不明白。他想杀了这个拖累吗？他真想杀了这个拖累让自己好好地喘几口气吗？上苍沉默不语。杨天青呼吸急促地颤抖起来，又在亲叔面前做了大孝的贤侄。

"落马岭的地怕是保不住哩！"

凝固的微笑分明在四处游动。

"骡子也得充公，驮脚挣钱是不行了。"

微笑痉挛着聚拢，在脸上扭成个疙瘩。

"我把它牵出去卖了，得几个算几个。你看行不哩。叔……"

微笑挂了声音，白刃似的向他胸口掏了过来。天青木然地立着，心口窝哗哗地喷出了血浆，手脚随之软软地松弛，撑不硬了。他听清了粘在老舌头上的那个咒骂，世上不会有第二个人能懂，他不听只看那毒蛇芯子般的舌条便也确切地懂得了。

"……败……家的……杂……种，天……杀了……你，你你……"

那只挥鞭似的枯手在浓烈的屎尿气味中舞着圆圈，像一面讨伐的旗帜。空气中弥漫着微笑的碎片，爆炸般的腥臊气浪令人窒息。杨天青跌跌撞撞地逃了出去。远至西水为老骡子与人讨价还价的时候，惨不忍睹的微笑始终在周围的山岭和溪谷徜徉徘徊，近乎愉悦地抛出了不祥的噩兆，随风漫天飞舞。

洪水峪的上中农杨金山领略了出类拔萃的独特人生之后，在山区秋日一个平凡的黄昏之前，悄然地干净利索地死掉了。那天晌午他喝了两碗粥，自我感觉甚佳，便拖着篓子往村巷的太阳地儿里挪腾。他终于背抵北墙坐稳时，太阳已斜了一大块。杨金山靠在那便不动了，像是浴了太多的小风和阳光，沉醉于一种梦境的美好。天白一边喊爹一边舞着柳树枝在他身边跑过，老乔家的娘儿们打个招呼也过去了，谁家的鸡咕咕地恋着他的老山鞋，啄食落在上面的粥痂和痰迹。菊豆自园子里拾掇了秋菜回来，攥着两只脏手扫了他一眼。但见他面含浅笑陶醉地注视着落日的姹色霞光，亮晶晶的瞳仁像两粒珠子。她先去灶间捅了火口，在瓦盆的陈水里洗了手脸，然后才擦着前襟双眉轻皱地走过来背他。只随意地碰了一下，他便大幅度地倾斜，不等拦扶，已经塌了山墙似的轰然倒地。仍在含笑注视着，因了角度和位置的变换他现在注视的是一摊碧绿新鲜的鸡屎，另一摊鸡屎被他的脑袋和耳朵砸在脸皮和青石板之间了。

村巷里抖出了一声干枯的号叫。这声音多年不闻，已使老少男女感到陌生。他们惊奇地寻声而来，看到了躺在窄巷里的两个人，一动一静，有声或无声，里面的一个分明是丢了命了！另一个披头散发地乱滚，打了自己打死的，又啪啪地拍地拍墙，啃死人身上的衣服，撕扯搭在脸上的乱发，喉咙里的鸣叫滔滔不绝，搅烂了洪水峪夕阳淡淡的黄昏。犹如往日沉没在丈夫的残暴里，她又在经受超凡的殴打，叫得声声凄凉，惨绝人寰。然而那丈夫明明是笑着，况且已睡死在神秘的笑里面，永远地归西了。她竟舍不下这个累人而无用的瘫子吗？她竟不忌恨这个狠辣的男人吗？她保不准真就是个难得的软娘儿们哩！不是小心伺候着，老东西死不了这么体面，早成了席上的一块烂肉。这娘儿们到底不赖，贤仁至此。真难为她这场好哭。死鬼扣在地上还笑，想必是乐着自己的福气了。洪水峪数他睡的娘儿们最俏嫩，就死了也不枉为人一身世。身后剩这么一朵花，不知给谁采了去，老棍子下了坟地也静不下心哩！看看这哭有多俊，诱煞了。看客们终于将她拽了起来，几只有力的爪子托了她的屁股和后背，径直抬入宅院，抬另一位时便如抬了一口待剥的死羊，听任那脑袋在台阶和门槛上磕碰，一路叮咚地响到北屋潮湿的炕席上去了。

"轻些！"

人丛后面跳出一个愤怒的声音，笨手笨脚的人们果然就轻了些，乡亲们闪开身子，哆嗦着两片小嘴唇的杨天白就亮了相。看样子还想吼什么，稚气十足的嗓门却哑了。他娘哭得死去活来的时候，他扎在人堆里不肯往前走，受了惊吓似的使劲往后蹾屁股，谁拉他也不动弹。此时为了可怜的爹爹终于骂起来了，却依然没有眼泪。他走上前来拨开炕边的成年人，在父亲的脖子底下塞了一个枕头。那脸是歪着的，他认真地把它扳正，让它冲着房梓，手一松那脸却又朝着墙了。来回校正了三四次，金山的脑袋似乎装了弹簧，怎么摆弄也无效。杨天白捧着老父白发苍苍万分固执的头颅，哇的一声哭了起来，唐突得很，把屋里屋外的人吓了一跳。十来个鼻子都酸了。哭晕的菊豆本想缓缓胸闷，此时索性并入了与小儿的重唱。人们取下门板，以条凳和篓子垫着，在北屋门口为金山支起了灵台，又在灯盏里添了煤油，三五根火柴划过，长明灯便悠悠地亮起来了。

怀揣二百块骡子钱的杨天青跨进宅门，看见灵台和灵台上摆着的那颗头。叔叔脑袋朝外躺在门板上，肩膀旁边搁着黄泉引路的灯火。全明白了，不用看也明白，因为远在村口的老核桃树底下他就听到了送灵的歌声，儿子尖嫩的嗓音挣脱了菊豆有气无力的嘶叫，在山谷的暮气中来回流窜，像一枚悠扬的哨子。

他面孔痴呆地穿过人群，一边东张西望一边解肩上的包袱。哭声奇怪地戛然而止，炕上的菊豆和炕下的天白似乎受了莫大的干扰，困惑地看着来人的举动。杨天青从包袱里掏出了铅笔盒、橡皮、尺子、练习本，数了数交给天白。又掏出了一顶毡帽和一包糖果。还要掏，忽然想起了什么，把包袱皮卷紧推给了女人。里面是钱和一条花格子头巾。菊豆擤了一把鼻涕，把包裹塞到了屁股底下。最后杨天青没头苍蝇似的在屋中走动起来。这个像是无家可归的吓傻了的年轻汉子，让围观者里的老少娘儿们好一阵难过。

杨天青好半天才明白了应该先干什么事，他下定决心挨近死人，摸了摸瘫掉的那条腿，又摸了摸同一边的脚腕儿，死人的热量大得惊人，燎得他手心滚烫。他的目光怕挨揍似的哆嗦到上边儿，盯住了叔叔生命犹存的笑脸。微开的眼缝里射出了一束弹丸，扑一下贴住了他。他哈着大嘴蹲下了。

有人拉他胳膊，他就顺势站起来。拿了毡帽在死人头上比试了一番，扣上了。取了糖果摊屋外台阶上，招呼人丛里的孩子过来。没有人动，他便再次抱着脑袋蹲下了。不哭，然而不休地嘟囔着。让人听了害怕。

"尝尝吧，都尝尝吧。"

"苹果香的琉璃球，甜煞哩！"

"大家伙儿拈一颗尝尝吧。"

"尝尝吧，你们……"

他的鼻子有响动，渐渐地生了节奏，无助而无望地抽泣着了。人们劝慰，劝得夜色渐浓，咽声断绝，便恋恋难舍地散去，把院子留给了惨淡的明月，射出一地青白。

姆侄两个守灵，那儿子睡到厢房去了。院门紧闭，男人和女人的四只眼无碍地互视，发动了激烈的交流。另一位正在黄泉暗道上赶路，已经顾不上监督人世的纠葛。这边的一切都与他毫不相干了。

"你做下了？"

"说的啥鬼话！"

"做啥瞒着我？"

"你鬼迷了心啦！我可做了啥？"

"你瞒我是轻我，我做强过你，你个妇道人家不怕日后雷击了？"

"魔怔！你叔他整寿去的哩，他福大，我倒省了心了！你看他个好脸，可是吃了的……你就冤了我吧，我苦命人好赖是善不得了。"

"戏够啦，做了便做了，怕我顶不下来毁了你不是？两人的事嘛，逞啥硬哩！"

"咋就不信！千把刀万把刀剐你个迷了窍儿的呆子！"

"我乱了心，踏实不下哩。"

"灯灭了……不点上？"

杨天青到死人身旁把灯点燃，用取灯棒拨了拨油绳，栗子大的火头毕毕剥剥地溅出黄色的煤油花儿，在夜风里一闪就败了。

他倒吸了一口冷气。

厢房台阶上坐着一个人，浴着月影显得强壮而阴险，却是沉默的天白，小小的身板一堵墙似的大在了秋风低诉的夜里。这院子有什么东西胀得装不下，要崩裂了。

父子俩彼此远远地望着。兄弟俩远远地望着彼此。目光渐渐凝结，又渐渐消散。在深层把握底细的那一个已经有些撑不住，夸张地咳嗽起来。

"风冷！弟，睡去吧……"

"有哥照看你爹哩，睡去吧！"

"明儿个入殓，你瞌睡了咋着？"

"不睡不让你打幡哩……"

小人儿缩着膀子隐回去了，天青打着激灵看看杨金山的死笑，伸手在他合不拢的眼皮上拂了一下，还不闭就着劲狠撸，不再注意结果，逃似的躲到炕沿坐下来，吧嗒吧嗒地嘬开了旱烟叶儿。

真乏了。乏得像是没有力气活了。有福气的是谁？是活的是死的？已想不大清楚，也不懂该怎么想了。

"小瓷壶哩？扔了吗？"

"扔啦？见不了人的罪物扔啦！"

他不明白女人哪儿弄来这么旺的火气。见女人取出那个壶，脚板的血便呼呼地涌到了脖子，牙齿咯咯地咬起来。

"还留着？掂量日后喂了我吧！事情都是我坏下的，我活得尽够了……"

"天青，你存心让我吃了不成？"

"吃吧！吃吧！我也吃，都吃！"

小瓷壶挟带着女人的冤屈击中灵台，在门板上迅猛地撞了一个滚儿，咣啷啷弹落屋角。杨天青无心争执，冷静之后拾起它进了猪圈，掘地三尺，以猪的粪尿深深地埋葬了它。天色将明，女人又哀声哀气地演唱起来，为死人尽职尽责地奏响了送行的挽歌，洪水峪在出殡的热闹日子里早早地醒过来了。

大彻大悟充满人生智慧的死者以藐视和怜悯的微笑看着这一切，黄泉坦途浩荡，十力阎罗齐聚欢腾，天地轮回，阴阳人世，洞察一切的杨金山精神抖擞，急欲重返人间，要向辜负了他的无情日月发动报复性的神圣大战。然而他的躯壳灵巧地钻进了一口棺材，叫十几枚生锈的大钉子咣咣地楔住了。

杨金山给人埋掉不久，他的儿子上了小学。他在地底下刚刚寂寞够一年，他的儿子已是升入二年级的优等生。天白与堂兄不睦，常见天青涎着脸与他说话，他小嘴儿吧吧地抢白一气，掉头便走，剩天青竖着愣神儿卖呆。天白对娘孝敬，但菊豆似乎常年不大快活。那院子里所有人都不怎么快活。天青端给人看的是一张沉思劳顿的脸，<u>丝丝缕缕</u>的除了愁纹还是愁纹。三十大几的汉子，年华正旺，不该这么老相的。然而光棍儿就难说了，光棍儿不愁谁愁？愁的就是无从发落的光溜儿棍子哩！

杨金山死后，天青主动与菊豆母子分了户，各挣各的工分，各领各的粮，但是饭还在一个锅里做，盛到碗里天青就端到厢房或巷子里去吃。他知道眼下菊豆是个寡妇，那寡妇有五个谨慎，他这光棍儿便须有十个小心垫着。错半个念头，日子就毁了，人也就毁了，再不能垒起来。天打五雷轰的事情已经做下，两条孤命需格外小心。为了天白也得小心！

然而这确乎是人能够过的日子吗？

杨天青深感自己正在成为名副其实的光棍儿。宽宽的火炕越来越宽得多余，他的儿子每时每刻都监视着他，也监视着她，使他们难温旧梦。每当他下决心利用某个时机或某个场所的时候，他的儿子总是适时地面无表情地出现在他的面前，儿子本人不来，也要派冷酷的眼睛来，如高悬的明镜闪耀在空气里。天青在四面八方看到儿子的眼，儿子以另一个父亲的名义严峻地认真地围剿着他，让他五内俱焚心灰意冷。他有一次想掐死这个小崽子，却十次百次地想掐死自己淹死自己吊死自己！女人的腰已经胖起来，失去了往日的苗条，但她仍是他眼里的引火棒，随时都会燃尽了他。他想把自己烧成一堆火，让女人来取暖，也让他来舔她的每一寸皮。她是他唯一的仙，他不向任何别的丑娘儿们俏娘儿们取笑，他器重她的全身并且热爱她每一根毫毛，甚至她腿跟里冬日积存的泥垢。没有谁可以阻挡他。拦住他去路的只有他的儿子。这是他的种，他的种正在长成大树，把游着飞云的五彩蓝天遮盖起来了。

饥荒年过后，菊豆有了新嗜好，每一季都要回一次娘家。一去半个月，回来的时候便容光焕发。她走后三天，天青去南岭打柴或剜草药，隔三天又去，隔三天再去，直到他婶子由史家营翩然回来。王菊豆在娘家遵循同样的时间表，她也去南岭，干相同的闲活儿，老不死的地主婆常常叹息女儿的薄命和勤快。

在史家营和洪水峪中腰的南岭獾子崖下，远离山道和人烟的草丛后面隐着一穴浅洞，两炕大小，人站不直，需弯着进去。

粮食吃不饱，路也远，两个人赶来聚首往往办不成什么事，没有力气。办不成事也来，因这里是他们夫妻的家。

天青燃上一堆火，脱下袄来让女人给他拿虱子，自己则翻在草堆上，看女人镶在洞口的剪影。他大口地叹气，难得如此自在，却更大声地叹气。女人过来拂拂他的额头，在腮上嘬一下，又忙忙碌碌地去光亮处杀虱子，指甲盖挤得啪啪脆响。巨大的幸福就压了下来，胀满了一个洞，使他几乎不能喘气。

"昨儿个天白又得个奖状。"

"可有上次那个大？"

天青认真地想了想。

"一样的纸，黄底儿，花边儿。"

"奖的啥？"

"算术得个第一，写文儿得个第二。"

"又粗心写差了字不是？"

"谁知道哩。问他，兔羔子不理我！"

"就不能去大队问问教员？"

"说的吧！是我的儿？问疑了……问疑了……不理我也随他！这小崽子……"

天青的鼻子幽幽地酸上来，再说不下去。菊豆为他披了袄，与他在草堆里紧拥着，叹气，远远近近地聊些无关的话。天青说你多好一个人，我这一世亏了你。菊豆说你多仁义一条汉子，是我这不争气的娘儿们亏了你了。说着说着就泣不成声，像两个丢了娘的婴儿。

温暖的季节，难免分而又合地翻山越岭，赶到獾子崖的家穴里做成一星半点儿旧事。知道有限，知道不可免，也明白所失与所得是什么，就从容了，大不看重那稍纵即逝的快活。这是方法的一种，为了彼此抚慰各自的灵魂。有时就局促起来，因赤裸相视而难堪，仿佛对活到这个地步感到很不好意思。恰如做了山中兽林中鸟，处境相类，却没有那份儿自由。伴着他们始终有个窘字，还有一个便是那绵绵不绝的愁了。

"我那亲亲的小母鸽子哎!"

这声音给闷在洞穴里,犹如从潮湿的岩壁上渗出了山的叹息,带了别一个世界的味道。两个相叠的倦人就拆了下来,游着迷茫的眼。

"种不下吧?"

"日子对,种不下。"

"总不做囊子也干了。"

"迟早要干了的。"

枯萎的语调像是在谈论地里的庄稼。确是干涸了。天青的脖子与腿上的筋藤条一样伏着,触上去就觉得那是长出肉外的束束软骨,很韧也很滑。菊豆两包新坟似的胸浅了,像永远也填不满的装谷子用的小口袋。钻出洞去,突临的天光便照亮女人的轮廓,晶莹着的只有黑发里的白发,不知何时竟多了起来。天青把自己的柴拨给她一半,看她吃力地背走,那肘上的方补丁和屁股上的圆补丁勾得他要下泪。他急促地跟几步,停下来,再跟两步,就站着不能动了。

"菊豆,别走闪了呀!"

"菊豆,你看着走……"

柴压得女人转不了身,一只手无力地向他摇。他无言了,它还在摇,一直摇到不见。天青愣在荒凉的山冈上,不知自己该往哪里走。山道弯曲,在他眼里已不是路。他脚下的路越走越窄,窄得眼看就要消失了。

山地闹四清四不清的年月,史家营王麻子的遗孀以适当的高龄幸福地辞别了人世,也拆掉了她女儿暗地架设的爱情桥梁。失去回娘家的借口,两个穴居人就把舒适的山洞重新还给了黄狐和野獾子。它们对这里的喜爱和需要绝不在他们俩之上。它们更适合四处漂泊，漫山流窜。荒野毕竟是它们的。它们讨厌在这儿或在那儿嗅出的人的味道。它们希望山风把这种可怜巴巴的味道吹向九霄云外，吹到它再也回不来的地方去。

那年王菊豆得了腰疼症，不能下地挣分了。偶尔上工，爬到炕上两天起不来。小学毕业的杨天白放弃了上初中的准备，休学之后便拎着锄杆子做了社员。田野里多了一个勤快人，都说杨金山下的好种，能文能武的真是不赖，寡妇人头老来有望了。

光棍儿杨天青踩住了一块云。路已没了。他等着哪天云开雾散便一头栽下去，或许竟能没着没落地飞起来，了结了一生的残梦。

山村洪水峪陷入了生动的岁月。乡亲们认字与不认字的共同识别了一件新事物。认字的捷足先登挥起如椽大笔，不认字的也到大队部往家里张罗不要钱的粉的绿的或白的纸张。乡风淳厚的人们突然地屈服于偷袭同类的诱惑，准备各自八面出击，打一场让日本人头疼过的更加神出鬼没的山地游击战。

第一张大字报说的是大队长某年某月因某事打了某人六个嘴巴。道歉是道过了，但是应该赔得更实在。这张纸的尾巴上豁然写道：把钱交出来，我要治牙疼！

另一张大字报表的是某人故意放养家里的瘟猪，把半个村子的猪都连累得死掉了。纸上签名的是十八家的户主。看样子有心要使某人倾家荡产。

新一张大字报击中了脾气随和的大队书记。称他捏过某媳妇的某个器官，啥器官却不讲。只道某媳妇没上吊也没说出来是怕着他。现在不怕了，她要斗争他，看他再捏不捏！

斗争！斗争！这是最后的斗争哩！

就乱了。就一塌糊涂而有趣了。

终于在一张纸上读到了菊豆。书法是半熟的柳体，署名的却是二傻子田锅。傻子记不清年月，代笔的有良心而没有杜撰。情景却渲染了。下边的人没有看清，压在上面的确是菊豆无疑，地点在南岭山道旁的灌木丛，田锅起初以为是狍子或黄狐哩！厚道仁义的老乡亲们感到诧异，但是不敢看这张纸。只有一群起哄的赖子挡住田锅，让他讲。傻子惊惶地吧嗒着嘴唇，不知如何讲起。有人递给他一支烟卷儿。

"她咋压着来？"

"像在水泉捣衣裳不？"

田锅抽着烟平静了，弯腰做伏地状，见众人大笑便皱着眉头直起来，怕人抢去似的在烟棒上使劲儿嘬嘴。

他一起一伏地像认真做着一件事。有烟抽他肯一天到晚这么做下去。杨姓族里的见到这一幕，都灰溜溜地绕开了，准备回家为别人炮制更硬的炸弹。傻子也跳出来了。这个世界已不成个世界了。

杨天白读到这张纸以前先读到了一些人古怪的表情和更为古怪的窃笑。读懂之后又看见了人堆里表演的田锅。他扭头钻进了大队部旁边的木工房，出来的时候手里掂着一把寒光闪闪的斧子。他一点儿也不张牙舞爪，英俊的脸甚至显得过于平静，像进山伐木一样蹓蹓逛逛地朝那堆愉快的笑声凑过去。无声的信号使人群刷一下散开，傻子惊讶地闪过冲脑门刮来的凉风，顿时聪明了。他紧紧捏着半个烟蒂，毫无目的地狂奔起来。怒火熊熊的杨天白终于爆发了，像子弹一样紧紧追着他，雪耻的斧头像奔腾的马脑袋，令人恐怖地一纵一纵地朝前猛蹿。傻子向遥远的南岭失声大叫。

"饶命呀！杀了呀！"

"我压着我来！"

"我屁股压着我肚子来！杀了呀……"

二傻子田锅由梯地的坡头滚了下去，像野羊一样哗哗地蹚过了溪水，一头扎进了幽深的老林子，枯树枝嘎巴嘎巴地响了很久。

杨天白把斧子扔回木工房就回家了。

"好样的，天白！"

"你爹是上中农，咱怕谁?!"

同道的族里人与他搭腔，他理也不理。脸是少见的阴沉，似乎已崩溃于强烈的打击。回到宅院，见母亲在灶间做饭，猪圈里是起粪的堂兄，他就不知道该做什么好了。想静下来装个镐把，怎么也装不对付，索性抡起来砸烂了窗沿下的咸菜缸，还撒不了气，就把镐头和镐把扔到院墙外面的地里去了。

三个人之间两天无语，哑着。

田锅的老实爹拎了半斤桃酥给菊豆赔不是，吭吭地讲不出什么，就骂儿子，骂顺了舌头，便夸天白的孝敬，夸菊豆的贞洁，夸天青那侄子的厚道，最后连死人也夸了。说杨金山真是顶精明有福气的庄户把式呀！

"这鸡子吃得肥哩！"

来不及夸圈的猪，他就给菊豆请出去了，走出半里地还在点头哈腰，似乎儿子得罪了山山岭岭，他就必须给草草木木赔上一万个不是加两万个小心。

人人都活得有些不行了。

二傻子田锅傻得更加不堪，终于做出了开天辟地的事，让洪水峪全村为之羞愧。他把菜缸里夹咸萝卜用的六道木筷子伸到了不该伸的难以想象的地方，在直肠上过于陶醉地穿了一个洞。腹膜感染差点儿弄死他，由县医院回来半年才恢复了活气，并且似乎比过去机灵了不少。他不懂羞惭，因而老是甜蜜地笑着。下贱人逗他辱他，他还是笑着，很幸福。

"哥这儿有根筷子，田锅你用不哩?"

"我用你娘那窟窿……"

笑得就更甜蜜而聪明了，仿佛万物为他所用，想用什么就能用到什么。世界对他是仁慈的。以后人们听说，他爱上队里那头三岁的漂亮的小草驴了。

杨天青在洪水峪平淡的骚乱中度过了四十岁的生日。他修大寨田时卖呆力让垒石砸伤了脚，躲在厢房的土炕上养伤，回想了一生中诸多难忘的往事。他心平气和，原谅了一切从而也原谅了自己。人世是公平的，老天爷照料了他，让他得到了能够得到的一切。他没有什么抱怨的了。

菊豆过来给他敷药，见他目光呆呆地盯着熏黑的屋顶，就心有灵犀地红了眼圈。

"天白指鸡骂狗的，不听就罢了。"

"我儿是好儿子，听他骂也舒心哩!"

"哪天我把事情说给他。"

"那是要他的命，随他吧。"

"苦了你……"

天青抓住她的手，愣愣地往怀里拉，两人就拥合了。儿子的眼悠悠地悬在了一处，天青狠心地不看不想，以嘴抚平她眼窝的深沟。冷得久惯了，菊豆有些惊惶。天青颤巍巍地往低处扳她，终于促她跳了起来。

"几年冷也冷了，看毁了咱俩！"

"天白轧地哩，回不来。"

"他半腰闯回来的时候少？"

"闯回来就说给他。菊豆哎，咱俩都老啦，老得不行啦……我那菊豆！"

"做就拣个时辰……"

风韵犹存的王菊豆从厢房里撤出来，做饭洗衣时通红着脸，感到了多日不见的快活，像是复归了往昔的岁月。自己的男人忘不掉自己，她骄傲地踏实了。

冬季一个日子，在大寨田里给梯地垒墙的杨天白打短歇时没有喝队里烧的热豆汤，借口回家寻块干粮就匆匆地走开了。路上他一直想着母亲近来的脸色，及堂兄可疑的宁静，刚踏入村巷便吹起了哨子，大口吐痰，让鞋底在青石板上磕得重些。

院子无人，屋里无人。圈里灶间里没有，柴垛秫秸垛后边也没有。天白的头发嗖嗖地竖了起来，像老鼠一样乱停乱窜。他从案板上操起一把菜刀，撩开北屋的炕席，又撩开厢房的炕席，寻找必须砍杀的东西。他心里万分冷静，如果堂兄果真做下了，又让他抓住了，他就剁了他！像切瓜一样剁了他。

他想杀了母亲！

他想起北屋后山墙的菜窖，脑袋咣咣地裂起来。窖口捂着盖子，不像有人。捂得这么严紧，不可能有人。去年芦花鸡就让他误封在里面，被烂菜的霉气熏死了。想到死鸡，他提刀的手有些打软。挪开木盖子他看到了扶梯，看到了几束萝卜和一团浓浓的黑。他回去以刀换了把手电，下决心钻了进去。

只迈了三节梯格他就靠在那儿不动了。昏黄的光柱照射着土豆堆，和土豆堆旁的几条麻袋。娘和堂兄并着头，丑恶地缩着身子像是承着天大的冤屈和愤怒，要给人世一个黑暗的放纵的反抗。两人已不省人事，但醒着的听到了合二为一的光滑的呼吸声。

杨天白以悲愤的心情做了一件从未做过的事情，他为他四十四岁的母亲穿上了裤子。把她背到北屋的炕上之后，他已经不准备去背另一个了。

他闭紧了院门，考虑要不要把窖口堵上。想了想终于没有做，懒得做，因为浑身上下没有一点儿力气。他苦笑着傻了似的看着菜刀的亮刃儿，想用脖子好好地在上面试一下。

纯净的空气使王菊豆睁了眼，又闭上了。意识尚未清醒，嘴唇喃喃地要说什么，几个让天白不忍听的字眼儿便随着口涎一块儿流了出来。

"天青，我憋闷呀……要死啦……"

母亲求助的手在席子上抓来抓去，勾起了残破的苇片，咔咔的像是喉骨断裂的声音。天白看得愣了神儿。母亲发丝上沾了菜窖的蛛网，像一朵凋谢的白花儿。

他打湿了毛巾，为母亲拂去脸上的尘土，擦得很仔细。那只手还在枕头旁边抓来抓去，像挠着一颗心，要挠得它滴出鲜淋淋的血来。

"天青，我那苦命的冤家哎……"

"闭嘴吧！娘……你闭嘴吧！"

杨天白再也支撑不住，跳起来朝菜窖跑去。杨天青给撂到厢房的破苇席上，嘴巴仍旧死鱼似的张着半圆，里面似乎含着不及吐出的千言万语或一句半句的呻吟，又像叼着不解的惊讶。他惊讶为什么在他寻找生命欢乐的关键时刻，总是受到不公正的突然袭击和捉弄。他想用菜窖的木头盖子把自己和女人隔离于上面阳光明媚的世界，却没有想到压迫他的力量无孔不入，一氧化碳的浊气把持续的羞辱和报复推到了极点。他无法理解。他因为无法理解而发出丑陋的无声的惊呼。直到杨天白往他头上泼了两瓢泉水，又用最刻毒的语言诅咒他的时候，他的大嘴才缓慢合拢，咬紧了。

"王八蛋！"

他听到了儿子的声音。滚到膝盖和胳膊肘下面的山药蛋已经消失，而裤腰带分明系得很紧，在不熟悉的地方结了不熟悉的疙瘩，他的神志便再度模糊，永远不打算睁眼了。他失去了观察任何物体和情景的欲望，温暖的菊豆在心窝里伴着他，他已经别无所求。

杨天白没有上工。他自己凑合着做了晚饭，只给自己和母亲盛上。母亲吃不下，也羞于吃，却指了指厢房。天白不搭理，她又胆怯地哀求地朝那边指了指。天白死勾勾地盯着她，盯得她浑身打冷战。

"顾了你自己吧！这家有我没他！"

黑洞洞的小厢房里鸦雀无声。

第二天收工回来，杨天白看到堂兄那畜生离开灶间，手里颤巍巍地端着一碗粥。他冷笑着从旁边走过，恶毒地啐了一口唾沫，摔摔打打地丢着农具。那畜生就不敢动了。

"天白，活儿累不？"

"累死牲口累不死人！"

"我脚伤好了，明儿个上工……"

"哪个拦着你！"

"弟，你哥……"

"有脸填嘴！心肠哩！"

杨天青把粥碗搁回灶间，古怪地笑着，迷迷瞪瞪地走到猪圈，打个愣儿又走向鸡窝，终于大吃一惊似的仓皇地逃进了厢屋，咕咚一声，像是绊倒了顶门杠。安静了。片刻之后是女人几乎听不见的啜泣，像几只饿鼠在暗处里磨牙。冤家脸上的苦笑和儿子脸上的快意深深地杀着她了。却大羞而无言。

杨天白不肯退让，局面终于闹到不分食就不过的地步。杨天青分到了一口水缸和一口小号铁锅，外加两只破碗和一些别的器具，过起了独立门户的日子。他盘了一口泥灶，火旺却倒烟，在村巷老远的地方就能听到他连续不断的咳嗽声，那种死去活来的味道让人听了怪难受。人们不知道这条光棍儿安安稳稳的日子里发生了什么事。他处世那么仁义，不像是与亲戚闹纠纷的人。分食也好，光棍子图的不就是无牵无挂的自在日月吗？但是人们又看到这体魄健壮的汉子与往日大不相同，神情木然，地里的活儿做得很不利索，打歇时不论旁人如何谈笑，总躲个静地界儿远远地看山，找一件总也找不着的景致。便说，这可怜的光棍儿显然是熬坏了，不行了。

那干净的寡妇也有些蹊跷。村巷里总也见不到她，碾子和园子里也少见。逢了妇女的会或大队里演电影，别想找到她，一概是不去，借口腰疼和心疼。心口疼是娘儿们常落的疾患，但人们却叨咕，说这俏寡妇像是也守得乏了，不行了。族里沾亲的妇人去拜望她，发现她脸皮子变薄，蒙了一层又一层褪不掉的害羞，听话接话时溜溜儿地躲旁人的眼。许多乡亲忆起了二傻子编的那张纸，其中几个精明的想得更为深入，再看女人和女人的侄子时便用了异样的眼光，值得研究的东西不由得丰富起来。人们背地里多了一件事，饮食和睡眠也就有些滋味，不再乏乏得打不起精神来了。

四个月之后，王菊豆神不知鬼不觉地去了史家营附近的四马台，在亲妹子家一住不回，过起了寄人篱下的日子。护送了她的杨天白返村时像尊凶神，逼退了一切猜疑、询问、安抚的目光。不足十八岁的后生走路鼻子眼儿朝天，把谁也不放在眼里，人们就叹息小崽子的草莽，说是比老金山的怪性子更不招人待见，整日杀声杀气的迟早有哪条软命的断在他的手心，临了毁了老金山的血脉。

光棍儿杨天青一天比一天恍惚了。

天白在园子里摘花椒，让树上的刺碰了手，血流得不多却不止。在一边割韭菜的天青睡着了似的走过来，捉住天白的手要看看。天白措手不及，堂兄的力气又奇大，就恼了。

"你干啥！"

"我给你治，看这血粒子……"

他慈祥地笑着，捂小兔一样攥着天白的伤指，竟探嘴嘬了起来。天白恼羞成怒，使猛力甩他，把他甩得跪到了菜畦上。杨天青仍旧不肯松开，苍白的面孔猛烈哆嗦，看着吓人。

"我是你爹！天白……"

天白愣住了，一阵恶心。

"老子是你亲爹！儿子哎！"

"你疯了！你疯啦！"

天白不能摆脱，终于恼怒地踹了一脚，把杨天青当胸踏翻在绿油油的韭菜地里。他走到园子边缘突然站住了，像听清了什么，像念起了什么，回头看看躺在那里的人。轻轻抽搐的那个人从来没有像现在这样令他恐惧，他害怕了。

"你真是疯了……"

他向水泉走了几步，然后飞跑起来，在溪边的柳树棵子里像狂风一样奔驰，一直刮到远离村庄的密林深处。躺在园子里的那个却无比安详，他抚着疼痛的胸口窝子，感到茂密的韭菜毛从两边摸着他僵硬的脸皮，一边是女人的手，另一边是儿子的手。他看见了儿子哭婴一般的白白胖胖的脸蛋儿，看见女人落雪山丘似的美丽绝伦的乳房，蓝天上的白云盛开了，天边的花束勃然怒放，淹没了他的眼睛。

又过了四个多月，另一个值得纪念的日子终于降临了。清晨，大队的有线喇叭招呼各家派一个成人到队部开会，传达领袖指示。天白早早地离了院子，没有注意厢房的动静。邻家的汉子进院讨烟叶子抽，见北屋空着，就推开了厢房的门。炕上没有天青，烟笸箩搁在枕头旁边，他乐呵呵地装满了一口袋，又卷了一泡才向外走。这时他无意中看着北墙，好像有什么东西不对付，走到门外又回头扫了一眼。烟口袋哗地散到地上，他哆嗦了半天，终于大叫起来，磕磕绊绊地冲进了村巷。天白明明在老乔家门口跟人聊天儿，他却视若无睹，疯了似的朝干部家跑去。

"不好啦！不好啦！"

"出了人命啦……"

"光棍儿扎了缸眼子啦！"

洪水峪上空轻雾缭绕，林子里有鸟的叫声，太阳正爬起来，让雾遮掩得黯淡无光。凄厉的呼喊被这个寂寞的早晨吸去，也被沉睡的山峰吸了去，显得有些夸张而不太真实。喊他娘的啥哩？庄户人揉着蒙眬的睡眼，三三两两地走出农家小院，打着哈欠。喊啥哩！这天光很不赖嘛，露水多大，庄稼足足的是饱了。

干部们赶到了天白的前头。小队长看明白情景就挎开了两只胳膊，堵在厢房门口像发表演说或煽动起义一样大喊大叫，显得非常激动，非常的胸有成竹。

"报告大队！报告大队！"

"报告公社！我们要报告公社！"

"不能坏了现场，干部们站出来……"

"退出去！妇女都退出去！"

终于醒悟的人们已经野蜂似的围了过来，院里院外的人头黑蛆一样扎成了团儿。

杨天青对此无动于衷。他赤着身子，在腰眼子打了一个大折扣，很优美地扎在北墙根摆的那口水缸里。水从缸沿溢到地皮，湿了黑乎乎的一片，这一片便是他投到缸里的上半个身子的重量了。昨晚上人们不明白他为什么见星星了还急着担水，一个人有那么多水要吃吗？现在他们已经明白。

杨天青对着人们的是尖尖的赤裸的屁股和两条青筋暴突的

粗腿，像是留给人世或乡亲们的问候。那块破抹布似的东西和那条腌萝卜似的东西悬垂于应在的部位，显示了浪漫而又郑重的色彩。壮年人惊讶于那个屁股的白，几乎疑心平时不大注意的自己的这个东西或许也能如此干净。青年和少年则夹紧了裤裆，慌乱地想到自己和迟早要与自己有关的一些美好的麻烦。妇女们不曾看到，让未谙世事的小儿报信儿，儿子跑回来腆着小鸡子拿手长长短短地一比，就羞红了脸，还儿子一个清脆的嘴巴。

杨天白傻了。他破例地被邀进厢房，却找不到能待的地方。他以热烈而又冷淡的目光注视姿态神奇的死人，最后大胆地盯住了那微微敞开的胯部。他目不斜视，似乎已对那团美丽而又丑陋的物质着了迷。他研究它的属性，怕冷一样大抖了几下，仿佛已经有所得，已经辨出了自己十八年前走过的狭窄道路，以及曾经给他以养育的原始而神秘的住宅。他拨开人群走出去，搬了根杏木桩，起先坐在上面，后来就没头没脑地抢着一把斧子劈起了它，劈出了整齐划一的干燥的杏木段子，就这么劈到人群走散。公社的干部大摇大摆地走进院子时，杨天白已是汗泪如雨，痛不欲生。

几个儿童在山坡上叽叽喳喳地前进。

"天青伯好大一个本儿本儿！"

"咱长成了都有好大的活儿哩！"

"本儿本儿哎！天青伯的本儿本儿哎！"

他们抽几根谷穗子，持在手里像旗帜一样挥舞，欢呼着冲上了鲜花点点的山冈。

一九六八年阳历九月七日，洪水峪的大光棍儿和爱情英雄杨天青与世长辞，无畏而莫名其妙地慷慨就义了。他以身殉私的行为给山村带来一些不必要的骚动，但是乡亲们毕竟处于见多识广的幸福岁月，注意力很快就分散，不再纠缠糊涂的自杀者。他死因非常明确，熬光棍儿熬灰了心，寻那么个怪法子可以理解。但是同姓的老辈子人怜惜他，称他是口渴，喝水时犯了炸心病，死得很舒坦的。又称他要么就是在水里见了什么，想进去会一会，不料进去就出不来了，或者是会上了想见的东西，不想出来了。他会的是什么，人们不太明白，不易猜就不猜它了。他死前几个月总在傍黑时蹲到南岭的小高坡上抽烟，远远地向南边看，想必思谋的是同一个东西了。最后给他在水缸里捞到，是他的福。死的还算不软。

王菊豆没有回来参与侄子的丧事，因为几乎就在得到凶信儿的同时，她早产了一个精瘦的男性婴儿。这很能说明问题的消息是将近半年之后由四马台传过来的，洪水峪乡亲听到它恍然大悟，继而大怒，继而大快，继而大悲，继而……就什么也没有了。王菊豆在妹子家终于住不下去，领着名叫小二儿的东西回了自己的家乡，众人冷淡的同时又关切地迎接了她。仍旧参照了族里的老名谱，摆来摆去甩不脱一个天字，老辈子做主，把二小子唤了天黄。以天字论，说明杨天青受尽磨难而得到的仍旧是个弟弟，跟天白一样。但人们只知道这小个儿的是天青的种，却不知道那光棍儿多么有福，还留着一个种。眼看着大的小的长成了一个模子，却一致认定那大的是老金山的后，和小的是完全不同的传人。

话说民国三十三年秋天——那个落雨的秋天的日子已经死掉四十多年了。事到如今，远近闻名的俏寡妇已经苍老得不成个样子。她的闻名一是因为美貌过人，一是因为她给叔侄俩各孕了一个儿子，为两条血脉付了牺牲且忍受了极大的耻辱。每逢清明时节，她就去杨家坟地在两个辨不清谁是谁的土堆中间坐下，掏出干干净净的手帕，抑扬顿挫地放开苍凉的喉管，为她伺候过的两个男人高歌一曲，那悲哀的调子是洪水峪所能听到的最动人的音乐。

"我那苦命的汉子哎……"

坟堆静静的，不知睡在里面的人感觉如何。谁是那苦命的汉子呢？两个人为女人和儿子的所有权打得怎样了呢？是杨金山踏翻了杨天青，还是杨天青掐住了杨金山呢？看老寡妇哭得伤心样儿，莫非已打得不可开交了吗？这是文化不够的洪水峪人时时担心的严重问题。在他们看来，有仇的人早晚会大打出手，而寂寞黄泉自古便是头破血流的世界了。

杨天白和杨天黄活得比父亲们强。天白娶妻后性子柔了不少，只是不肯听人提他的爸爸。他自己也做了爸爸，他很疼儿子。天黄认真读书，竟读进了县城师范。眼界比较开，又时时激愤于自己来历不明或来历太明的身世，活得努力但总散着些玩世不恭的味道。脸俊似娘，体壮如爹，很合适做一种俘虏。分配到桑峪小学教语文，弄大了一个肚子；调到西水教数学，又喂大了一个肚子；最后调至齐家庄，还是多情，眼见一位女教员的肚子鬼使神差地大起来，人们就认定他是一个淫棍。不过这一次虽然仍旧刮了胎，但他已经安静，看样子有心守着这唯一的肚子永永远远地周旋下去了。洪水峪有人在县街上见过他俩，小娘儿们果然俊白，她拖着天黄的胳膊像拖着一件吸引力十足的战利品。令纯朴乡亲不乐意的是小娘儿们的牛仔裤，让人用过的臀熟坏了似的胀得滚圆，像一匹每时每刻都在发情每时每刻都准备踢谁一蹄子的小母马！天黄那不争气的小崽子逢了天煞星，算是完蛋了。他就不肯像他爹那么认真。他爹？那是一条多么仁义多么厚道多么懂规矩的汉子呀！

那汉子活到眼下怕要伤心得不行。他的小母鸽子已不是鸽子，也不是鹰，而是一只脱了毛的老母鸡了。老母鸡没有什么不好。老母鸡在照料她的雏和雏的雏儿。母鸡终归是母鸡。母鸡永远有着公鸡不可替代也不可比拟的优点。天青那光棍儿可以安息了。

夏日来临，在他为叔叔净过身的透明的水塘里，经常聚满了时时在纪念他的洗澡的半大孩子。他们从水里爬出来，让阳光尽情照耀赤裸的身子，照耀他们苗壮成长的下体。晒得热了，就下意识地攀比起来。有早熟的便傲岸地在大石头上踱步，一颠一颠地像敲着一把结实的小榔头儿。一旦受到膀胱的催促，便情绪激昂地站到石边，白花花的尿绳就拉出了阳光的七彩，击中小溪对岸的野花，惊散了嬉戏翻飞的蝴蝶。这种莫大的荣耀使成功者愉快。

比较软弱的失败者不屈地鼓起了嘴。他们望着天空，寻找他们的救星和伟大的男性之神。他们恢复了无畏的必胜的意志。

"你赛过天青伯的本儿本儿，就服你！"

"他是大人！"

"你爹要赛过天青伯的本儿本儿，就服你！"

"他死了！早死了！"

"你赛过死人的本儿本儿，就服了你！"

"算啦，咱不跟鬼比。"

孩子们就不响了，就惭愧地把自己遮掩起来。他们没有见过活着的天青，也没有见过死时的天青，但是他们知道一个不朽的传奇。那传奇的内容有时会打乱他们年幼的梦境，使他们自己跟着冲动或悲哀起来。大苦大难的光棍儿杨天青，一个寂寞的人，分明是洪水峪史册上永生的角色了。

《北京文学》1988年第3期